夏之游
朱尚刚

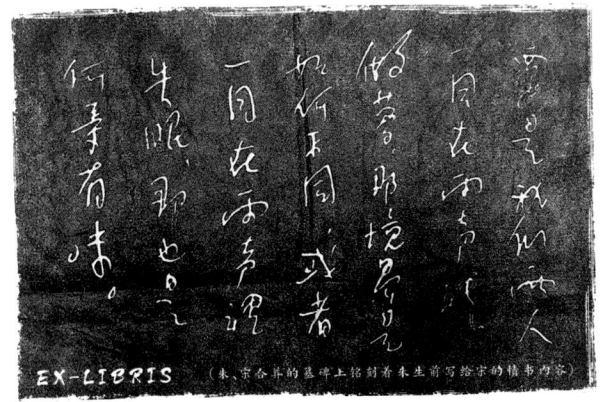

《朱生豪宋清如选唐宋名家词》出版纪念

用文字照亮每个人的精神夜空

微信 | 微博 | 豆瓣　领读文化

朱生豪宋清如选唐宋名家词

朱生豪　宋清如·选
朱尚刚　夏春锦·整理

ⓒ 朱生豪 宋清如 朱尚刚 夏春锦 2024

图书在版编目(CIP)数据

朱生豪宋清如选唐宋名家词 / 朱生豪，宋清如选；朱尚刚，夏春锦整理. -- 大连：大连出版社，2024.12
ISBN 978-7-5505-2282-4

Ⅰ.I222.84

中国国家版本馆 CIP 数据核字第2024N9A876号

ZHU SHENGHAO SONG QINGRU XUAN TANG SONG MINGJIA CI
朱生豪宋清如选唐宋名家词

| 出 品 人：王延生
| 责任编辑：于凤英
| 助理编辑：徐　姣
| 装帧设计：林　林
| 责任校对：彭艳萍
| 责任印制：刘正兴

出版发行者：大连出版社
　　　地　址：大连市西岗区东北路161号
　　　邮　编：116016
　　　电　话：0411-83620245/83620573
　　　传　真：0411-83610391
　　　网　址：http://www.dlmpm.com
　　　邮　箱：dlcbs@dlmpm.com
印 刷 者：北京金特印刷有限责任公司

幅面尺寸：147mm×210mm
印　　张：15.25
字　　数：348千字
出版时间：2024年12月第1版
印刷时间：2024年12月第1次印刷
书　　号：ISBN 978-7-5505-2282-4
定　　价：98.00元

版权所有　侵权必究
如有印装质量问题，请与印厂联系调换。电话：010-68661003

宋清如在重庆国立二中任教时的照片（摄于1941年）

朱生豪在常熟化名"朱福全"的"良民证"上的照片（摄于1942年）

朱生豪、宋清如结婚照（摄于1942年）

假如你是一阵过路的西风／我是西风中飘零的败叶／你悄悄地来,又悄悄地去了／寂寞的路上只留下落叶寂寞的叹息

——宋清如

不道飘零成久别,卿似秋风,侬似萧萧叶。叶落寒阶生暗泣,秋风一去无消息。

倘有悲秋寒蜨蝶,飞到天涯,为向那人说。别泪倘随归思绝,他乡梦好休相忆。

——朱生豪《蝶恋花》

朱生豪写给宋清如的信（其一，写于1935年）

看完了一本《我与文学》，读了一些 Wordsworth（华兹华斯）的诗，只是赶着一个一个字念下去，什么意味都茫然，一切寂寞得很。

研究文学这四个字很可笑，一切的文学理论也全是多事，我以为能和文学发生关系的，只有两种人，一种是创作者，一种是欣赏者，无所谓研究。没有生活经验，便没有作品，在大学里念文学史文学批评某国文学什么什么作法之类的人，都是最没有希望的人，如果考据版本校勘错字或者营稗贩业于文坛之流的都足以称为文学者，或作家，那么莎士比亚、高尔基将称为什么呢？

因为你说过你对于风有好感的话，我希望你能熟读雪莱的《西风歌》(《西风颂》)，那不也是如同"听见我们自己的呼声"一样吗？

Ⅳ

If I were a dead leaf thou mightest bear;
If I were a swift cloud to fly with thee;
A wave to pant beneath thy power, and share
The impulse of thy strength, only less free
Than thou, O uncontrollable! If even
I were as in my boyhood, and could be
The comrade of thy wanderings over heaven,
As then, when to outstrip thy skiey speed
Scarce seemed a vision; I would never have striven
As thus with thee in prayer in my sore need,
Oh! Lift me as a wave, a leaf, a cloud!
I fall upon the thorns of life! I bleed!
A heavy weight of hours has chained and bowed
One too like thee: tameless, and swift, and proud.

若使我是片你能吹动的枯叶；

（接上页）

因为李托一本书去展览把拿去了那本 Modern Short Stories，这上面留有你可贵的手泽，有信给你上李的包书纸，其实当初我把它借给你时，因应该叫你作是地在它上面题though的，所以这次翻起来一定非常有意味。我以为书本上应该该款啊，这是一种很好的习惯，将来借给别有，足以引起会心的微笑。买一本新书这人，实在连来及把自己看过的各书上面留点自己的了踪的，这人来说真更为可惜。

当初去上海后那大的离别，印象太深刻了，至今追忆起来，这已挫人肠腑，眼睛看但去了灵魂上留有一种宅虚人真像死了一样。实在我不敢相信我们友谊的历史竟只有三年许，似乎我每次见了你总舍不得便别了你一百年似的。

如果世上什么人都没有，只有你、我是好的不地话，世界如果只有平原林野度大，所在度好。

算，要结束了这封信，我祝你好的，因为你已能比我的好。

×pptpromnnrv
9/24

若使我是朵与你同飞的流云；
一丝在你威力下喘息着，分有
你浩然之气的波浪，只赶不上
你的自由，啊不可拘束的大力！
甚至于若使我还在我的稚年，
能做你在天上漫游的侣伴，
以为能跑得比你在天上的
遨游还快；我决不会这样感到
痛切的需要，向你努力祷告：
吹我起来吧，像一丝浪，一片叶，一朵云！
我坠在人生的荆棘上！我流着血！
时光的重担锁住且压着一个
太像你的人：难驯，轻捷，而骄傲！

（略改梁遇春译文）

因为要找一本书，在藤篮里拿出了那本 Modern Short Stories（《现代短篇小说》），这上面留着你可贵的手泽，有你给包上去的包书纸，其实当初我把它借给你时，应该叫你尽量地在它上面乱涂的，那现在翻起来，一定非常有意味。我以为书本子上确应该乱涂，这是一种很好的习惯，将来偶然翻看，足以引起会心的微笑。买一本新书送人，实在还不及把自己看过的旧书，上面留着自己手迹的，送人来得更为多情。

当初在之江最后两天的恋别，印象太深刻了，至今追忆起来，还是摧人肺腑。眼睁睁看你去了，灵魂上留着一片空虚，人真像死了一样。实在我不能相信我们友谊的历史还只有三年许，似乎我每次见了你五分钟便别了你一百年似的。

如果世上什么人都没有，只有你，多么好。不，我说，世界如果只有平凉村那么大，那多么好。

叹叹气结束了这封信，我愿你好，因为你是无比的好。

Forget-me-not

古昔一對男女
走到這橋上,
說:"别忘記我!"
他們手中的藍花,
要意跌進水中,
水逢傷心地長起來叫的
是藍色的毋忘我了。

摘了它,
表示相思之情。
遠離的人,
記得王維的詩嗎?
"紅豆生南國,
南國的秋天是這樣悲思蓄了;
紅豆子是頂相思的,
多多的採啊!
多多的採啊!"
南國的春天也一樣掇實的,
贈與你
這一束毋忘我吧!

朱生豪写给宋清如的信(其二,写于1935年)

Forget me not

古昔一对男女

走到这桥上,

说,"别忘记我!"

他们手中的蓝花,

无意跌进水中,

水边伤心地长起来的

是蓝色的毋忘我了。

撷了它,

表示相思之情。

远离的人,

记得王维的诗吗?

"红豆生南国,

南国的秋天是这样愁思着了;

红豆子是顶相思的,

多多的采哪!

多多的采哪!"

南国的春天是一样寂寞的,

赠与你

这一束毋忘我吧!

礼拜天礼拜一民族英雄？舍弟说我将成为一个民族英雄，如果把Shakspere译成功以后。因为某国人曾经说中国是无文化的国家，连老莎的译本都没有。这两天大起劲，Tempest的第一幕已经译好，还有许多应待基订的地方，做这项工作，于我乃是一次要的工作，主要的工作便是把深奥的搁置的弄不清楚的地方查考查考，因为进行译这事顺利，很抱乐观的样子，如果中途无挫折，也许两年之内可以告一段落。

朱生豪关于民族英雄的叙述（写于1936年）

你崇拜不崇拜民族英雄？舍弟说我将成为一个民族英雄，如果把Shakspere（莎士比亚）译成功以后，因为某国人曾经说中国是无文化的国家，连老莎的译本都没有。我这两天大起劲，Tempest（《暴风雨》）的第一幕已经译好，虽然尚有应待斟酌的地方，做这项工作，译出来还是次要的工作，主要的工作便是把僻奥的糊涂的弄不清楚的地方查考出来。因为进行得还算顺利，很抱乐观的样子。如果中途无挫折，也许两年之内可以告一段落。

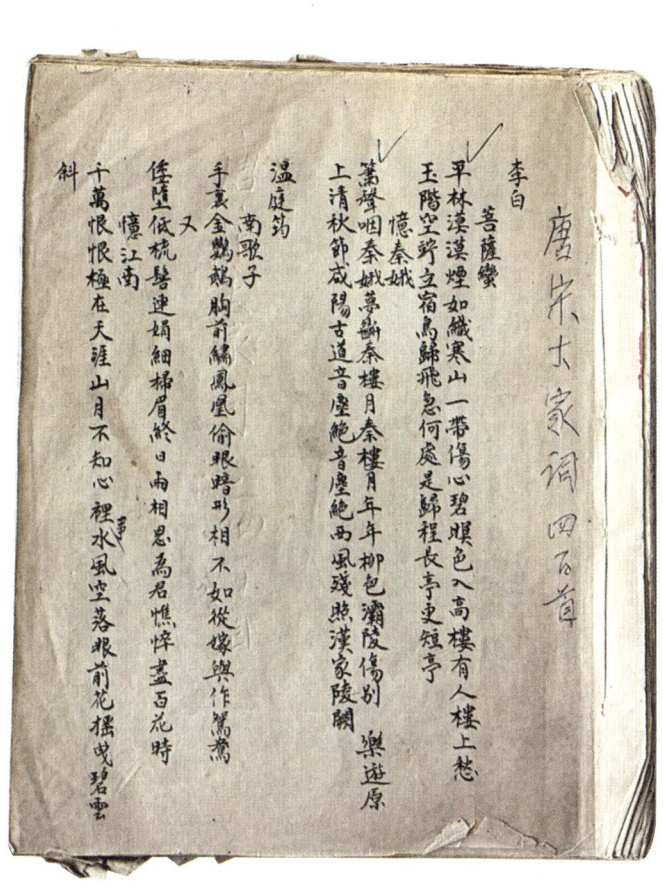

宋清如所录手稿（现藏于嘉兴市图书馆）

如夢令

門外鴉啼楊柳春色著人如酒睡起尉沈香玉腕不勝金斗消瘦消瘦還是穠花時候

又

遙夜沈沈如水風緊驛亭深閉夢破鼠窺燈霜送曉寒侵被無寐無寐門外馬嘶人起

又

幽夢匆匆破後妝粉亂紅霙袖遙想酒醒來無奈玉銷花瘦回首回首遠岸夕陽疏柳

又

樓外殘陽紅滿春八柳絛將半桃李不禁風回首落英無限腸斷腸斷人共楚天俱遠

又

池上春歸何處滿目落花飛絮孤館悄無人夢斷月堤歸路無緒無緒簾外五更風雨

又

宋清如所錄手稿（現藏於嘉興市圖書館）

阅朱生豪唐诗人短论七则，多前人未发之论，爽利无比。聪明才力，在余师友间，不当以学生视之。其人今年才二十岁，渊默如处子，轻易不发一言。闻英文甚深，之江办学数十年，恐无此未易之才也。

——夏承焘

前言

朱生豪是我国著名的莎士比亚戏剧翻译家,他的翻译以"保持原作之神韵""传达原文之意趣"为宗旨,是对我国传统"信达雅"翻译原则的创造性突破和发展,他以散文体为主的译作中充满了诗的韵味和意趣。译文质量高超,风格卓具特色,为国内外读者和学界所公认。

朱生豪其实更是一个诗人,他自小嗜好读书,很早就显示出在文学方面的天赋和对诗歌的爱好。在嘉兴秀州中学和杭州之江大学就读时又有幸得到曹之竞、夏承焘等名师的指导,学识水平有了很大的提高,创作过不少新旧体诗词。他所写的诗词短论也常有独到精辟的见解,被誉为"一代词宗"的夏承焘先生曾在他的《天风阁学词日记》中写道:"阅朱生豪唐诗人短论七则,多前人未发之论,爽利无比。聪明才力,在余师友间,不当以学生视之……之江办学数十年,恐无此未易之才也。"

在之江大学期间,朱生豪认识了比他低三级的同学宋清如,对文学和诗歌的共同爱好，以及对生活和理想的共识使他们走到了一起，后来又携手走进了莎士比亚的世界。

朱生豪从之江大学毕业后去上海世界书局工作，1935年在上海被称为"翻译年"，文化出版界出现了翻译引进世界优秀文学作品的潮流。书局的负责人詹文浒建议并鼓励朱生豪翻译莎士比亚的戏剧作品。朱生豪对莎士比亚作品原本就十分喜爱，也深刻了解莎士比亚在人类文化宝库中的地位和价值，就接受了这个建议。后来听说有日本人因为中国没有"老莎的译本"而讥笑中国是一个"无文化的国家"，这对于朱生豪是一个极大的激励，在国难当头、民族危机极其深重的当时，作为文弱书生的朱生豪曾因报国无门而感到苦闷，这时他的才华正好有了用武之地，从此他就以极大的热情义无反顾地投身于这一文化工程，并为此耗尽了他全部的青春和最后的心血。

朱生豪已译就的文稿曾两度毁于日本侵略者的战火。第一次是1937年的八一三事变，日军突然进攻上海，一度占领了世界书局并放火焚烧，已完成并交给书局的译稿被毁。后来朱生豪回到上海，在"孤岛"（租界区）内的世界书局和《中美日报》社任职。1941年12月7日珍珠港事变后，第二天日军就占领了上海租界区，并进占了持抗日立场的《中美日报》社，朱生豪虽只身脱险，但重译的全部译稿再次被毁。

翻译工作虽屡遭重挫，但此时朱生豪已经把这项工作看得和自己的生命同样重要了。他决心再次从头开始，一定要"替近百年来中国翻译界"完成这一件"最艰巨的工程"，以此来回应日本侵略者的傲慢和欺凌。

1942年5月1日，朱生豪和从四川返回上海不久的宋清如举行了一个"简而又简"的婚礼，然后回到宋清如的娘家江苏常熟生活了半年，1943年初，朱生豪携妻一起回到嘉兴老家，在这里度过了他生命中最后的两年。

在常熟和回到嘉兴的那段日子里，朱生豪已经没有了其他工作，就把对侵略者的深仇大恨和满腔的报国之情都集中到他的笔端，"埋头伏案、握管不辍"。环境的恶劣和经济上的困难丝毫不能影响他对翻译工作的专注和投入。直到1944年6月，在译出了莎士比亚的31个半剧本以后，终于因病而不得不放下了他的笔。到12月26日，朱生豪带着"早知一病不起，拼着命也要把它译完"的遗憾离开了他的译莎事业和无限牵挂的弱妻稚子。

在常熟期间，由于宋清如娘家有不少唐、宋、清名家的词集、词选、词综、词律等书，朱生豪和宋清如在饭后茶余或译写的间隙，作为生活上的调剂，曾一起系统地翻阅浏览了这些词书，并根据自己的观点，选辑了"唐宋名家词"，还把一些并非出自"名家"但脍炙人口的词，如岳飞的《满江红》等列入附卷❶，由宋清如仔细抄录。朱生豪还曾写过一篇短论，综述词的源流、发展和衍变，有些见解颇有独到之处。可惜该文稿今已散佚，无法重现了。

---

❶ 手稿写作"附录"，本书中改为"附卷"。

虽然如此，这本词集的选辑还是体现了朱生豪和宋清如的主观意趣和审美标准；按宋清如后来的回忆，是"当时主要由个人情趣爱好出发"，并"顾到保留各家的风格"，对我们后人读懂这一代"译界楷模"的情感世界和在词学方面的见解有着一定的帮助。感谢大连出版社和北京领读文化大力支持出版这本词集，使这一份宝贵的文献得以走进大众视野，助力中华优秀传统文化的传承与弘扬！

朱尚刚

整理说明

本书内容为首次整理出版,手稿书写年代距今已近百年,其时朱生豪、宋清如所参考词集之版本已无从考证。因手稿中部分词作文字与现今通行版本存在差异,在确保高质量呈现手稿文献原貌的同时,为了兼顾今日读者的阅读体验,编者在整理过程中做了如下工作,特此说明:

1. 手稿部分以插图形式分布于书中,对130幅手稿原图进行了拆分和拼接处理,使图文大致对应。

2. 词作正文据手稿录入后标点。遇手稿与现今通行文字不同处,以现行文字为准,部分以脚注形式说明。

3. 对词作中个别字词,以注释形式注音并解释,对确有必要说明的地方则加按语,以便读者阅读、理解。

4. 词作先后顺序参照手稿排列,以词人划分章节。添加词人小传,方便读者了解词作和词人的相关背景。

5. 手稿原有多个名称,如《唐宋大家词四百首》《唐宋名家词四百首》《唐宋名家词选》等,本书题名作《朱生豪宋清如选唐宋名家词》。

6. 本书的整理参考了《全唐五代词》(中华书局1999年版)、《全宋词》(中华书局1999年版)、《全宋词补辑》(中华书局1981年版)、《唐宋词鉴赏辞典》(上海辞书出版社1988年版)等书。

目录

正卷

李白
菩萨蛮　平林漠漠烟如织……………………〇〇二
忆秦娥　箫声咽………………………………〇〇三

温庭筠
南歌子　手里金鹦鹉…………………………〇〇五
　　　　倭堕低梳髻…………………………〇〇五
忆江南　千万恨………………………………〇〇六
　　　　梳洗罢………………………………〇〇六
诉衷情　莺语…………………………………〇〇六
酒泉子　楚女不归……………………………〇〇七
菩萨蛮　小山重叠金明灭……………………〇〇七
　　　　水精帘里颇黎枕……………………〇〇八
　　　　蕊黄无限当山额……………………〇〇八
　　　　翠翘金缕双鸂鶒……………………〇〇九
　　　　杏花含露团香雪……………………〇〇九
　　　　玉楼明月长相忆……………………〇一〇
　　　　凤凰相对盘金缕……………………〇一〇
　　　　牡丹花谢莺声歇……………………〇一一

	满宫明月梨花白	○一一
	宝函钿雀金鸂𫛚	○一一
	南园满地堆轻絮	○一二
	夜来皓月才当午	○一二
	雨晴夜合玲珑月	○一三
	竹风轻动庭除冷	○一三
更漏子	柳丝长	○一四
	星斗稀	○一五
	金雀钗	○一五
	玉炉香	○一六

韦庄

思帝乡	春日游	○二二
女冠子	四月十七	○二二
	昨夜夜半	○二三
浣溪沙	惆怅梦余山月斜	○二三
	夜夜相思更漏残	○二四
归国遥	金翡翠	○二四
菩萨蛮	红楼别夜堪惆怅	○二四
	人人尽说江南好	○二五
	如今却忆江南乐	○二五
	洛阳城里春光好	○二六
谒金门	春雨足	○二六
	空相忆	○二七
清平乐	野花芳草	○二七
	莺啼残月	○二七
应天长	绿槐阴里黄莺语	○二八
荷叶杯	绝代佳人难得	○二八
	记得那年花下	○二九

木兰花	独上小楼春欲暮	〇二九

李璟

浣溪沙	风压轻云贴水飞	〇三四
应天长	一钩初月临妆镜	〇三五
山花子	手卷真珠上玉钩	〇三五
	菡萏香销翠叶残	〇三六

李煜

捣练子	云鬓乱	〇三八
	深院静	〇三八
乌夜啼	林花谢了春红	〇三九
	无言独上西楼	〇三九
菩萨蛮	花明月暗笼轻雾	〇三九
清平乐	别来春半	〇四〇
阮郎归	东风吹水日衔山	〇四〇
望江南	多少恨	〇四一
	多少泪	〇四一
浪淘沙	往事只堪哀	〇四二
	帘外雨潺潺	〇四二
玉楼春	晚妆初了明肌雪	〇四三
一斛珠	晓妆初过	〇四三
虞美人	春花秋月何时了	〇四四
	风回小院庭芜绿	〇四四
临江仙	樱桃落尽春归去	〇四五
破阵子	四十年来家国	〇四五

冯延巳

浣溪沙	醉忆春山独倚楼	〇五一
	转烛飘蓬一梦归	〇五一

采桑子	春色迷人恨正赊	〇五二
	马嘶人语春风岸	〇五二
	小堂深静无人到	〇五三
	花前失却游春侣	〇五三
菩萨蛮	画堂昨夜西风过	〇五三
	回廊远砌生秋草	〇五四
	娇鬟堆枕钗横凤	〇五四
谒金门	风乍起	〇五四
清平乐	雨晴烟晚	〇五五
阮郎归	南园春半踏青时	〇五五
虞美人	玉钩鸾柱调鹦鹉	〇五六
蝶恋花	谁道闲情抛掷久	〇五六
	几日行云何处去	〇五六
	六曲阑干偎碧树	〇五七

晏殊

浣溪沙	一曲新词酒一杯	〇六二
	小阁重帘有燕过	〇六二
	宿酒才醒厌玉卮	〇六三
	玉碗冰寒滴露华	〇六三
	一向年光有限身	〇六三
清平乐	金风细细	〇六四
	红笺小字	〇六四
玉楼春	绿杨芳草长亭路	〇六五
	燕鸿过后莺归去	〇六五
	池塘水绿风微暖	〇六六
	玉楼朱阁横金锁	〇六六
踏莎行	细草愁烟	〇六七
	小径红稀	〇六七

| 蝶恋花 | 帘幕风轻双语燕……………………〇六八
| | 南雁依稀回侧阵……………………〇六八
| | 槛菊愁烟兰泣露……………………〇六九

晏幾道

生查子　金鞭美少年………………………〇七四
　　　　关山魂梦长………………………〇七四
　　　　坠雨已辞云………………………〇七五
清平乐　留人不住…………………………〇七五
　　　　波纹碧皱…………………………〇七六
　　　　幺弦写意…………………………〇七六
鹧鸪天　彩袖殷勤捧玉钟…………………〇七六
　　　　一醉醒来春又残…………………〇七七
　　　　小令尊前见玉箫…………………〇七七
　　　　十里楼台倚翠微…………………〇七八
　　　　醉拍春衫惜旧香…………………〇七八
临江仙　身外闲愁空满……………………〇七九
　　　　淡水三年欢意……………………〇七九
　　　　梦后楼台高锁……………………〇八〇
蝶恋花　卷絮风头寒欲尽…………………〇八〇
　　　　庭院碧苔红叶遍…………………〇八一
　　　　碧草池塘春又晚…………………〇八一
　　　　醉别西楼醒不记…………………〇八二
　　　　欲减罗衣寒未去…………………〇八二
　　　　碧玉高楼临水住…………………〇八三
　　　　梦入江南烟水路…………………〇八三
玉楼春　秋千院落重帘暮…………………〇八四
　　　　风帘向晓寒成阵…………………〇八四
　　　　东风又作无情计…………………〇八五

欧阳修

浣溪沙	堤上游人逐画船	〇九三
	湖上朱桥响画轮	〇九四
采桑子	轻舟短棹西湖好	〇九四
	画船载酒西湖好	〇九五
	群芳过后西湖好	〇九五
	荷花开后西湖好	〇九五
南歌子	凤髻金泥带	〇九六
玉楼春	别后不知君远近	〇九六
	湖边柳外楼高处	〇九七
临江仙	柳外轻雷池上雨	〇九七
踏莎行	候馆梅残	〇九七
蝶恋花	庭院深深深几许	〇九八

柳永

少年游	长安古道马迟迟	一〇一
蝶恋花	伫倚危楼风细细	一〇二
诉衷情近	雨晴气爽	一〇二
八声甘州	对潇潇暮雨洒江天	一〇三
昼夜乐	洞房记得初相遇	一〇四
雨霖铃	寒蝉凄切	一〇五
倾杯乐	鹜落霜洲	一〇六
夜半乐	冻云黯淡天气	一〇六

苏轼

如梦令	为向东坡传语	一一一
生查子	三度别君来	一一二
卜算子	缺月挂疏桐	一一二
好事近	湖上雨晴时	一一二

西江月	照野弥弥浅浪	一一三
南歌子	山雨潇潇过	一一四
鹧鸪天	林断山明竹隐墙	一一四
南乡子	霜降水痕收	一一五
	回首乱山横	一一五
蝶恋花	簌簌无风花自䨴	一一六
	春事阑珊芳草歇	一一六
临江仙	夜饮东坡醒复醉	一一七
定风波	莫听穿林打叶声	一一七
青玉案	三年枕上吴中路	一一八
江城子	凤凰山下雨初晴	一一八
	十年生死两茫茫	一一九
洞仙歌	冰肌玉骨	一一九
水调歌头	明月几时有	一二〇
	昵昵儿女语	一二一
八声甘州	有情风万里卷潮来	一二一
念奴娇	大江东去	一二二
水龙吟	似花还似非花	一二三
永遇乐	明月如霜	一二四
贺新郎	乳燕飞华屋	一二五

秦观

如梦令	门外鸦啼杨柳	一三四
	遥夜沉沉如水	一三四
	幽梦匆匆破后	一三五
	楼外残阳红满	一三五
	池上春归何处	一三五
	莺嘴啄花红溜	一三六
生查子	眉黛远山长	一三六

浣溪沙	漠漠轻寒上小楼	一三七
	锦帐重重卷暮霞	一三七
菩萨蛮	虫声泣露惊秋枕	一三八
减字木兰花	天涯旧恨	一三八
好事近	春路雨添花	一三八
阮郎归	湘天风雨破寒初	一三九
海棠春	流莺窗外啼声巧	一三九
南歌子	玉漏迢迢尽	一四〇
鹧鸪天	枝上流莺和泪闻	一四〇
鹊桥仙	纤云弄巧	一四一
虞美人	高城望断尘如雾	一四二
	碧桃天上栽和露	一四二
踏莎行	雾失楼台	一四三
临江仙	千里潇湘接蓝浦	一四三
江城子	西城杨柳弄春柔	一四四
千秋岁	水边沙外	一四四
八六子	倚危亭	一四五
满庭芳	山抹微云	一四五
	红蓼花繁	一四六
	碧水惊秋	一四七
	晓色云开	一四八
水龙吟	小楼连苑横空	一四九
望海潮	梅英疏淡	一四九

周邦彦

关河令	秋阴时晴渐向暝	一五九
少年游	并刀如水	一六〇
	朝云漠漠散轻丝	一六〇
玉楼春	桃溪不作从容住	一六一

虞美人	廉纤小雨池塘遍	一六一
	淡云笼月松溪路	一六二
	玉觞才掩朱弦悄	一六二
夜游宫	叶下斜阳照水	一六三
蝶恋花	月皎惊乌栖不定	一六三
	鱼尾霞生明远树	一六四
暮山溪	楼前疏柳	一六四
	湖平春水	一六五
法曲献仙音	蝉咽凉柯	一六六
扫花游	晓阴翳日	一六六
满庭芳	风老莺雏	一六七
琐窗寒	暗柳啼鸦	一六八
渡江云	晴岚低楚甸	一六九
解语花	风销焰蜡	一七〇
花犯	粉墙低	一七〇
宴清都	地僻无钟鼓	一七一
齐天乐	绿芜凋尽台城路	一七二
忆旧游	记愁横浅黛	一七三
庆宫春	云接平冈	一七四
瑞鹤仙	悄郊原带郭	一七四
拜星月慢	夜色催更	一七五
尉迟杯	隋堤路	一七六
西河	佳丽地	一七七
夜飞鹊	河桥送人处	一七七
解连环	怨怀无托	一七八
风流子	新绿小池塘	一七九
过秦楼	水浴清蟾	一八〇
兰陵王	柳阴直	一八一

瑞龙吟　章台路……………………一八二

大酺　对宿烟收……………………一八二

浪淘沙慢　晓阴重…………………一八三

六丑　正单衣试酒…………………一八四

李清照

如梦令　昨夜雨疏风骤……………二〇〇

醉花阴　薄雾浓云愁永昼…………二〇一

凤凰台上忆吹箫　香冷金猊………二〇一

声声慢　寻寻觅觅…………………二〇二

念奴娇　萧条庭院…………………二〇三

永遇乐　落日熔金…………………二〇四

辛弃疾

生查子　悠悠万世功………………二〇七

菩萨蛮　郁孤台下清江水…………二〇七

丑奴儿　少年不识愁滋味…………二〇八

清平乐　绕床饥鼠…………………二〇八

太常引　一轮秋影转金波…………二〇九

西江月　明月别枝惊鹊……………二一〇

　　　　醉里且贪欢笑……………二一〇

浪淘沙　身世酒杯中………………二一一

鹧鸪天　枕簟西堂冷欲秋…………二一一

　　　　壮岁旌旗拥万夫…………二一二

破阵子　醉里挑灯看剑……………二一二

青玉案　东风夜放花千树…………二一三

粉蝶儿　昨日春如…………………二一四

祝英台近　宝钗分…………………二一四

满江红　敲碎离愁…………………二一五

	风卷庭梧	二一六
水调歌头	我志在寥阔	二一六
	长恨复长恨	二一七
	带湖吾甚爱	二一八
汉宫春	秦望山头	二一九
	亭上秋风	二一九
念奴娇	野塘花落	二二〇
水龙吟	楚天千里清秋	二二一
	举头西北浮云	二二一
	老来曾识渊明	二二二
永遇乐	千古江山	二二三
沁园春	三径初成	二二四
	叠嶂西驰	二二五
	一水西来	二二五
贺新郎	凤尾龙香拨	二二六
	绿树听鹈鴂	二二七
摸鱼儿	更能消、几番风雨	二二八

姜夔

点绛唇	燕雁无心	二三九
少年游	双螺未合	二四〇
鹧鸪天	巷陌风光纵赏时	二四〇
	忆昨天街预赏时	二四一
	肥水东流无尽期	二四一
	辇路珠帘两行垂	二四二
踏莎行	燕燕轻盈	二四二
小重山令	人绕湘皋月坠时	二四三
玉梅令	疏疏雪片	二四三
淡黄柳	空城晓角	二四四

惜红衣	簟枕邀凉	二四四
念奴娇	闹红一舸	二四五
湘月	五湖旧约	二四六
庆宫春	双桨莼波	二四七
法曲献仙音	虚阁笼寒	二四七
凄凉犯	绿杨巷陌秋风起	二四八
扬州慢	淮左名都	二四八
玲珑四犯	叠鼓夜寒	二四九
探春慢	衰草愁烟	二五〇
一萼红	古城阴	二五〇
长亭怨慢	渐吹尽、枝头香絮	二五一
琵琶仙	双桨来时	二五二
解连环	玉鞭重倚	二五二
八归	芳莲坠粉	二五三
翠楼吟	月冷龙沙	二五四
暗香	旧时月色	二五五
疏影	苔枝缀玉	二五五
齐天乐	庾郎先自吟愁赋	二五六

史达祖

西江月	西月淡窥楼角	二六六
杏花天	软波拖碧蒲芽短	二六六
夜行船	不剪春衫愁意态	二六七
玉楼春	游人等得春晴也	二六七
	玉容寂寞谁为主	二六八
临江仙	草脚青回细腻	二六八
	倦客如今老矣	二六九
钗头凤	春愁远	二六九
蝶恋花	二月东风吹客袂	二七〇

青玉案	蕙花老尽离骚句	二七〇
双双燕	过春社了	二七一
三姝媚	烟光摇缥瓦	二七一
万年欢	两袖梅风	二七二
东风第一枝	巧沁兰心	二七三
	草脚愁苏	二七三
	酒馆歌云	二七四
瑞鹤仙	杏烟娇湿鬓	二七五
	馆娃春睡起	二七六
喜迁莺	月波疑滴	二七六
绮罗香	做冷欺花	二七七

吴文英

如梦令	春在绿窗杨柳	二八五
生查子	暮云千万重	二八五
点绛唇	卷尽愁云	二八六
	明月茫茫	二八六
浣溪沙	门隔花深梦旧游	二八七
菩萨蛮	绿波碧草长堤色	二八七
阮郎归	沙河塘上旧游嬉	二八七
	翠阴浓合晓莺堤	二八八
恋绣衾	频摩书眼怯细文	二八八
杏花天	幽欢一梦成炊黍	二八九
浪淘沙	灯火雨中船	二八九
鹧鸪天	钗燕拢云睡起时	二九〇
玉楼春	茸茸狸帽遮梅额	二九〇
夜行船	逗晓阑干沾露水	二九一
夜游宫	窗外捎溪雨响	二九一
踏莎行	润玉笼绡	二九二

唐多令	何处合成愁	二九二
青玉案	短亭芳草长亭柳	二九三
	新腔一唱双金斗	二九三
风入松	听风听雨过清明	二九四
八声甘州	渺空烟四远	二九五
声声慢	檀栾金碧	二九六
三姝媚	湖山经醉惯	二九六
高阳台	修竹凝妆	二九七
	帆落回潮	二九八
齐天乐	凌朝一片阳台影	二九八
	三千年事残鸦外	二九九
忆旧游	送人犹未苦	三〇〇
解连环	思和云结	三〇一
霜花腴	翠微路窄	三〇一
霜叶飞	断烟离绪	三〇二
莺啼序	残寒正欺病酒	三〇三

王沂孙

法曲献仙音	层绿峨峨	三一四
一萼红	思飘飘	三一五
	玉婵娟	三一五
醉蓬莱	扫西风门径	三一六
长亭怨	泛孤艇、东皋过遍	三一七
庆清朝	玉局歌残	三一八
庆宫春	明玉擎金	三一九
水龙吟	晓霜初著青林	三二〇
齐天乐	碧痕初化池塘草	三二〇
	一襟余恨宫魂断	三二一
眉妩	渐新痕悬柳	三二二

南浦　柳下碧鄰鄰……………………三二三
高阳台　残雪庭阴………………………三二三
　　　　残萼梅酸………………………三二四

张炎

梅子黄时雨　流水孤村………………三三一
扫花游　烟霞万壑………………………三三二
征招　秋风吹碎江南树…………………三三二
声声慢　晴光转树………………………三三三
　　　　百花洲畔………………………三三四
八声甘州　记玉关、踏雪事清游………三三四
　　　　望涓涓、一水隐芙蓉…………三三五
长亭怨　望花外、小桥流水……………三三六
月下笛　万里孤云………………………三三七
琐窗寒　乱雨敲春………………………三三七
高阳台　接叶巢莺………………………三三八
　　　　古木迷鸦………………………三三九
壶中天　瘦筇访隐………………………三四〇
　　　　扬舲万里………………………三四〇
渡江云　山空天入海……………………三四一
　　　　锦香缭绕地……………………三四二
台城路　朗吟未了西湖酒………………三四二
　　　　十年前事翻疑梦………………三四三
忆旧游　看方壶拥翠……………………三四四
　　　　问蓬莱何处……………………三四四
庆宫春　波荡兰觞………………………三四五
水龙吟　仙人掌上芙蓉…………………三四六
探春慢　银浦流云………………………三四七
绮罗香　万里飞霜………………………三四七

南浦　波暖绿粼粼	三四八
解连环　楚江空晚	三四九
疏影　黄昏片月	三五〇
绿意　碧圆自洁	三五〇
声声慢　烟堤小舫	三五一
琐窗寒　断碧分山	三五二

附卷

皇甫松

忆江南　兰烬落	三六六
楼上寝	三六六

李存勖

一叶落　一叶落	三六七
如梦令　曾宴桃源深洞	三六七

张泌

浣溪沙　枕障熏炉隔绣帷	三六八

薛昭蕴

谒金门　春满院	三六九

毛熙震

清平乐　春光欲暮	三七〇

牛峤
菩萨蛮　玉炉冰簟鸳鸯锦……………………三七一

牛希济
生查子　春山烟欲收……………………三七二

顾敻
诉衷情　永夜抛人何处去……………………三七三

欧阳炯
巫山一段云　春去秋来也……………………三七四

鹿虔扆
临江仙　金锁重门荒苑静……………………三七五

范仲淹
渔家傲　塞下秋来风景异……………………三七六
苏幕遮　碧云天……………………三七七
御街行　纷纷坠叶飘香砌……………………三七七

张先
青门引　乍暖还轻冷……………………三八二
玉楼春　龙头舴艋吴儿竞……………………三八二
天仙子　《水调》数声持酒听……………………三八三

宋祁
玉楼春　东城渐觉风光好……………………三八四

贺铸
青玉案　凌波不过横塘路……………………三八五

陈与义
临江仙　忆昔午桥桥上饮……………………三八七

王安石
桂枝香　登临送目 …………………三八八

黄庭坚
水调歌头　瑶草一何碧 ……………三九〇

李玉
贺新郎　篆缕销金鼎 ………………三九二

徐伸
二郎神　闷来弹鹊 …………………三九三

赵佶
燕山亭　裁剪冰绡 …………………三九五

岳飞
满江红　怒发冲冠 …………………三九六

张孝祥
六州歌头　长淮望断 ………………三九八

曾觌
念奴娇　素飙漾碧 …………………四〇四

吴琚
念奴娇　玉虹遥挂 …………………四〇五

陆淞
瑞鹤仙　脸霞红印枕 ………………四〇六

陈亮
水龙吟　闹花深处层楼 ……………四〇七

刘过
贺新郎　老去相如倦……………………四〇八

刘克庄
玉楼春　年年跃马长安市………………四〇九

陆游
渔家傲　东望山阴何处是………………四一〇
鹊桥仙　茅檐人静………………………四一〇
卜算子　驿外断桥边……………………四一一

范成大
醉落魄　栖乌飞绝………………………四一二
忆秦娥　楼阴缺…………………………四一三
霜天晓角　晚晴风歇……………………四一三

俞国宝
风入松　一春长费买花钱………………四一四

卢祖皋
贺新郎　挽住风前柳……………………四一九

高观国
齐天乐　碧云阙处无多雨………………四二〇

张辑
疏帘淡月　梧桐雨细……………………四二一

黄孝迈
湘春夜月　近清明………………………四二二

张枢
瑞鹤仙　卷帘人睡起……………………四二三

陈允平
绛都春　秋千倦倚……………………四二四

周密
曲游春　禁苑东风外……………………四二五
一萼红　步深幽……………………四二六
法曲献仙音　松雪飘寒……………………四二六

蒋捷
贺新郎　梦冷黄金屋……………………四二八

吴激
春从天上来　海角飘零……………………四二九

我很贫穷，但我无所不有
——《朱生豪宋清如选唐宋名家词》跋……四三七

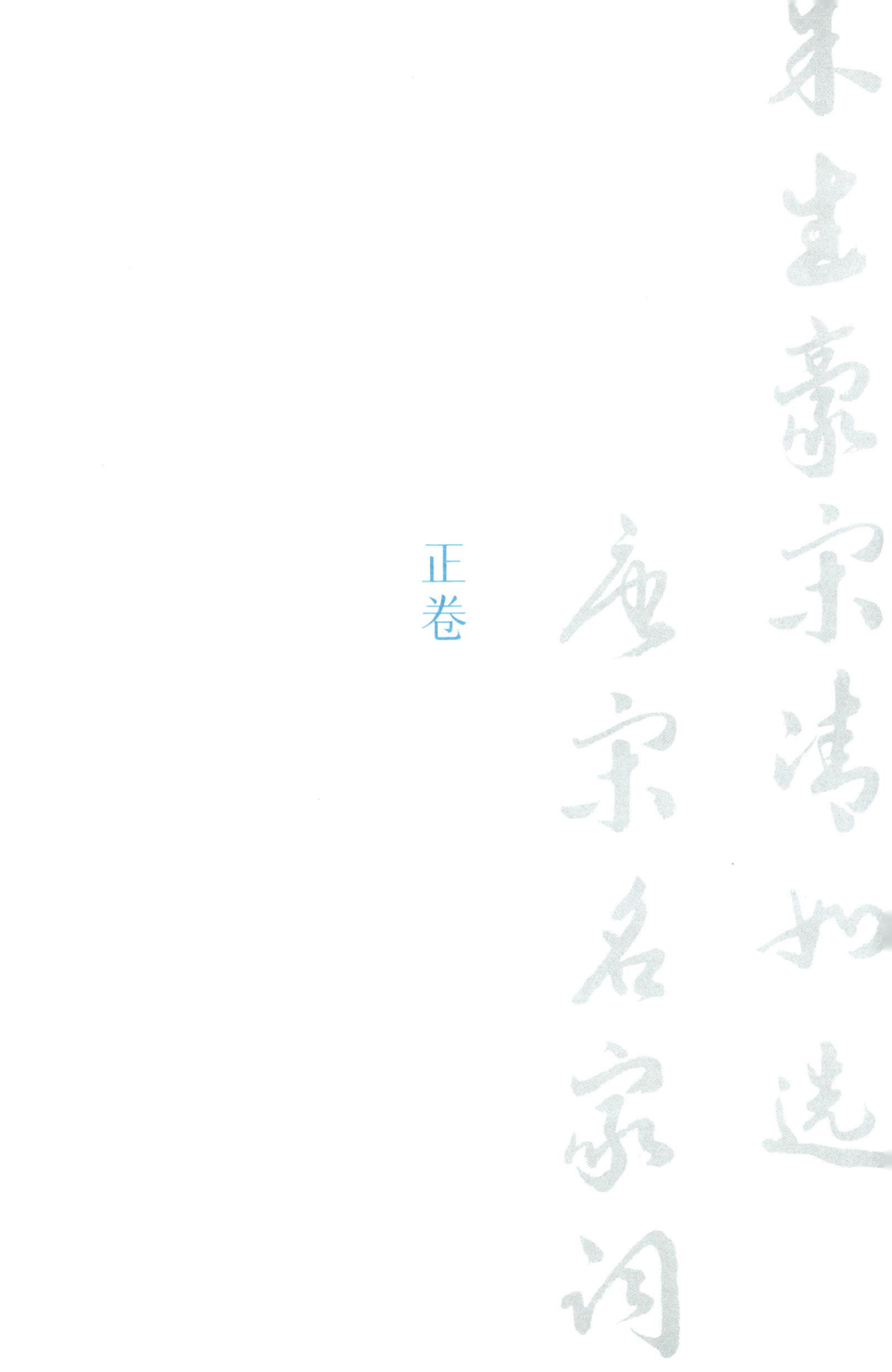

正卷

李白

李白(701—762),字太白,号青莲居士,祖籍陇西成纪(今甘肃静宁西南),其先人于隋末流寓西域,遂出生于安西大都护府碎叶城(今吉尔吉斯斯坦托克马克附近)。五岁时,随父迁居绵州昌隆(今四川江油)青莲乡。二十五岁出蜀,漫游各地。天宝初供奉翰林,不久即遭谗去职,赐金放还。安史之乱中,曾为永王李璘幕僚,因璘败牵累,被流放夜郎,中途遇赦后往依当涂令李阳冰,卒于此。有《李太白集》传世。

菩萨蛮

平林漠漠烟如织,寒山一带伤心[1]碧。暝色[2]入高楼,有人楼上愁。

玉阶空伫立,宿鸟归飞急。何处是归程?长亭[3]更短亭。

【注】

1 伤心:极其、非常,为当时俗语。此处极言暮山之青。
2 暝色:暮色。
3 亭:古时设在路边供行人休歇的亭舍。

忆秦娥

箫声咽,秦娥[1]梦断秦楼月。秦楼月,年年柳色,灞陵[2]伤别。

乐游原上清秋节,咸阳古道音尘绝。音尘绝,西风残照,汉家陵阙。

【注】

1. 秦娥:原指秦穆公之女弄玉,此处泛指美貌的女子。
2. 灞陵:古地名,汉文帝陵墓所在地,有灞桥,为古人送别之地。一作"灞桥"。

李白

菩薩蠻

平林漠漠煙如織　寒山一帶傷心碧　暝色入高樓　有人樓上愁

玉階空佇立　宿鳥歸飛急　何處是歸程　長亭更短亭

憶秦娥

簫聲咽　秦娥夢斷秦樓月　秦樓月　年年柳色　灞陵傷別　樂遊原

上清秋節　咸陽古道音塵絕　音塵絕　西風殘照　漢家陵闕

温庭筠

温庭筠（约801—866），原名岐，字飞卿，太原（今山西太原西南）人。才思敏捷，每入试，押官韵，八叉手而成八韵，时号"温八叉"。仕途不得意，仅官至国子助教。其诗辞藻华丽，与李商隐并称"温李"。词与韦庄齐名，号"温韦"。原有集，已佚，后人辑有《温庭筠诗集》《金荃词》。

南歌子

手里金鹦鹉[1]，胸前绣凤凰。偷眼暗形相[2]。不如从嫁与，作鸳鸯。

【注】

1 金鹦鹉：装饰华丽的酒杯。

2 形相：端详，观察。

又

倭堕[1]低梳髻，连娟[2]细扫眉。终日两相思。为君憔悴尽，百花时。

【注】

1 倭堕：即倭堕髻，当时妇女的时髦发式。

2 连娟：亦作"联娟"，指女子眉毛弯曲细长的样子。

忆江南

千万恨[1],恨极在天涯。山月不知心里事,水风空落眼前花。摇曳碧云斜。

【注】

1 恨：离恨。

又

梳洗罢,独倚望江楼。过尽千帆皆不是,斜晖脉脉[1]水悠悠。肠断[2]白蘋[3]洲[4]。

【注】

1 脉脉：凝视貌,有含情欲吐之意。
2 肠断：形容悲伤愁苦之极。
3 白蘋（pín）：水中浮草,花色洁白。
4 洲：水中陆地。

诉衷情

莺语,花舞,春昼午,雨霏微[1]。金带枕[2],宫锦,凤凰帷❶。柳弱燕交飞,依依。辽阳[3]音信稀,梦中归。

【注】

1 霏微：细雨弥漫的样子。
2 金带枕：以金带装饰的枕头。

---

❶ 手稿为"帏",据《全唐五代词注释》作"帷"。

3 辽阳：今辽宁省辽河以东，古时为边塞征戍之地。

酒泉子

楚女[1]不归，楼枕小河春水。月孤明，风又起，杏花稀。

玉钗斜篸[2]云鬟[3]重，裙上金缕凤。八行书[4]，千里梦，雁南飞。

【注】

1 楚女：古时楚地的女子。此处指身世飘零的歌伎。

2 斜篸（zān）：斜插。篸，同"簪"，插在头发上。

3 云鬟（huán）：高耸的环形发髻。

4 八行书：信札的代称。古代信笺每页八行。

菩萨蛮

小山[1]重叠金明灭[2]，鬓云[3]欲度[4]香腮雪[5]。懒起画蛾眉[6]，弄妆梳洗迟。

照花前后镜，花面交相映。新贴❶绣[7]罗襦[8]，双双金鹧鸪。

【注】

1 小山：指小山眉，古代妇女的一种眉型。盛行于晚唐五代。

2 金明灭：指女子头上插戴的饰品闪烁的样子。

3 鬓云：像云朵般的鬓发。

4 欲度：将掩未掩的样子。

5 香腮雪：如雪一样白的面颊。

6 蛾眉：女子的眉毛因细长弯曲形似蚕蛾的触须，故称蛾眉。

---

❶ 手稿为"帖"，据《全唐五代词注释》作"贴"。

7 贴绣：苏绣中的一种工艺。贴，用金线绣好花样，再绣贴在衣服上。
8 罗襦（rú）：丝绸短袄。襦，短上衣。

又

水精[1]帘里颇黎[2]枕，暖香惹梦鸳鸯锦。江上柳如烟，雁飞残月天。

藕丝[3]秋色浅，人胜[4]参差剪。双鬓隔香红[5]，玉钗头上风。

【注】

1 水精：即水晶。
2 颇黎：即玻璃。
3 藕丝：指藕白色的衣服。
4 人胜：指人形的首饰。旧俗多用于正月初七人日那一天。
5 香红：指花。

又

蕊黄[1]无限当山额[2]，宿妆[3]隐笑[4]纱窗隔。相见牡丹时，暂来还别离。

翠钗金作股，钗上蝶双舞。心事竟谁知，月明花满枝。

【注】

1 蕊黄：即额黄。因色似花蕊，故名。
2 山额：旧称眉为远山眉，故眉上额间称山额。
3 宿妆：隔夜的妆饰，残妆。
4 隐笑：浅笑。

又

　　翠翘金缕双鸂鶒[1],水纹细起春池碧。池上海棠梨[2],雨晴红满枝。

　　绣衫遮笑靥[3],烟草粘❶飞蝶。青琐[4]对芳菲,玉关[5]音信稀。

【注】

1　鸂鶒(xī chì):水鸟名,形似鸳鸯而个头略大,多紫色,故又名紫鸳鸯。

2　海棠梨:海棠果,又名海红、甘棠,四月开红花,八月果熟。一说是海棠花,又说即棠梨。

3　靥(yè):脸上的酒窝。

4　青琐:刷青漆且雕刻有连琐纹的窗户,此处借指华贵之家。

5　玉关:即玉门关,位于今甘肃敦煌西北。

又

　　杏花含露团香雪,绿杨陌上多离别。灯在月胧明,觉来闻晓莺。

　　玉钩褰[1]翠幕,妆浅旧眉薄[2]。春梦正关情,镜中蝉鬓[3]轻。

【注】

1　褰(qiān):揭起。

2　旧眉薄:旧眉指昨日所画黛眉,因隔夜而颜色变浅,故称"薄"。

3　蝉鬓:古代妇女的一种发式,两鬓薄如蝉翼。

---

❶ 手稿为"黏",据《全唐五代词注释》作"粘"。

又

玉楼明月长相忆,柳丝袅娜春无力[1]。门外草萋萋,送君闻马嘶。

画罗金翡翠[2],香烛销成泪。花落子规[3]啼,绿窗残梦迷。

【注】

1 春无力:形容春风柔软。
2 画罗:有图案的丝织品,一说指灯罩。金翡翠:画罗上金色的翡翠鸟。
3 子规:即杜鹃鸟,常夜啼,声音似"不如归去"。

又

凤凰相对盘[1]金缕,牡丹一夜经微雨。明镜照新妆,鬓轻双脸长[2]。

画楼相望久,栏❶外垂丝柳。音信不归来,社[3]前双燕回。

【注】

1 盘:盘绕交错。
2 脸长:言人瘦。
3 社:即社日,古代祭社神的日子。有春社、秋社之分,此处为春社。

---

❶ 手稿为"楼",据《全唐五代词注释》作"栏"。

又

牡丹花谢莺声歇,绿杨满院中庭月。相忆梦难成[1],背窗灯半明。

翠钿[2]金[3]压脸,寂寞香闺掩。人远泪阑干[4],燕飞春又残。

【注】

1 梦难成:指难以入眠。
2 翠钿(diàn):用翠玉制成的首饰。
3 金:金玉做的饰品。
4 泪阑(lán)干:形容泪流满面的样子。阑干:纵横交织。

又

满宫明月梨花白,故人万里关山隔。金雁一双飞,泪痕沾绣衣。

小园芳草绿,家住越溪[1]曲[2]。杨柳色依依,燕归君不归。

【注】

1 越溪:水名,在今浙江省境内。相传西施曾在此溪中浣纱。
2 曲:弯曲幽深之处。

又

宝函[1]钿雀金鸂鶒,沉❶香阁上吴山碧。杨柳又如丝,驿桥春雨时。

画楼音信断,芳草江南岸。鸾镜与花枝[2],此情谁得知?

❶ 手稿为"沈",据《全唐五代词注释》作"沉"。

【注】

1　宝函：一说指枕函，即枕套；一说指梳妆盒。此处应作梳妆盒解。
2　花枝：女子簪戴的花饰。诗中借指这位女子。学者浦江清说"枝"与"知"谐音。

又

南园满地堆轻絮，愁闻一霎[1]清明雨。雨后却斜阳，杏花零落香。

无言匀[2]睡脸，枕上屏山[3]掩。时节欲黄昏，无憀❶独倚门。

【注】

1　一霎（shà）：片刻、一会儿。
2　匀：搓拭，使均匀。
3　屏山：如山之屏，指屏风。

又

夜来皓月才当午[1]，重帘悄悄无人语。深处麝烟[2]长，卧时留薄妆。

当年还自惜，往事那堪忆。花露❷月明残，锦衾知晓寒。

❶　无憀（liáo）：无聊。手稿为"聊"，据《全唐五代词注释》作"憀"。
❷　手稿为"落"，据《全唐五代词注释》作"露"。

【注】

1. 当午：指月亮悬于正中天。
2. 麝烟：麝香燃烧时散发出的烟。

又

雨晴夜合[1]玲珑[2]月，万枝香袅红丝拂[3]。闲梦忆金堂，满庭萱草[4]长。

绣帘垂箓簌[5]，眉黛远山[6]绿。春水渡溪桥，凭栏魂欲销❶。

【注】

1. 夜合：合欢花的别称。古时赠人，以消怨合好。
2. 玲珑：空明。
3. 红丝拂：指合欢花下垂飘动。
4. 萱草：俗称黄花菜，传说能使人忘忧。
5. 箓簌（lù sù）：同"簏簌"，下垂貌。此处指穗子、流苏一类的饰物。
6. 眉黛远山：用黛画眉，秀丽如远山。黛，青黑色的颜料，古代女子用以画眉。

又

竹风轻动庭除[1]冷，珠帘月上玲珑影。山枕隐浓妆，绿檀[2]

---

❶ 手稿为"消"，据《全唐五代词注释》作"销"。

金凤凰。两蛾³愁黛浅，故国吴宫远。春恨❶正关情，画楼残点声⁴。

【注】

1　除：台阶。

2　绿檀：指檀枕。

3　蛾：即蛾眉。

4　残点声：即漏壶滴水将尽时的声音。表示天将明时，漏尽更残。

更漏子

柳丝长，春雨细，花外漏声迢递¹。惊塞雁，起城乌²，画屏金鹧鸪。

香雾薄³，透帘幕，惆怅谢家池阁⁴。红烛背，绣帘垂，梦长君不知。

【注】

1　迢递（tiáo dì）：遥远。

2　城乌：城头上的乌鸦。

3　薄：通"迫"，迫近。

4　谢家池阁：豪华的宅院，这里指女主人公的住处。谢氏为南朝望族，居处多有池阁之胜。

---

❶　手稿为"梦"，据《全唐五代词注释》作"恨"。

又

星斗稀,钟鼓歇,帘外晓莺残月。兰露重,柳风斜,满庭堆落花。

虚阁[1]上,倚栏望,还似❶去年惆怅。春欲暮,思无穷,旧欢如梦中。

【注】

1 虚阁:空阁。

又

金雀钗[1],红粉面,花里暂时相见。知我意,感君怜,此情须问天。

香作穗[2],蜡成泪,还似两人心意。山枕腻[3],锦衾寒,觉来更漏[4]残。

【注】

1 金雀钗:又作金爵钗,指华贵的首饰。
2 香作穗:谓香烧成了灰烬,像穗一样坠落下来。此处形容男子心冷如香灰。
3 山枕腻:谓枕头为泪水所污。腻,指泪污。
4 更漏:古代计时器。

---

❶ 手稿为"是",据《全唐五代词注释》作"似"。

又

玉炉香，红蜡泪，偏照画堂秋思。眉翠薄，鬓云残，夜长衾枕寒。

梧桐树，三更雨，不道[1]离情正苦。一叶叶，一声声，空阶滴到明。

【注】

1　不道：不管、不理会。

温庭筠

南歌子

手裏金鸚鵡　胸前繡鳳凰　偷眼暗形相　不如從嫁與　作鴛鴦

又

倭墮低梳髻　連娟細掃眉　終日兩相思　為君憔悴盡　百花時

憶江南

千萬恨　恨極在天涯　山月不知心裡事　水風空落眼前花　搖曳碧雲斜

又

梳洗罷　獨倚望江樓　過盡千帆皆不是　斜暉脈脈水悠悠　腸斷白蘋洲

訴衷情

鶯語花舞春晝午　雨霏微　金帶枕　宮錦鳳　幃柳弱燕交飛依依　遼陽音信稀　夢中歸

又

翠翹金縷雙鸂鶒水紋細起春池碧池上海棠梨雨晴紅滿枝繡衫遮笑靨烟草黏飛蝶青瑣對芳菲玉關音信稀

又

杏花含露團香雪綠楊陌上多離別燈在月朧明覺來聞曉鶯玉鉤褰翠幙粧淺舊眉薄春夢正閞情鏡中蟬鬢輕

又

玉樓明月長相憶柳絲嫋娜春無力門外草萋萋送君聞馬嘶畫羅金翡翠香燭銷成淚花落子規啼綠窗殘夢迷

又

鳳凰相對盤金縷牡丹一夜經微雨明鏡照新粧鬢輕雙臉長畫樓相望久樓外垂絲柳音信不歸來社前雙燕回

又

牡丹花謝鶯聲歇綠楊滿院中庭月相憶夢難成背窗燈半明翠鈿金壓臉寂寞香閨掩人遠淚闌干燕飛春又殘

酒泉子

楚女不歸樓枕小河春水月孤明風又起杏花飛稀　玉釵斜簪
雲鬢重裙上金縷鳳八行書千里夢雁南飛

菩薩蠻

小山重疊金明滅鬢雲欲度香顋雪懶起畫蛾眉弄妝梳洗遲
照花前後鏡花面交相映新帖繡羅襦雙雙金鷓鴣

又

水精簾裏頗黎枕暖香惹夢鴛鴦錦江上柳如烟雁飛殘月天
藕絲秋色淺人勝參差剪雙鬢隔香紅玉釵頭上風

又

蕊黃無限當山額宿粧隱笑紗窗隔相見牡丹時暫來還別離
翠釵金作股釵上蝶雙舞心事竟誰知月明花滿枝

又

竹風輕動庭除冷珠簾月上玲瓏影山枕隱濃粧綠檀金鳳凰
兩蛾愁黛淺故國吳宮遠春夢正關情畫樓殘點聲

更漏子

柳絲長春雨細花外漏聲迢遞驚塞雁起城烏畫屏金鷓鴣　香
霧薄透簾幙惆悵謝家池閣紅燭背繡簾垂夢長君不知

又

星斗稀鐘鼓歇簾外曉鶯殘月蘭露重柳風斜滿庭堆落花　虛
閣上倚欄望還是去年惆悵春欲暮思無窮舊歡如夢中

又

金雀釵紅粉面花裏曾時相見知我意感君憐此情須問天　香
作穗蠟成淚還似兩人心意山枕膩錦衾寒覺來更漏殘

又

玉爐香紅蠟淚偏照畫堂秋思眉翠薄鬢雲殘夜長衾枕寒　梧
桐樹三更雨不道離情正苦一葉葉一聲聲空階滴到明

又

滿宮明月梨花白故人萬里關山隔金雁一雙飛渡痕雲繡戾
小園芳草綠家住越溪曲楊柳色依依燕歸否不歸

又

寶函鈿雀金鸂鶒沈香閣上吳山碧楊柳又如絲驛橋春雨時
畫樓音信斷芳草江南岸鸞鏡與花枝此情誰得知

又

南園滿地堆輕絮愁聞一霎清明雨雨後卻斜陽杏花零落香
無言勻睡臉枕上屏山掩時節欲黃昏無聊獨倚門

又

夜來皓月籠當午重簾悄悄無人語深處麝烟長臥時留薄粧
當年還自惜往事那堪憶花落月明殘錦衾知曉寒

又

雨晴夜合玲瓏月萬枝香嫋紅絲拂間夢憶金堂滿庭萱草長
繡簾垂聚蹙眉黛遠山綠春水渡溪橋憑欄魂欲消

韦庄

韦庄（约836—910），字端己，长安杜陵（今陕西西安东南）人，韦应物四世孙。唐乾宁元年（894）进士，任校书郎。后仕蜀，官至吏部侍郎兼平章事。善诗，亦工词，与温庭筠齐名，并称"温韦"。著有《浣花集》。

思帝乡

春日游，杏花吹满头。陌上谁家年少，足风流[1]。

妾拟将身嫁与，一生休[2]。纵被无情弃，不能羞[3]。

【注】

1　足风流：非常风流。足，非常。

2　一生休：意谓一生有了依托，满足了。

3　不能羞：意谓不会感到害羞后悔。

女冠子

四月十七，正是去年今日，别君时。忍泪佯低面[1]，含羞半敛眉。

不知魂已断，空有梦相随。除却天边月，没人知。

【注】

1　佯（yáng）低面：假装着低下脸。

又

　　昨夜夜半，枕上分明梦见，语多时。依旧桃花面[1]，频低柳叶眉[2]。

　　半羞还半喜，欲去又依依。觉来知是梦，不胜悲。

【注】

1　桃花面：表示所思念的美女。典出唐代崔护诗："去年今日此门中，人面桃花相映红。人面不知何处去，桃花依旧笑春风。"
2　柳叶眉：如柳叶之细眉。

浣溪沙

　　惆怅梦余山月斜，孤灯照壁背[1]窗纱，小楼高阁谢娘家[2]。

　　暗想玉容何所似，一枝春雪冻梅花❶，满身香雾簇朝霞[3]。

【注】

1　背：背对、背向。
2　谢娘：唐代歌伎，本名谢秋娘，被李德裕纳为小妾。"谢娘家"泛指女子的住宅或居室。
3　簇朝霞：被灿烂的朝霞所笼罩。

❶　手稿为"梨花"，据《全唐五代词》作"梅花"。

又

夜夜相思更漏残,伤心明月凭栏❶干,想君思我锦衾¹寒。咫尺画堂深似海,忆来唯把旧书看,几时携手入长安。

【注】

1 锦衾:丝绸做的被子。

归国遥

金翡翠¹,为我南飞传我意。罨画²桥边春水,几年花下醉?别后只知相愧,泪珠难远寄。罗幕绣帏鸳被,旧欢如梦里。

【注】

1 金翡翠:金色的翡翠鸟。翡翠鸟生活在水边,以鱼虾为食,羽毛有各种颜色。
2 罨(yǎn)画:溪名,在今浙江长兴县一带。

菩萨蛮

红楼别夜堪惆怅,香灯¹半卷流苏帐。残月出门时,美人和泪辞。琵琶金翠羽,弦上黄莺语²。劝我早归家,绿窗³人似花。

【注】

1 香灯:长明灯。通常以琉璃缸盛香油点燃,故名。
2 弦上黄莺语:指琵琶声犹如黄莺的啼叫声。

---

❶ 手稿为"阑",据《全唐五代词》作"栏"。

3　绿窗：绿色的纱窗，指女子的闺房。

又

人人尽说江南好，游人[1]只合[2]江南老。春水碧于天，画船听雨眠。

垆❶边[3]人似月，皓腕凝霜雪。未老莫还乡，还乡须断肠。

【注】

1　游人：指漂泊江南的人，作者自谓。

2　只合：只应。

3　垆边：指酒家，所谓当垆卖酒。

又

如今却忆江南乐，当时年少春衫薄。骑马倚斜桥，满楼红袖[1]招。

翠屏金屈曲[2]，醉入花丛[3]宿。此度见花枝[4]，白头誓不归。

【注】

1　红袖：女子红色的衣袖，此处指青楼女子。

2　金屈曲：屏风的折叠处反射着金光，一说是屏风上的金属环纽或搭扣。

3　花丛：指代美女如云的温柔之乡，此处指青楼。

❶　手稿为"炉"，应是笔误，据《全唐五代词》作"垆"。

4 花枝：比喻所钟爱的女子。

又

洛阳城里春光好，洛阳才子[1]他乡老。柳暗魏王堤[2]，此时心转迷。

桃花春水渌❶[3]，水上鸳鸯浴❷。凝恨[4]对残❸晖，忆君君不知。

【注】

1 洛阳才子：指西汉文学家贾谊，年少多才，人称洛阳才子。韦庄早年寓居洛阳，以此自况。
2 魏王堤：唐代洛水在洛阳溢成一个池，成为名胜。贞观年间唐太宗将之赐给魏王李泰，故名魏王池。有堤与洛水相隔，因称魏王堤。
3 渌：形容水很清。
4 凝恨：愁恨聚结在一起。

谒金门

春雨足，染就一溪新绿。柳外飞来双羽玉[1]，弄晴相对浴。

楼外翠帘高轴，倚遍栏干几曲。云淡水平烟树簇，寸心千里目。

【注】

1 双羽玉：指一对白鸥。羽玉，羽白如玉。

---

❶ 手稿为"绿"，据《全唐五代词》作"渌"。
❷ 手稿为"宿"，据《全唐五代词》作"浴"。
❸ 手稿为"斜"，据《全唐五代词》作"残"。

又

空相忆,无计[1]得传消息。天上嫦娥人不识,寄书何处觅。

新睡觉来无力,不忍把伊书迹[2]。满院落花春寂寂,断肠芳草碧。

【注】

1 无计:没有办法。

2 书迹:指过去的来信。

清平乐

野花芳草,寂寞关山道。柳吐金丝莺语早,惆怅香闺暗老[1]。

罗带悔结同心,独凭朱栏思深。梦觉半床斜月,小窗风触鸣琴。

【注】

1 暗老:时光流逝,不知不觉人已衰老。

又

莺啼残月,绣阁香灯灭。门外马嘶郎欲别,正是落花时节。

妆成不画蛾眉,含愁独倚金扉[1]。去路香尘莫扫[2],扫即郎去归迟。

【注】

1 金扉:华美的门户。

2 香尘莫扫：欲使行迹常在，仿佛刚离开一样。仿佛扫去痕迹，离人便再无归期。

应天长

　　绿槐阴里黄莺语，深院无人春昼午。画帘垂，金凤舞，寂寞绣屏香一炷。

　　碧天云[1]，无定处，空有梦魂来去[2]。夜夜绿窗风雨，断肠君信[3]否？

【注】

1 碧天云：此处比喻所怀念之人。云飘无定处，所爱之人也不知漂泊在何方。

2 空有梦魂来去：所思之人未归，只在梦境中看见其来去。

3 信：相信，此处有理解和体贴之意。

荷叶杯

　　绝代佳人难得，倾国，花下见无期。一双愁黛远山眉，不忍更思惟[1]。

　　闲掩翠屏金凤，残梦，罗幕画堂空。碧天无路信难通，惆怅旧房栊[2]。

【注】

1 思惟：思量，思念。

2 栊（lóng）：窗户。

又

记得那年花下,深夜,初识谢娘[1]时。水堂西面画帘垂,携手暗相期。

惆怅晓莺残月,相别,从此隔音❶尘。如今俱是异乡人,相见更无因[2]。

【注】

1　谢娘:原指唐代歌伎谢秋娘,此处借指所爱之人。

2　因:缘由,此处指机会。

木兰花

独上小楼春欲暮,愁望玉关芳草路。消息断,不逢人,却敛细眉归绣户。

坐看落花空叹息,罗袂[1]湿斑红泪[2]滴。千山万水不曾行,魂梦欲教何处觅?

【注】

1　袂(mèi):衣袖。

2　红泪:古时女子的泪珠从涂有胭脂的脸上滴落,故为"红泪"。一说为带血的眼泪,即伤心之极的泪水。

---

❶ 手稿为"香",据《全唐五代词》作"音"。

歸國遙

金翡翠為我南飛傳我意罨畫橋邊春水幾年花下醉 別後只
知相愧淚珠難遠寄羅幕繡幃鴛被舊歡如夢裡

菩薩蠻

紅樓別夜堪惆悵香燈半捲流蘇帳殘月出門時美人和淚辭
琵琶金翠羽絃上黃鶯語勸我早歸家綠窗人似花

又

人人盡說江南好遊人只合江南老春水碧於天畫船聽雨眠
爐邊人似月皓腕凝霜雪未老莫還鄉還鄉須斷腸

又

如今卻憶江南樂當時年少春衫薄騎馬倚斜橋滿樓紅袖招
翠屏金屈曲醉入花叢宿此度見花枝白頭誓不歸

又

洛陽城裏春光好洛陽才子他鄉老柳暗魏王堤此時心轉迷
桃花春水綠水上鴛鴦宿凝恨對斜暉憶君君不知

韋莊

思帝鄉

春日遊杏花吹滿頭陌上誰家年少足風流妾擬將身嫁與一生休縱被無情棄不能羞

女冠子

四月十七正是去年今日別君時忍淚佯低面含羞半斂眉不知魂已斷空有夢相隨除卻天邊月沒人知

又

昨夜夜半枕上分明夢見語多時依舊桃花面頻低柳葉眉半羞還半喜欲去又依依覺來知是夢不勝悲

浣溪沙

惆悵夢餘山月斜孤燈照壁背窗紗小樓高閣謝娘家暗想玉容何所似一枝春雪凍梨花滿身香霧簇朝霞

又

夜夜相思更漏殘傷心明月憑闌干想君思我錦衾寒咫尺畫堂深似海憶來唯把舊書看幾時攜手入長安

應天長

綠槐陰裏黃鶯語，深院無人春晝午。畫簾垂金鳳舞，寂寞繡屛香。一炷碧天雲無定，處空有夢魂來去。夜夜綠窗風雨，斷腸君信否。

荷葉杯

絕代佳人難得，傾國。花下見無期，一雙愁黛遠山眉，不忍更思惟。閑掩翠屛金鳳，殘夢。羅幕畫堂空，碧天無路信難通，惆悵舊房櫳。

又

記得那年花下，深夜初識謝娘時。水堂西面畫簾垂，攜手暗相期。惆悵曉鶯殘月，相別。從此隔香塵，如今俱是異鄉人，相見更無因。

木蘭花

獨上小樓春欲暮，愁望玉關芳草路。消息斷不逢人，却斂細眉歸繡戶。坐看落花空嘆息，羅袂輕霑紅淚滴。千山萬水不曾行，魂夢欲教何處覓。

謁金門

春雨足染就一溪新綠柳外飛來雙羽翼玉弄晴相對浴　樓外翠簾高軸倚徧欄干幾曲雲淡水平烟樹寸心千里目

又

空相憶無計得傳消息天上嫦娥人不識寄書何處覓　新睡覺來無力不忍把伊書跡滿院落花春寂寂斷腸芳草碧

清平樂

野花芳草寂寞關山道柳吐金絲鶯語早惆悵香閨暗老　羅帶悔結同心獨憑朱欄思深夢覺半牀斜月小窗風觸鳴琴

又

鶯啼殘月繡閣香燈滅門外馬嘶郎欲別正是落花時節　妝成不畫蛾眉含愁獨倚金扉去路香塵莫掃掃即郎去歸遲

李璟

李璟（916—961），南唐中主。字伯玉，初名景通，改名瑶，后名璟，交泰初年（958），因避周讳又改作景。公元943—961年在位。其词清新自然，长于抒情，偏于伤感。后人将其和李煜的词合刻为《南唐二主词》。

浣溪沙

风压轻云贴水飞，乍晴池馆燕争泥。沈郎[1]多病不胜衣[2]。沙上未闻鸿雁信，竹间时有鹧鸪啼[3]。此情惟❶有落花知。

编者按：此词一说为苏轼所作。

【注】

1　沈郎：即沈约，字休文，南朝梁文学家。他在《与徐勉书》中说："百日数旬，革带常应移孔。"意思是说因多病而腰围消瘦，后人遂以"沈腰"作多病消瘦的代称。

2　不胜（shēng）衣：形容消瘦无力，连衣服的重量都难以承受。胜，承受。

3　鹧鸪啼：因鹧鸪鸟的叫声似"行不得也哥哥"，故游子在外闻之会生凄凉之感。

❶ 手稿为"唯"，据《全唐五代词》作"惟"。

应天长

一钩初月临妆镜,蝉鬓凤钗❶慵不整¹。重帘静,层楼迥²,惆怅落花风不定。

柳堤芳草径。梦断辘轳³金井⁴。昨夜更阑酒醒,春愁过却病。

【注】

1. 慵不整:指无心梳洗。慵,懒散的样子。
2. 迥(jiǒng):深远,遥远。
3. 辘轳(lù lu):过去井上用于汲水的起重装置,比喻心中情思如辘轳般反复上下。
4. 金井:有精致雕栏的水井。

山花子❷

手卷真珠上玉钩,依前春恨锁重楼。风里落花谁是主,思悠悠。

青鸟¹不传云外²信,丁香空结雨中愁。回首绿波三楚暮,接天流。

【注】

1. 青鸟:传说曾为西王母传递消息给汉武帝,此处指信使。
2. 云外:指遥远的地方。

---

❶ 手稿为"髻",据《全唐五代词》作"钗"。
❷ "山花子"与"浣溪沙"为同一词牌,《全唐五代词》为"浣溪沙",从手稿。

又

菡萏[1]香销翠叶残，西风愁起绿波间。还与韶光共憔悴，不堪看。

细雨梦回鸡塞[2]远，小楼吹彻[3]玉笙寒[4]。多少泪珠无限恨，倚阑干。

【注】

1 菡萏（hàn dàn）：荷花的别称。

2 鸡塞：即鸡鹿塞，古塞名，位于今内蒙古西部磴口县西北。此处泛指边远之地。

3 彻：大曲中的最后一遍。"吹彻"意谓吹到最后一曲。

4 玉笙寒：笙以铜质簧片发声，遇冷则声音不畅，犹如呜咽之声，故称"寒"。玉笙，笙的美称。

李璟

浣溪沙

風壓輕雲貼水飛，乍晴池館燕爭泥。沈郎多病不勝衣。

闌鴻雁信竹間時有鷓鴣啼此情唯有落花知

應天長

一鉤初月臨妝鏡，蟬鬢鳳釵慵不整。重簾靜，層樓迥，惆悵落花風不定。

柳堤芳草徑，夢斷轆轤金井。昨夜更闌酒醒，春愁過卻病。

山花子

手捲真珠上玉鉤，依前春恨鎖重樓。風裏落花誰是主，思悠悠。

青鳥不傳雲外信，丁香空結雨中愁。回首綠波三楚暮，接天流。

又

菡萏香銷翠葉殘，西風愁起綠波間。還與韶光共憔悴，不堪看。

細雨夢回雞塞遠，小樓吹徹玉笙寒。多少淚珠無限恨，倚闌干。

李煜

李煜(937—978),南唐后主。初名从嘉,字重光,号锺隐、莲峰居士。李璟第六子,公元961—975年在位,世称"李后主"。降宋后,封违命侯,旋被毒死。善诗文,工书画,精通音律,尤以词名。其词以降宋为界,分前后期。前期以描写宫廷享乐生活为主,风格柔靡,偶有清丽之作;后期多抒发亡国之痛和故国之思,情绪伤感惆怅。艺术上善用白描和比喻,突破了晚唐以来"词为艳科"的窠臼,被誉为"千古词帝"。后人将他与其父李璟的词合刻为《南唐二主词》。

捣练子

云鬓乱,晚妆残,带恨眉儿远岫攒[1]。斜托香腮春笋[2]嫩,为谁和泪[3]倚阑干?

【注】

1 攒(cuán):簇聚,凑集。此处是指紧皱双眉。
2 春笋:春季的竹笋,此处指女子像春笋一般纤润尖细的手指。
3 和泪:带泪,含泪。

又

深院静,小庭空,断续寒砧[1]断续风。无奈夜长人不寐,数声和月到帘栊[2]。

【注】

1 寒砧：指寒秋时节的捣衣声。砧，捣衣石。
2 帘栊：窗帘和窗牖。亦泛指门窗的帘子。

乌夜啼

林花谢了春红，太匆匆。无奈朝来寒雨、晚来风。

胭❶脂泪¹，留人醉²，几时重³。自是人生长恨水长东。

【注】

1 胭脂泪：原指女子的眼泪，此处指林花着雨后的鲜艳之态。
2 留人醉：一作"相留醉"。
3 几时重：何时再度相会。

又

无言独上西楼，月如钩。寂寞梧桐深院、锁清秋。

剪不断，理还乱，是离愁。别是一般¹滋味在心头。

【注】

1 一般：一种。一作"一番"。

菩萨蛮

花明月暗笼轻雾，今宵好向郎边去。划袜¹步²香阶，手提金缕鞋。

❶ 手稿为"燕"，据《全唐五代词》作"胭"。

画堂南畔见,一向❶偎人颤。奴³为出来难,教君❷恣意怜⁴。

【注】

1　刬(chǎn)袜:只穿着袜子着地,避免发出声音。

2　步:此处作动词,意为走过。

3　奴:古代妇女自称的谦辞。

4　恣(zì)意:任意,放纵。怜:爱怜,疼爱。

清平乐

别来春半,触目愁❸肠断。砌¹下落梅如雪乱,拂了一身还满。

雁来音信无凭²,路遥归梦难成³。离恨恰如春草,更行更远还生。

【注】

1　砌:石阶。

2　无凭:没有凭证,此处指没有书信。

3　归梦难成:指有家难回。

阮郎归

东风吹水日衔山,春来长是闲。落花狼藉酒阑珊¹,笙歌醉梦间。

❶　手稿为"晌",据《全唐五代词》作"向"。

❷　手稿为"郎",据《全唐五代词》作"君"。

❸　手稿为"柔",据《全唐五代词》作"愁"。

珮声悄，晚妆残，凭谁整翠鬟[2]？留连光景惜朱颜[3]，黄昏独倚阑。

【注】
1 阑珊：将尽。
2 鬟：妇女环形的发式。
3 朱颜：美好红润的容颜，这里指青春。

望江南

多少恨，昨夜梦魂中。还似旧时游上苑[1]，车如流水马如龙，花月正春风。

【注】
1 上苑：古代供帝王玩赏、打猎的园林。

又

多少泪，断脸复横颐[1]。心事莫将和泪说，凤笙休向泪时❶吹，肠断更无疑。

编者按：手稿中《望江南》二首录作一首，此处据《全唐五代词》拆作两首。

【注】
1 断脸复横颐：泪水流在脸上，又横挂在下巴上，形容眼泪纵横交流的状态。颐，下巴。断脸，一作"沾袖"。

❶ 手稿为"别时"，据《全唐五代词》作"泪时"。

浪淘沙

往事只堪哀，对景难排。秋风庭院藓侵阶¹。一行❶珠帘闲不卷，终日谁来。

金锁已沈埋²，壮气蒿莱³。晚凉天静❷月华开。想得玉楼瑶殿影，空照秦淮。

【注】

1　藓侵阶：苔藓上阶，表明很少有人来。
2　金锁已沈埋：意谓南唐已灭亡。金锁，即铁锁。沈，同"沉"。
3　蒿莱：指野草、杂草，此处用作动词，意为淹没野草之中，象征消沉、衰落。

又

帘外雨潺潺，春意阑珊，罗衾不耐五更寒。梦里不知身是客¹，一晌❸贪欢²。

独自莫凭栏❹，无限江山，别时容易见时难。流水落花春去也，天上人间。

【注】

1　身是客：指被拘汴京，形同囚徒。
2　一晌贪欢：贪恋片刻的欢愉。一晌，一会儿，片刻。

---

❶ 手稿作"任"，据《全唐五代词》作"行"。
❷ 手稿作"净"，据《全唐五代词》作"静"。
❸ 手稿作"饷"，据《全唐五代词》作"晌"。
❹ 手稿作"阑"，据《全唐五代词》作"栏"。

玉楼春

晚妆初了明肌雪,春殿嫔娥[1]鱼贯[2]列。笙箫吹断水云间,重按[3]霓裳[4]歌遍彻。

临春谁更飘香屑,醉拍阑干情味切。归时休放烛花红,待踏马蹄清夜月。

【注】

1 嫔娥:皇宫中的姬妾和宫女。
2 鱼贯:像游鱼一样前后接连着,形容多。
3 重按:一再按奏。
4 霓裳(ní cháng):《霓裳羽衣舞》(又称《霓裳羽衣曲》)的简称,唐代宫廷乐舞。

一斛珠

晓妆初过,沈檀轻注些儿个[1]。向人微露丁香颗,一曲清歌,暂引樱桃破。

罗袖裛[2]残殷色可,杯深旋被香醪涴[3]。绣床斜凭娇无那[4],烂嚼红茸[5],笑向檀郎[6]唾。

【注】

1 轻注:轻轻点画。些儿个:当时方言,意谓少许,一点点。
2 裛(yì):熏蒸,此处指香气。
3 香醪(láo):美酒。本是一种汁滓混合的醇酒,味甜。涴(wò):沾污,污染。
4 娇无那(nuó):形容娇娜无比,不能自主的样子。无那,犹言无限,非常之意。

5　红茸：即红绒，刺绣用的红色丝线。

6　檀郎：西晋美男子潘岳，小名檀奴，后世文人因以"檀郎"为妇女对夫婿或所爱男子的美称。

虞美人

春花秋月何时了，往事知多少？小楼昨夜又东风，故国¹不堪回首月明中。

雕阑玉砌依然²在，只是朱颜改。问君³能有几多愁，恰似一江春水向东流。

【注】

1　故国：指南唐故都金陵（今江苏南京）。

2　依然：一作"应犹"。

3　君：作者自称。

又

风回小院庭芜绿，柳眼¹春相续。凭栏❶半日独无言，依旧竹声新月似当年。

笙歌未散尊前在²，池面冰初解。烛明香暗³画楼深，满鬓清霜残雪⁴思难任⁵。

【注】

1　柳眼：早春时柳树初生的嫩叶，好像人的睡眼初展，故称柳眼。

❶　手稿为"阑"，据《全唐五代词》作"栏"。

2 尊前在：意谓酒席未散，还在继续。

3 烛明香暗：指夜深之时。

4 清霜残雪：形容鬓发苍白，如同霜雪，谓年老。

5 思（sì）难任（rèn）：忧思令人难以承受，指极度忧伤。

临江仙

樱桃落尽春归去，蝶翻金粉双飞。子规[1]啼月小楼西，画帘珠箔，惆怅卷金泥。

门[2]巷寂寥人去后，望残烟草低迷。炉香闲袅[3]凤凰儿[4]，空持罗带，回首恨依依。

【注】

1 子规：杜鹃鸟的别名。

2 门：一作"别"。

3 闲袅：指香烟缭绕悠闲而缓慢上升的样子。

4 凤凰儿：指饰有凤凰图形的或制成凤凰形状的香炉。

破阵子

四十年[1]来家国，三千里地山河。凤阁龙楼连霄汉，玉树琼枝作烟萝，几曾识干戈[2]？

一旦归为臣虏，沈腰潘鬓[3]消❶磨。最是仓皇辞庙日，教坊犹奏别离歌，垂泪[4]对宫娥。

❶ 手稿为"销"，据《全唐五代词》作"消"。

【注】

1　四十年：南唐自建国起至亡国，将近四十年时间。

2　识干戈：经历战争。干戈，武器，此处指代战争。

3　沈腰潘鬓：沈腰，谓日渐消瘦；潘鬓，谓中年白发。沈指沈约，潘指潘岳，均是魏晋南北朝时的著名人物。

4　垂泪：一作"挥泪"。

李煜

搗練子

雲鬢亂晚妝殘帶恨眉兒遠岫攢斜託香腮春笋嫩為誰和淚倚闌干

又

深院靜小庭空斷續寒砧斷續風無奈夜長人不寐數聲和月到簾櫳

又

林花謝了春紅太匆匆無奈朝來寒雨晚來風 燕脂淚留人醉幾時重自是人生長恨水長東

烏夜啼

無言獨上西樓月如鉤寂寞梧桐深院鎖清秋 剪不斷理還亂是離愁別是一般滋味在心頭

浪淘沙

往事只堪哀 對景難排 秋風庭院蘚侵階 一任珠簾閒不捲 終日誰來 金瑣已沈埋 壯氣蒿萊 晚涼天淨月華開 想得玉樓瑤殿影 空照秦淮

又

簾外雨潺潺 春意闌珊 羅衾不耐五更寒 夢裡不知身是客 一餉貪歡 獨自莫憑闌 無限江山 別時容易見時難 流水落花春去也 天上人間

玉樓春

晚妝初了明肌雪 春殿嬪娥魚貫列 笙簫吹斷水雲間 重按霓裳歌遍徹 臨春誰更飄香屑 醉拍闌干情味切 歸時休放燭

花紅待踏馬蹄清夜月

一斛珠

曉妝初過 沈檀輕注些兒筒 向人微露丁香顆 一曲清歌 暫引櫻桃破 羅袖裛殘殷色可 杯深旋被香醪涴 繡牀斜凭嬌無那 爛嚼紅茸 笑向檀郎唾

菩薩蠻

花明月暗籠輕霧今宵好向郎邊去衩襪步香階手提金縷鞋 畫堂南畔見一晌偎人顫奴為出來難教郎恣意憐

清平樂

別來春半觸目柔腸斷砌下落梅如雪亂拂了一身還滿 雁來音信無憑路遙歸夢難成離恨恰如春草更行更遠還生

阮郎歸

東風吹水日銜山春來長是閑落花狼籍酒闌珊笙歌醉夢間 珮聲悄晚妝殘憑誰整翠鬟留連光景惜朱顏黃昏獨倚闌

望江南

多少恨昨夜夢魂中還似舊時遊上苑車如流水馬如龍花月正春風

多少淚斷臉復橫頤心事莫將和淚說鳳笙休向別時吹腸斷更無疑

虞美人

春花秋葉何時了往事知多少小樓昨夜又東風故國不堪回首月明中 雕闌玉砌依然在只是朱顏改問君能有幾多愁恰似一江春水向東流

又

風迴小院庭蕪綠柳眼春相續憑闌半日獨無言依舊竹聲新月似當年 笙歌未散尊前在池面冰初解燭明香暗畫樓深滿鬢清霜殘雪思難任

臨江仙

櫻桃落盡春歸去蝶翻金粉雙飛子規啼月小樓西畫簾珠箔惆悵卷金泥 門巷寂寥人去後望殘煙草低迷爐香閒嫋鳳凰兒空持羅帶回首恨依依

破陣子

四十年來家國三千里地山河鳳閣龍樓連霄漢玉樹瓊枝作煙蘿幾曾識干戈 一旦歸為臣虜沈腰潘鬢銷磨最是倉皇辭廟日教坊猶奏別離歌垂淚對宮娥

冯延巳

冯延巳(903—960),又名延嗣,字正中,广陵(今江苏扬州)人。南唐时深得李璟信任,官至同平章事(宰相)。善作新词,多娱兴遣怀之作。对北宋词人影响甚大,开一代风气。清人刘熙载云:"冯延巳词,晏同叔(殊)得其俊,欧阳永叔(修)得其深。"(《艺概》)有《阳春集》传世。

浣溪沙

醉忆春山独倚楼,远山回合暮云收,波间隐隐仞[1]归舟。
早是出门长带月,可堪分袂[2]又经秋,晚风斜日不胜愁。

【注】
1 仞:通"认",辨别。
2 分袂:分手。袂,衣袖。

又

转烛[1]飘蓬[2]一梦归,欲寻陈迹怅人非,天教心愿与身违。
待月池台空逝水,荫[3]花楼阁漫❶斜晖,登临不惜更沾衣。

---

❶ 手稿为"谩",据《全唐五代词》作"漫",徒然的意思。

【注】

1　转烛：风吹烛火，比喻世事变幻莫测。

2　飘蓬：飘动的蓬草，比喻人世沧桑，漂泊不定。蓬，蓬草，多年生草本植物，枯后根断，遇风飞旋，故又称飞蓬。

3　荫：隐藏，遮挡。

又

春色迷人恨正赊[1]，可堪荡子[2]❶不还家，细风轻露著梨花。帘外有情双燕扬❷，槛[3]前无力绿杨斜，小屏狂梦[4]极天涯。

【注】

1　恨正赊：恨正长。赊，多。

2　荡子：指辞家远出、羁旅忘返的男子。

3　槛（jiàn）：古建筑常于轩斋四面房基之上围以木栏，上承屋角，下临阶砌，谓之槛。

4　狂梦：荒诞之梦。

采桑子

马嘶人语春风岸，芳草绵绵。杨柳桥边，落日高楼酒旆[1]悬。旧愁新恨知多少，目断遥天。独立花前，更听笙歌满画船。

❶ 手稿为"浪子"，据《全唐五代词》作"荡子"。
❷ 手稿为"舞"，据《全唐五代词》作"扬"。

【注】

1　酒斾（pèi）：酒旗。

又

　　小堂深静无人到，满院春风。惆怅墙东，一树樱桃带雨红。

　　愁心似醉兼[1]如病，欲语还慵。日暮疏钟，双燕归栖画阁中。

【注】

1　兼：又。

又

　　花前失却游春侣，独自寻芳。满目悲凉，纵有笙歌[1]亦断肠。

　　林间戏蝶帘间燕，各自双双。忍更思量，绿树青苔半夕阳。

【注】

1　笙歌：指各种乐器的演奏声和歌声。

菩萨蛮

　　画堂昨夜西风过，绣帘时拂朱门锁。惊梦不成云，双蛾枕上颦[1]。

　　金炉烟袅袅，烛暗纱窗晓。残月尚弯环，玉筝和泪弹。

【注】

1　颦：皱眉。

又

回廊远砌[1]生秋草，梦魂千里青门道。鹦鹉怨长更，碧笼金锁横。

罗帏中夜起，霜月清如水。玉露不成圆，宝筝悲断弦。[2]

【注】

1 砌：台阶。
2 不成圆、悲断弦：以状物喻情人不得团圆，意境悲怆。

又

娇鬟堆枕钗横凤[1]，溶溶春水杨花梦。红烛泪阑干，翠屏烟浪寒。

锦壶催画箭[2]，玉佩天涯远[3]。和泪试严妆，落梅飞晓霜。

【注】

1 钗横凤：即凤钗横。
2 锦壶催画箭：喻指时光流逝。锦壶，即漏壶，古代利用滴水多寡来计量时间的仪器。箭，置于漏壶下用以指示时刻之物。
3 玉佩天涯远：意指佩玉之人（即思念之人）远在天涯。

谒金门

风乍起，吹皱一池春水。闲引[1]鸳鸯香径里，手挼[2]红杏蕊。

斗鸭阑干[3]独倚，碧玉搔头[4]斜坠。终日望君君不至，举头闻鹊喜。

【注】

1 闲引：无聊地逗引着玩。

2 挼（ruó）：揉搓。

3 斗鸭阑干：指刻有斗鸭图案的栏杆。斗鸭，古时使鸭相斗的博戏。

4 碧玉搔头：一种碧玉做的簪子。

清平乐

雨晴烟晚，绿水新池满。双燕飞来垂柳院，小阁画帘高卷。

黄昏独倚朱阑，西南新月眉弯。砌下落花风起，罗衣特地[1]春寒。

【注】

1 特地：特别。

阮郎归

南园春半踏青时，风和闻马嘶。青梅如豆柳如眉，日长[1]蝴蝶飞。

花露重，草烟[2]低，人家帘幕垂。秋千慵困[3]解罗衣，画梁双燕归。

【注】

1 日长：过了春分后，白天渐渐变长。

2 草烟：形容春草稠密。

3 慵困：困倦。

虞美人

玉钩鸾柱调鹦鹉,宛转留春语。云屏冷落画堂空,薄晚春寒无奈、落花风。

搴帘燕子低飞去,拂镜尘鸾舞[1]。不知今夜月眉弯,谁佩同心双结、倚阑干。

【注】

1 拂镜尘鸾舞:拂去鸾镜上的灰尘。鸾舞,指镜子背面刻镂的鸾凤飞舞的图案。

蝶恋花

谁道闲情抛掷久,每到春来,惆怅还依旧。日日花前常病酒[1],不[2]辞镜里朱颜瘦。

河畔青芜堤上柳,为问新愁,何事年年有?独立小桥[3]风满袖,平林[4]新月人归后。

【注】

1 病酒:饮酒过量引起身体不适。
2 不:一作"敢"。
3 独立小桥:一作"独上小楼"。
4 平林:平原上的树林。

又

几日行云[1]何处去?忘却归来,不道[2]春将暮。百草千花寒食路,香车系在谁家树?

泪眼倚楼频独语,双燕飞来,陌上相逢否?撩乱春愁如柳絮,悠悠梦里无寻处。

【注】
1 行云:多指行踪无定的美人,此处指闺中女子心中所思的情郎。
2 不道:不觉,不期。

又

六曲阑干偎碧树,杨柳风轻,展尽黄金缕[1]。谁把钿筝移玉柱[2],穿帘海燕双[3]飞去。

满眼游丝[4]兼落絮,红杏开时,一霎清明雨。浓睡觉来莺乱语[5],惊残好梦无寻处。

【注】
1 黄金缕:形容嫩黄的柳条如同丝丝金线一般。
2 钿筝:用金翠宝石装饰的筝。玉柱:筝上定弦用的玉制码子。
3 双:一作"惊"。
4 游丝:指在空中飞扬的虫丝。
5 莺乱语:一作"慵不语"。

又

小堂深靜無人到滿院春風惆悵牆東一樹櫻桃帶雨紅 愁心
似醉東如病欲語還慵日暮疏鐘雙燕歸棲畫閣中

又

花前失卻遊春侶獨自尋芳滿目悲涼縱有笙歌亦斷腸 林間
戲蝶簾間燕各自雙雙忍更思量綠樹青苔半夕陽

菩薩蠻

畫堂昨夜西風過繡簾時拂朱門鎖驚夢不成雲雙蛾枕上蟬
金爐烟裊裊燭暗紗窗曉殘月尚彎環玉箏和淚彈

又

迴廊遶砌生秋草夢魂千里青門道鸚鵡怨長更琱名籠金鎖橫
羅幃中夜起霜月清如水玉露不成圓寶箏悲斷弦

又

嬌鬟堆枕釵橫鳳髻鬆春水楊花夢紅燭淚闌干翠屏烟浪寒
錦壺催畫箭玉珮天涯遠和淚試嚴粧落蕊飛曉霜

馮延己

浣溪沙

醉憶春山獨倚樓　遠山迴合暮雲收　渡間隱隱仍歸舟　早是出門長帶月　可堪分袂又經秋　晚風斜日不勝愁

又

轉燭飄蓬一夢歸　欲尋陳迹悵人非　天教心願與身違　待月池臺空逝水　蔭花樓閣謾斜輝　登臨不惜更沾衣

又

春色迷人恨正賒　可堪蕩子不還家　細風輕露著梨花　簾外有情雙燕舞　檻前無力檥楊斜　小庭狂夢極天涯

采桑子

馬嘶人語春風岸　芳草綿綿　楊柳橋邊　落日高樓酒旆懸　舊愁新恨知多少　目斷遙天　獨立花前　更聽笙歌滿畫船

蝶戀花

誰道閒情拋擲久 每到春來惆悵還依舊 日日花前常病酒不辭
鏡裏朱顏瘦 河畔青蕪堤上柳 為問新愁何事年年有 獨立小橋
風滿袖 平林新月人歸後

又

愁如柳絮悠悠夢裡無尋處
繫在誰家樹 凌眼倚樓頻獨語 雙燕飛來陌上相逢否 撩亂春
幾日行雲何處去 忘卻歸來不道春將暮 百草千花寒食路 香車

又

六曲闌干偎碧樹 楊柳風輕展盡黃金縷 誰把鈿箏移玉柱穿簾
海燕雙飛去 滿眼游絲兼落絮 紅杏開時一霎清明雨 濃睡覺
來鶯亂語 驚殘好夢無尋處

調金門

風乍起 吹縐一池春水 閒引鴛鴦香徑裏 手挼紅杏蕊 鬥鴨闌干獨倚碧玉搔頭斜墜 終日望君君不至 舉頭聞鵲喜

清平樂

雨晴煙晚 綠水新池滿 雙燕飛來垂柳院 小閣畫簾高捲 黃昏獨倚朱闌 西南新月眉彎 砌下落花風起 羅衣特地春寒

阮郎歸

南園春半踏青時 風和聞馬嘶 青梅如豆柳如眉 日長蝴蝶飛 花露重 草煙低 人家簾幕垂 秋千慵困解羅衣 畫樑雙燕歸

虞美人

玉鉤鸞柱調鸚鵡 宛轉留春語 雲屏冷落畫堂空 薄晚春寒無奈落花風 寶簾燕子低飛去 拂鏡塵鸞舞 不知今夜月眉彎 誰佩同心雙又結倚闌干

晏殊

晏殊(991—1055),字同叔,临川(今江西抚州)人。北宋景德二年(1005)以神童召试,赐同进士出身。仁宗时,官至同中书门下平章事(宰相)兼枢密使。生性好客,尤能荐拔人才,范仲淹、富弼、欧阳修、张先等,均出其门下。卒谥"元献",世称"晏元献"。能诗,尤以词成就最高,受冯延巳影响,词风雅致清婉,风流蕴藉。有《珠玉词》。

浣溪沙

一曲新词酒一杯,去年天气旧亭台[1]。夕阳西下几时回?
无可奈何花落去,似曾相识燕归来。小园香径独徘徊。

【注】
1 去年天气旧亭台:天气、亭台都和去年一样。

又

小阁重帘有燕过,晚花红片落庭莎[1]。曲阑干影入凉波。
一霎好风生翠幕,几回疏雨滴圆荷。酒醒人散得愁多。

【注】
1 红片:落花的花瓣。庭莎:庭院里所生的莎草。

又

宿酒才醒厌玉卮[1],水沉香冷懒熏衣。早梅先绽日边枝。寒雪寂寥初散后,春风悠扬欲来时。小屏闲放画帘垂。

【注】

1 卮(zhī):古代盛酒的器皿。

又

玉碗冰寒[1]滴露华,粉融[2]香雪[3]透轻纱。晚来妆面胜荷花。鬓䤩[4]欲迎眉际月[5],酒红初上脸边霞。一场春梦日西斜。

【注】

1 玉碗冰寒:古时富贵人家冬时用玉碗贮冰于地窖,夏时取以消暑。
2 粉融:脂粉与汗水融和。
3 香雪:借喻女子肌肤的芳洁。
4 鬓䤩(bìn duǒ):鬓发下垂的样子,形容女子梳妆的美丽。
5 眉际月:古时女子的面饰。以黄粉涂额成圆形为月,因位置在两眉之间,故称。

又

一向[1]年光有限身,等闲[2]离别易销魂。酒筵歌席莫辞频[3]。满目山河空念远,落花风雨更伤春。不如怜取[4]眼前人。

【注】

1　一向：一晌，片刻，一会儿。向，通"晌"。
2　等闲：无端。
3　莫辞频：不要因为次数多而推辞。频，频繁。
4　怜取：珍惜，怜爱。取，语助词。

清平乐

金风¹细细，叶叶梧桐坠。绿酒²初尝人易醉，一枕小窗浓睡。紫薇朱槿花残³。斜阳却照阑干。双燕欲归时节，银屏⁴昨夜微寒。

【注】

1　金风：秋风。古代以阴阳五行解释季节演变，秋属金，故称秋风为金风。
2　绿酒：古代土法酿酒，酒色黄绿，诗人称之为绿酒。
3　紫薇：落叶小乔木，花红、紫或白，夏日开，秋天凋，故又名"百日红"。朱槿：又名扶桑，红色木槿，常绿灌木，全年开花，朝开暮落。
4　银屏：屏风上以云母石等物镶嵌，洁白如银，故称银屏，又称云屏。

又

红笺¹小字，说尽平生意²。鸿雁在云鱼在水³，惆怅此情难寄。

斜阳独倚西楼。遥山恰对帘钩。人面不知何处，绿波依旧东流。

【注】
1　红笺（jiān）：印有红线格的绢纸，多指情书。
2　平生意：平生相慕相爱之意。
3　鸿雁在云鱼在水：在古代传说中，鸿雁和鲤鱼都能传递书信。

玉楼春

绿杨芳草长亭路，年少抛人[1]容易去。楼头残梦五更钟，花底离愁[2]三月雨。

无情不似多情苦，一寸[3]还成千万缕。天涯地角有穷时，只有相思无尽处。

【注】
1　年少抛人：人被年少所抛弃，言人由年少变为年老。
2　离愁：一作"离情"。
3　一寸：指愁肠。

又

燕鸿过后莺归去，细算浮生[1]千万绪。长于春梦几多时，散似秋云无觅处。

闻琴解佩神仙侣[2]，挽断罗衣留不住。劝君莫作独醒人，烂醉花间应有数。

【注】

1　浮生：谓人生漂浮不定。
2　闻琴：指司马相如以琴声诱卓文君，并与之私奔。解佩：据《列仙传》记载，郑交甫遇二仙女佩两珠，交甫与之交谈，想得到她们所佩宝珠，二仙女解佩相赠，但转眼仙女和佩珠都不见了。

又

　　池塘水绿风微暖，记得玉真¹初见面。重头歌韵响铮❶琮²，入破³舞腰红乱旋。

　　玉钩阑下香阶畔，醉后不知斜日晚。当时共我赏花人，点检如今无一半。

【注】

1　玉真：谓仙人，泛指美人。
2　铮琮（chēng cóng）：象声词，形容玉石或金属撞击时所发出的声音。
3　入破：破为唐代大曲的第三大段，也是最精彩的部分。入破为破这一大段的第一遍。各种乐器合作，曲调由缓转急，舞者进场后，骤变为繁碎之音，故名。

又

　　玉楼朱❷阁横金锁，寒食清明春欲破¹。窗间斜月两眉愁，帘外落花双泪堕。

❶　手稿为"铮"，据《全宋词》作"琤"。
❷　手稿为"珠"，据《全宋词》作"朱"。

朝云聚散真无那，百岁相看能几个。别来将为[2]不牵情，万转千回思想[3]过。

【注】

1　春欲破：春天将尽。

2　将为：即将谓，犹言以为，表示测度和推断。

3　思想：思念。

踏莎行

细草愁烟，幽花怯露，凭阑总是销魂处。日高深院静无人，时时海燕双飞去。

带缓❶罗衣，香残蕙炷[2]，天长不禁迢迢路。垂杨只解惹春风，何曾系得行人住。

【注】

1　带缓：即缓带，宽束衣带，形容悠闲自在。

2　蕙：香草。炷：灯烛，作名词用。

又

小径红[1]稀，芳郊绿遍，高台树色阴阴见[2]。春风不解禁杨花，蒙蒙[3]乱扑行人面。

❶　手稿为"暖"，据《全宋词》作"缓"。

翠叶藏莺,朱帘隔燕,炉香静逐游丝转。一场愁梦酒醒时,斜阳却照深深院。

【注】

1 红:指花。
2 阴阴见:暗暗显露。阴阴,隐隐约约。
3 蒙蒙:本形容细雨,此处形容杨花飞散之状。

蝶恋花

帘幕风轻双语燕。午醉醒来,柳絮飞撩乱[1]。心事一春犹未见,余花落尽青苔院。

百尺朱楼闲倚遍。薄雨浓云,抵死[2]遮人面。消息未知归早晚,斜阳只送平波远。

【注】

1 撩乱:通"缭乱"。
2 抵死:总是,老是。

又

南雁依稀回侧阵[1]。雪霁[2]墙阴,偏觉兰芽嫩。中夜梦余消酒困,炉香卷穗灯生晕。

急景流年都一瞬。往事前欢,未免萦方寸。腊后花期知渐近,寒梅已作东风信[3]。

【注】

1　侧阵：指雁阵斜行。

2　雪霁：雪后放晴。

3　梅信：梅花开放所带来的信息，指春天将至。

又

槛菊愁烟兰泣露。罗幕轻寒，燕子双飞去。明月不谙[1]离恨❶苦，斜光到晓穿朱户。

昨夜西风凋碧树。独上高楼，望尽天涯路。欲寄彩笺❷兼❸尺素，山长水阔知何处？

【注】

1　不谙（ān）：不了解，没有经验。谙，熟悉，精通。

❶ 手稿为"别"，据《全宋词》作"恨"。
❷ 手稿为"鸾"，据《全宋词》作"笺"。
❸ 手稿为"无"，据《全宋词》作"兼"。

清平樂

金風細細　葉葉梧桐墜　綠酒初嘗人易醉　一枕小窗濃睡
朱槿花殘斜陽却照闌干　雙燕欲歸時節　銀屏昨夜微寒

又

紅牋小字　說盡平生意　鴻雁在雲魚在水　惆悵此情難寄　斜陽
獨倚西樓　遙山恰對簾鈎　人面不知何處　綠波依舊東流

玉樓春

綠楊芳草長亭路　年少拋人容易去　樓頭殘夢五更鐘　花底離愁
三月雨　無情不似多情苦　一寸還成千萬縷　天涯地角有窮時
只有相思無盡處

又

燕鴻過後鶯歸去　細算浮生千萬緒　長於春夢幾多時　散似秋雲
無覓處　聞琴解佩神仙侶　挽斷羅衣留不住　勸君莫作獨醒人
爛醉花間應有數

晏殊

浣溪沙

一曲新詞酒一杯，去年天氣舊亭臺。夕陽西下幾時回。

無可奈何花落去，似曾相識燕歸來。小園香徑獨徘徊。

又

小閣重簾有燕過，晚花紅片落庭莎。曲闌干影入涼波。

一霎好風生翠幕，幾回疏雨滴圓荷。酒醒人散得愁多。

又

宿酒纔醒厭玉卮，水沈香冷懶薰衣。早梅先綻日邊枝。

寒雪初散後春風悠颺，欲來時小屏閒放畫簾垂。

又

玉碗冰寒滴露華，粉融香雪透輕紗。晚來粧面勝荷花。

鬢嚲欲迎眉際月，酒紅初上臉邊霞。一場春夢日西斜。

又

一向年光有限身，等閒離別易銷魂。酒筵歌席莫辭頻。

滿目山河空念遠，落花風雨更傷春。不如憐取眼前人。

蝶戀花

簾幕風輕雙語燕　午醉醒來　柳絮飛撩亂　心事一春猶未見　餘花落盡青苔院　　百尺朱樓閒倚遍　薄雨濃雲　抵死遮人面　消息未知歸早晚　斜陽只送平波遠

又

南雁依稀迴側陣　雪霽牆陰　偏覺蘭芽嫩　中夜夢餘消酒困　爐盡香卷穗燈生暈　　急景流年都一瞬　往事前歡　未免縈方寸　臘後花期知漸近　寒梅已作東風信

又

檻菊愁煙蘭泣露　羅幕輕寒　燕子雙飛去　明月不諳離別苦　斜光到曉穿朱戶　　昨夜西風凋碧樹　獨上高樓　望盡天涯路　欲寄彩鸞無尺素　山長水闊知何處

又

池塘水綠風微暖　記得玉真初見面　重頭歌韻響錚琮　入破舞腰紅亂旋　玉鉤闌下香階畔　醉後不知斜日晚　當時共我賞花人　點檢如今無一半

又

玉樓珠閣橫金鎖　寒食清明春欲破　窗閒斜月兩眉愁　簾外落花雙淚墮　朝雲聚散真無那　百歲相看能幾箇　別來將為不牽情　萬轉千回思想過

踏莎行

細草愁烟幽花怯露　憑闌總是銷魂處　日高深院靜無人　時時海燕雙雙飛去　帶緩羅衣香殘蕙炷　天長不禁迢迢路　垂楊只解惹春風　何曾繫得行人住

又

小徑紅稀芳郊綠遍　高臺樹色陰陰見　春風不解禁楊花　濛濛亂撲行人面　翠葉藏鶯朱簾隔燕　爐香靜逐遊絲轉　一場愁夢酒醒時　斜陽却照深深院

晏幾道

晏幾道（1038—1110），字叔原，号小山，临川（今江西抚州）人。晏殊幼子。仕途不顺，历任颍昌府许田镇监、乾宁军通判、开封府判官。个性耿介，不肯依傍权贵。自幼潜心六艺，思玩百家，文章翰墨，自立规模。词风缠绵婉丽，工于言情。与其父合称"二晏"。有《小山词》传世。

生查子

金鞭[1] 美少年，去跃青骢马[1]。牵系玉楼人[2]，绣被春寒夜。消息未归来，寒食梨花谢。无处说相思，背面秋千下。

【注】

1 青骢（cōng）马：青白色相杂的骏马。
2 玉楼人：指闺中女子。

又[2]

关山[1]魂梦长，鱼雁音尘[2]少[3]。两鬓可怜青，只为相思老。

---

❶ 手稿为"鞍"，据《全宋词》作"鞭"。
❷ 手稿全词原为"关山魂梦长，寒雁音书少。两鬓可怜青，只为相思老。归傍碧纱窗，说与人人道。真个别离难，不似相逢好。"此版本现认为是杜安世所作。《全宋词》亦录。
❸ 手稿为"寒雁音书少"，据《全宋词》作"鱼雁音尘少"。

归梦[1]碧纱窗,说与人人[3]道。真个别离难,不似相逢好。

【注】

1 关山:泛指关隘和山川。

2 音尘:音信,消息。

3 人人:对所亲近之人的昵称。

又

坠雨已辞云,流水难归浦。遗恨几时休?心抵秋莲苦[1]。

忍泪不能歌,试托哀弦语。弦语愿相逢,知有相逢否?

【注】

1 秋莲苦:莲在秋季结子,莲子心甚苦。

清平乐

留人不住,醉解兰舟去。一棹碧涛春水路,过尽晓莺啼处。

渡头杨柳青青,枝枝叶叶离情。此后锦书休寄,画楼云雨[1]无凭[2]。

【注】

1 云雨:隐喻男女交合之欢。

2 无凭:靠不住。

❶ 手稿为"傍",据《全宋词》作"梦"。

又

波纹碧皱,曲水清明后。折得疏梅香满袖,暗喜春红依旧。

归来紫陌[1]东头,金钗换酒消愁❶。柳影深深细路,花梢小小层楼。

【注】

1 紫陌:京师郊野的道路,此指大路。

又

幺弦[1]写意,意密弦声碎。书得凤笺无限事,犹恨春心难寄。

卧听疏雨梧桐,雨余淡月朦胧。一夜梦魂何处,那回杨叶楼中。

【注】

1 幺弦:本指琵琶的第四弦,此处代指琵琶。

鹧鸪天

彩袖殷勤捧玉钟[1],当年拚却[2]醉颜红。舞低杨柳楼心月,歌尽桃花扇底风。

从别后,忆相逢,几回魂梦与君同。今宵剩把银釭[3]照,犹恐相逢是梦中。

---

❶ 手稿为"销愁",据《全宋词》作"消愁"。

【注】

1　玉钟：古时指珍贵的酒杯，是对酒杯的美称。

2　拚（pàn）却：甘愿，不顾惜。却，语助词。

3　银釭（gāng）：银质的灯台，代指灯。

又

　　一醉醒来春又残，野棠梨雨泪阑干。玉笙声里莺空怨，罗幕香中燕未还。

　　终易散，且长闲，莫教离恨损朱颜。谁堪共展鸳鸯锦[1]，同过西楼[2]此夜寒。

【注】

1　鸳鸯锦：指绣有鸳鸯图案的锦被，象征男女的和合。

2　西楼：指词人青年时的欢会之地，小山词中常见。

又

　　小令尊前见玉箫，银灯一曲太妖娆。歌中醉倒谁能恨，唱罢归来酒未消。

　　春悄悄，夜迢迢，碧云天共楚宫[1]遥❶。梦魂惯得[2]无拘检[3]，又踏杨花过谢桥[4]。

---

❶　手稿为"腰"，据《全宋词》作"遥"。

【注】

1. 楚宫：楚王之宫殿，此化用楚怀王梦见巫山神女的典故。
2. 惯得：纵容，随意。
3. 拘检：检束，拘束。
4. 谢桥：唐代李德裕的侍妾谢秋娘原为歌伎，后世因以"谢娘"泛指歌伎，以"谢桥"代指通往烟花巷陌的路。

又

十里楼台倚翠微，百花深处杜鹃啼。殷勤自与行人语，不似流莺取次[1]飞。

惊梦觉，弄晴时[2]，声声只道不如归[3]。天涯[4]岂是无归意，争奈归期未可期。

【注】

1. 取次：随意，任意。
2. 弄晴时：杜鹃在晴明的春日卖弄自己的叫声。弄，卖弄。
3. 不如归：传说中杜鹃的叫声像"不如归去"。
4. 天涯：此处指漂泊天涯的游子，作者自况。

又

醉拍春衫惜旧香[1]，天将离恨恼疏狂。年年陌上生秋草，日日楼中到夕阳。

云渺渺，水茫茫，征人归路许多长。相思本是无凭语[2]，莫向花笺费泪行。

【注】

1　旧香：指过去欢乐生活遗留在衣衫上的香泽。

2　无凭语：没有根据的话。

临江仙

身外闲愁空满，眼中欢事常稀。明年应赋送君诗。细从今夜数，相会几多时。

浅酒欲邀谁劝，深情惟有君知。东溪[1]春近好同归。柳垂江上影，梅谢雪中枝。

【注】

1　东溪：泛指风景美好的地方。

又

淡水[1]三年欢意，危弦[2]几夜离情。晓霜红叶舞归程。客情今古道，秋梦短长亭。

渌酒[3]尊前清泪❶，《阳关叠》[4]里离声。少陵[5]诗思旧才名。云鸿[6]相约处，烟雾九重城。

【注】

1　淡水：指君子之交。《庄子·山木》有云："且君子之交淡若水。"

2　危弦：急弦。

3　渌酒：清酒。

---

❶　手稿为"绿酒樽前清泪"，据《全宋词》作"渌酒尊前清泪"。

4 《阳关叠》：即《阳关三叠》，唐宋时的送别曲。
5 少陵：唐代诗人杜甫，自号少陵野老。
6 云鸿：友人家之歌女小云、小鸿。

又

梦后楼台高锁，酒醒帘幕低垂。去年春恨却来¹时。落花人独立，微雨燕双飞。

记得小蘋²初见，两重心字❶罗衣。琵琶弦上说相思。当时明月在，曾照彩云³归。

【注】
1 却来：又来，再来。
2 小蘋：当时歌女名。
3 彩云：比喻美人。

蝶恋花

卷絮风头寒欲尽。坠粉飘红，日日香成阵。新酒又添残酒困。今春不减❷前春恨。

蝶去莺飞无处问。隔水高楼，望断双鱼¹信。恼乱横波秋一寸²。斜阳只与黄昏近。

编者按：此词一说为赵令畤所作。

❶ 手稿为"事"，据《全宋词》作"字"。
❷ 手稿为"改"，据《全宋词》作"减"。

【注】

1　双鱼：典出汉乐府诗《饮马长城窟行》："客从远方来，遗我双鲤鱼。呼儿烹鲤鱼，中有尺素书。"后借指书信。

2　秋一寸：指眼睛。

又

庭院碧苔红叶遍。金菊开时，已近登高宴[1]。日日露荷凋绿扇[2]。粉塘烟水澄如练。

试倚凉风醒❶酒面。雁字来时，恰向层楼见[3]。几点护霜云影转。谁家芦管吹秋怨？

【注】

1　登高宴：指重阳节的宴会，古时有重阳登高饮酒的风俗。一作"重阳宴"。

2　绿扇：借指荷叶。

3　见：通"现"。

又

碧草池塘春又晚。小叶风娇，尚学娥妆浅。双燕来时还念远。珠帘绣户杨花满。

绿柱频移弦易断。细看秦筝[1]，正似人情短。一曲啼乌心绪乱。红颜暗与流年换。

---

❶　手稿为"吹"，据《全宋词》作"醒"。

【注】

1 秦筝：秦地的一种弦乐器，似瑟。

又

醉别西楼醒不记。春梦秋云[1]，聚散真容易。斜月❶半窗还少睡。画屏闲展吴山[2]翠。

衣上酒痕诗里字。点点行行，总是凄凉意。红烛自怜无好计。夜寒空替人垂泪。

【注】

1 春梦秋云：指美好而又虚幻短暂、聚散无常的事物。
2 吴山：画屏上的江南山水。

又

欲减罗衣寒未去。不卷珠帘，人在深深处。残杏枝头花几许？啼红正恨[1]清明雨。

尽日沈香[2]烟一缕。宿酒[3]醒迟，恼破春情绪。远信还因归燕误。小屏风上西江[4]路。

编者按：此词一说为赵令畤所作。

【注】

1 啼红：女子流泪，此处指沾有雨迹的杏花。正恨：只恨。

---

❶ 手稿为"日"，据《全宋词》作"月"。

2 沈香：沉香。
3 宿酒：隔宿之酒，即昨晚睡前饮的酒。
4 西江：泛指江河。

又

碧玉高楼临水住。红杏开时，花底曾相遇。一曲阳春春已暮。晓莺声断朝云去。

远水来从楼下路。过尽流波，未得鱼中素[1]。月细风尖垂柳渡。梦魂长在分襟处[2]。

【注】

1 鱼中素：鱼腹中的尺素，即书信。
2 分襟处：分别的地方。分襟，犹分袂、分别。

又

梦入江南烟水路。行尽江南，不与离人遇。睡里消❶魂无说处。觉来惆怅消魂误。

欲尽此情书尺素。浮雁沉鱼[1]，终了无凭据。却倚缓❷弦歌别绪。断肠移破[2]秦筝柱[3]。

【注】

1 浮雁沉鱼：指书信，古代诗文中常以鸿雁和鱼作为传递书信的使者。

❶ 手稿为"销"，据《全宋词》作"消"。
❷ 手稿为"鲲"，据《全宋词》作"缓"。

2　破：尽，遍。

3　筝柱：筝上的弦柱。

玉楼春

秋千院落重帘暮，彩笔[1]闲来题绣户。墙头丹杏雨余花，门外绿杨风后絮。

朝云[2]信断知何处？应作襄王[3]春梦去。紫骝[4]认得旧游踪，嘶过画桥❶东畔路。

【注】

1　彩笔：传南朝时的江淹有五彩笔，因而文思敏捷。

2　朝云：巫山神女名。

3　襄王：战国时的楚襄王，宋玉曾陪侍襄王游云梦，作《高唐赋》《神女赋》。

4　紫骝：一种马，此处泛指骏马。

又

风帘向晓寒成阵，来❷报东风消息近。试从梅蒂紫边寻，更绕柳枝柔处问。

来迟不是春无信，开晚❸却疑花有恨。又应添得几分愁，

---

❶　手稿为"楼"，据《全宋词》作"桥"。

❷　手稿为"未"，据《全宋词》作"来"。

❸　手稿为"晓"，据《全宋词》作"晚"。

二十五弦[1]弹未尽。

【注】

1　二十五弦：一般认为指瑟，古代的瑟多为二十五弦。

又

　　东风又作无情计，艳粉娇红吹满地。碧楼帘影不遮愁，还似去年今日意。

　　谁知错管春残事，到处登临曾费泪。此时金盏[1]直须[2]深，看尽落花能几醉！

【注】

1　金盏：酒杯的美称。
2　直须：只管，尽管。

又

波紋碧皺曲水清明後折得疏梅香滿袖暗喜春紅依舊 歸來紫陌東頭金釵換酒銷愁柳陰深深細路花梢小小層樓

又

么絃寫意密絃聲碎書得鳳牋無限事猶恨春心難寄 卧聽疏雨梧桐雨餘淡月朦朧一夜夢魂何處那回楊葉樓中影

鷓鴣天

彩袖殷勤捧玉鐘當年拚却醉顏紅舞低楊柳樓心月歌盡桃花扇底風從別後憶相逢幾回魂夢與君同今宵剩把銀釭照猶恐相逢是夢中

又

一醉醒來春又殘野棠梨雨淚闌干玉笙聲裡鸞空怨羅幕香中燕未還 終易散且長閒莫教離恨損朱顏誰堪共展鴛鴦錦同過西樓此夜寒

晏幾道

生查子

金鞭美少年　去躍青驄馬　牽繫玉樓人　繡被春寒夜　消息未歸來　寒食梨花謝　無處說相思　背面秋千下

又

關山魂夢長　寒雁音書少　兩鬢可憐青　只為相思老　歸傍碧紗窗　說與人人道　真個別離難　不似相逢好

又

墜雨已辭雲　流水難歸浦　遺恨幾時休　心抵秋蓮苦　忍淚不能歌　試託哀絃語　絃語願相逢　知有相逢否

清平樂

留人不住　醉解蘭舟去　一棹碧濤春水路　過盡曉鶯啼處　渡頭楊柳青青　枝葉葉離情　此後錦書休寄　畫樓雲雨無憑

會幾多時 淺酒欲邀誰勸深情惟有君知東溪春近好同歸柳垂江上影梅謝雪中枝

又

淡水三年歡意危絃幾夜離情曉霜紅葉舞歸程客情今古道秋夢短長亭 綠酒樽前清淚陽關疊裏離聲少陵詩思舊才名雲鴻相約處烟霧九重城

又

夢後樓臺高鎖酒醒簾幕低垂去年春恨却來時落花人獨立微雨燕雙飛 記得小蘋初見兩重心事羅衣琵琶絃上說相思當時明月在曾照彩雲歸

蝶戀花

卷絮風頭寒欲盡隆粉飄紅日日香成陣新酒又添殘酒困今春不改前春恨 蝶去鶯飛無處問隔水高樓望斷雙魚信悵亂橫波秋一寸斜陽只與黃昏近

又

小令尊前見玉簫銀燈一曲太妖嬈歌中醉倒誰能恨唱罷歸來酒未消　春悄悄夜迢迢碧雲天共楚宮腰夢魂慣得無拘檢又踏楊花過謝橋

又

十里樓臺倚翠微百花深處杜鵑啼殷勤自與行人語不似流鶯取次飛　驚夢覺弄晴時聲聲只道不如歸天涯豈是無歸意爭奈歸期未可期

又

醉拍春衫惜舊香天將離恨惱疏狂年年陌上生秋草日日樓中到夕陽　雲渺渺水茫茫征人歸路許多長相思本是無憑語莫向花牋費淚行

臨江仙 補玉樓春三首

身外閒愁空滿眼中歡事常稀明年應賦送君詩細從今夜數相

又

欲減羅衣寒未去不卷珠簾人在深深處殘杏枝頭花幾許啼紅正恨清明雨盡日沈香煙一縷宿酒醒遲惱破春情緒遠信還因歸燕誤小屏風上西江路

又

碧玉高樓臨水住紅杏開時花底曾相遇一曲陽春春已暮曉鶯聲斷朝雲去遠水來從樓下過盡流波未得魚中素月細風吹垂柳渡夢魂長在分襟處路

又

夢入江南煙水路行盡江南不與離人遇睡裏銷魂無說處覺來惆悵銷魂誤欲盡此情書尺素浮雁沈魚終了無憑據卻倚歌別緒斷腸移破秦箏柱

又

庭院瑣窗紅葉徧金菊開時已近登高宴日日露荷凋綠扇粉塘烟水澄如練 試倚疎風吹酒面雁字來時恰向層樓見幾點護霜雲影轉誰家蘆管吹秋怨

又

碧草池塘春又晚小葉風嬌尚學娥粧淺雛又齊來時還念遠珠簾繡戶楊花滿 綠柱頻移絃易斷細看秦箏亞似人情短一曲啼烏心緒亂紅顏暗與流年換

又

醉別西樓醒不記春夢秋雲聚散真容易斜日半窗還少睡畫屏閒展吳山翠 衣上酒痕詩裏字點點行行總是淒涼意紅燭自憐無好計夜寒空替人垂淚

玉樓春

秋千院落重簾暮 彩筆閒來題繡戶 牆頭丹杏雨餘花 門外綠楊風後絮 朝雲信斷知何處 應作襄王春夢去 紫騮認得舊遊蹤 嘶過畫樓東畔路

又

風簾向曉寒成陣 未報東風消息近 試從梅蒂紫邊尋 更遶柔處問 來遲不是春無信 聞曉卻疑花有恨 又應添得幾分愁 二十五絃彈未盡

又

東風又作無情計 豔粉嬌紅吹滿地 碧樓簾影不遮愁 還似去年今日意 誰知錯管春殘事 到處登臨曾費淚 此時金盞直須深 看盡落花能幾醉

欧阳修

欧阳修（1007—1072），字永叔，号醉翁，晚号六一居士，吉州永丰（今江西吉安）人。北宋天圣八年（1030）进士，官至翰林学士、枢密副使、参知政事，以太子少师致仕。卒谥"文忠"。生前大力奖掖后进，王安石、苏轼、苏辙、曾巩等皆出其门下。政治上支持范仲淹的"庆历新政"，文学上力主"明道""致用"，反对宋初以来靡丽、险怪的文风，是北宋古文运动的领袖，"唐宋八大家"之一。独撰有《新五代史》，与宋祁合修《新唐书》，著有《欧阳文忠公文集》《六一词》。

浣溪沙

堤上游人逐画船，拍堤春水四垂天[1]，绿杨楼外出秋千。

白发戴花君莫笑，《六幺》[2]催拍盏频传，人生何处似尊[3]前！

编者按：手稿录入时尚在，后遗失。

【注】

1 四垂天：天幕仿佛从四面垂下，此处写湖上水天一色的情形。

2 《六幺》：又名《绿腰》，唐宋歌舞大曲。

3 尊：同"樽"，古代的盛酒器具。

又

湖上朱桥响画轮[1]，溶溶[2]春水浸春云，碧琉璃滑净无尘。
当路游丝萦醉客[3]，隔花啼鸟唤行人，日斜归去奈何春。

编者按：手稿录入时尚在，后遗失。

【注】

1　画轮：指有彩绘的豪华车子。
2　溶溶：指水盛貌。
3　醉客：指陶醉在美景之中的游人。

采桑子

轻舟短棹西湖[1]好，绿水逶迤[2]，芳草长堤，隐隐笙歌处处随。
无风水面琉璃滑，不觉船移，微动涟漪，惊起沙禽掠岸飞。

编者按：手稿录入时尚在，后遗失。

【注】

1　西湖：指颍州西湖，在今安徽省阜阳市。以下三首词中提到的西湖也是该处。
2　逶迤：形容道路或河道弯弯曲曲、连绵不绝。

又

画船载酒西湖好,急管繁弦[1],玉盏催传,稳泛平波任醉眠。行云却在行舟下[2],空水澄鲜,俯仰留连,疑是湖中别有天。

【注】

1 急管繁弦:形容乐曲变化丰富而节拍紧凑。
2 行云却在行舟下:指天上流动的云彩倒映在水中,仿佛就在行船之下。

又

群芳过后西湖好,狼藉残红,飞絮蒙蒙[1],垂柳阑干尽日风。笙歌散[2]尽游人去,始觉春空,垂下帘栊,双燕归来细雨中。

【注】

1 蒙蒙:原指细雨迷蒙的样子,此处形容飞扬的柳絮。
2 散:消失,此指乐曲声停止。

又

荷花开后西湖好,载酒来时,不用旌旗,前后红幢[1]绿盖随。画船撑入花深处,香泛金卮,烟雨微微,一片笙歌醉里归。

【注】

1 幢(chuáng):古代的帐幔。

南歌子

凤髻[1]金泥带[2],龙纹玉掌梳[3]。走❶来窗下笑相扶,爱道画眉深浅入时无[4]?

弄笔偎人久,描花试手初。等闲妨了绣工夫,笑问鸳鸯两字、怎生书?

【注】

1 凤髻:状如凤凰的发型。

2 金泥带:金色的彩带。

3 龙纹玉掌梳:图案作龙形如掌大小的玉梳。

4 入时无:是否时髦,是否赶得上时兴的样式?典出唐代朱庆馀《近试上张籍水部》诗:"妆罢低声问夫婿,画眉深浅入时无?"

玉楼春

别后不知君远近,触目凄凉多少闷。渐行渐远渐无书,水阔鱼沉[1]何处问。

夜深风竹敲秋韵,万叶千声皆是恨。故欹[2]单枕梦中寻,梦又不成灯又烬[3]。

【注】

1 鱼沉:鱼沉入水中,不再传递书信。

2 欹(yī):叹词。

3 烬(jìn):灯芯烧尽成灰。

❶ 手稿为"去",据《全宋词》作"走"。

又

　　湖边柳外楼高处，望断云山多少路。阑干倚遍使人愁，又是天涯初日暮。

　　轻无管系[1]狂无数，水畔花飞风里絮。算伊浑似[2]薄情郎，去便不来来便去。

【注】

1　管系：管束和羁绊。

2　浑似：全似。

临江仙

　　柳外轻雷池上雨，雨声滴碎荷声。小楼西角断虹明。阑干倚处，待得月华生。

　　燕子飞来窥画栋，玉钩垂下帘旌。凉波不动簟纹平[1]。水精[2]双枕，傍有堕钗横。

【注】

1　凉波不动簟（diàn）纹平：指竹子做的凉席平整如不动的波纹。簟，竹席。

2　水精：即水晶。

踏莎行

　　候馆[1]梅残，溪桥柳细，草薰[2]风暖摇征辔[3]。离愁渐远渐无穷，迢迢不断如春水。

寸寸柔肠，盈盈粉泪，楼高莫近危栏[4]倚。平芜[5]尽处是春山，行人更在春山外。

【注】

1　候馆：迎宾候客之馆舍。

2　草薰：小草散发清香。薰，香气侵袭。

3　征辔（pèi）：坐骑的缰绳。辔，缰绳。

4　危栏：高楼上的栏杆。危，高。

5　平芜：平坦地向前延伸的草地。芜，草地。

蝶恋花

庭院深深深几许[1]？杨柳堆烟[2]，帘幕无重数。玉勒雕鞍游冶处[3]，楼高不见章台路[4]。

雨横风狂三月暮。门掩黄昏，无计留春住。泪眼问花花不语，乱红[5]飞过秋千去。

【注】

1　几许：多少。许，估计数量之词。

2　堆烟：形容杨柳浓密。

3　玉勒：玉制的马衔。雕鞍：精雕的马鞍。游冶处：指青楼妓院。

4　章台路：汉代长安城内街名。此处指歌伎聚居之地。

5　乱红：凌乱的落花。

又

畫船載酒西湖好急管繁絃玉盞催傳穩泛平波任醉眠 行雲卻在行舟下空水澄鮮俯仰留連疑是湖中別有天

又

羣芳過後西湖好狼藉殘紅飛絮濛濛垂柳闌干盡日風 笙歌散盡遊人去始覺春空垂下簾櫳雙燕歸來細雨中

又

荷花開後西湖好載酒來時不用旌旗前後紅幢綠蓋隨 畫船撐入花深處香泛金卮煙雨微微一片笙歌醉裏歸

南歌子

鳳髻金泥帶龍紋玉掌梳走來窗下笑相扶愛道畫眉深淺入時無 弄筆偎人久描花試手初等閒妨了繡工夫笑問鴛鴦兩字怎生書

玉樓春

別後不知君遠近觸目淒涼多少悶漸行漸遠漸無書水闊魚沈何處問 夜深風竹敲秋韻萬葉千聲皆是恨故欹單枕夢中尋夢又不成燈又燼

又

湖邊柳外樓高處望斷雲山多少路闌干倚徧使人愁又是天涯
初日暮 輕無管繫狂無數水畔花飛風裏絮箏伊渾似薄情郎
去便不來來便去

臨江仙
柳外輕雷池上雨雨聲滴碎荷聲小樓西角斷虹明闌干倚處待
得月華生 燕子飛來窺畫棟玉鉤垂下簾旌涼波不動簟紋平
水精雙枕傍有墮釵橫

踏莎行
侯館梅殘溪橋柳細草薰風暖搖征轡離愁漸無窮迢迢不
斷如春水 寸寸柔腸盈盈粉淚樓高莫近危欄倚平蕪盡處是
春山行人更在春山外

蝶戀花
庭院深深深幾許楊柳堆煙簾幕無重數玉勒雕鞍遊冶處樓高
不見章臺路 雨橫風狂三月暮門掩黃昏無計留春住淚眼問
花花不語亂紅飛過秋千去

柳永

柳永（约987—约1053），初名三变，字景庄。改名永，字耆卿。排行第七，故称"柳七"。祖籍河东（今山西永济），徙居崇安（今属福建武夷山）。北宋景祐元年（1034）中进士，时年近五十。官至屯田员外郎，世称"柳屯田"。为人放荡不羁，善为乐章，长于慢词，多写歌伎生活、都市风光和羁旅行役。作品流传甚广，据叶梦得《避暑录话》记载："凡有井水处，即能歌柳词。"作为词史上承前启后的人物，对北宋慢词的发展和兴盛起到重要作用。有《乐章集》。

少年游

　　长安古道马迟迟[1]，高柳乱蝉嘶。夕阳岛外，秋风原上[2]，目断[3]四天垂[4]。

　　归云一去无踪迹，何处是前期[5]？狎兴[6]生疏，酒徒萧索[7]，不似少年时。

【注】

1　马迟迟：马行缓慢的样子。
2　原上：乐游原上，在长安西南。
3　目断：极目望到尽头。
4　四天垂：天的四周夜幕降临。
5　前期：以前的期约。
6　狎兴：游乐的兴致。狎，亲昵而轻佻。
7　萧索：零散，稀少。

蝶恋花

伫[1]倚危楼风细细。望极春[2]愁,黯黯[1]生天际。草色烟[3]光[2]残照里,无人谁会[4]凭阑意。

拟把[5]疏狂图一醉[3]。对酒当歌,强乐[4]还无味。衣带渐宽[5]终不悔,为伊消得[6]人憔悴。

【注】

1　黯黯:迷蒙不明,形容心情沮丧忧愁。

2　烟光:飘忽缭绕的云霭雾气。

3　拟把疏狂图一醉:打算尽情放纵,一醉方休。拟把,打算。

4　强(qiǎng)乐:勉强欢笑。强,勉强。

5　衣带渐宽:指人逐渐消瘦。

6　消得:值得,能忍受得了。

诉衷情近

雨晴气爽,伫立江楼望处。澄明远水生光,重叠暮山耸翠。遥认[6]断桥幽径,隐隐渔村,向晚[1]孤烟起。

---

❶ 手稿为"独",据《全宋词》作"伫"。
❷ 手稿为"离",据《全宋词》作"春"。
❸ 手稿为"山",据《全宋词》作"烟"。
❹ 手稿为"无人会得",据《全宋词》作"无人谁会"。
❺ 手稿为"也拟",据《全宋词》作"拟把"。
❻ 手稿为"想",据《全宋词》作"认"。

残阳里。脉脉朱阑静倚。黯然情绪，未饮先如醉。愁无际。暮云过了，秋风老尽², 故人千里。竟日空凝睇³。

【注】

1　向晚：临近晚上。孤烟：远处独起的炊烟。

2　老尽：衰竭。

3　凝睇（dì）：凝视，注视。

八声甘州

对潇潇暮雨洒江天，一番洗清秋¹。渐霜风凄紧，关河冷落，残照当楼。是处红衰翠❶减²，苒苒³物华休。惟有长江水，无语东流。

不忍登高临远，望故乡渺邈⁴，归思难收。叹年来踪迹，何事苦淹留⁵？想佳人妆楼颙望⁶，误几回、天际识归舟⁷。争⁸知我，倚阑干处，正恁⁹凝愁❷¹⁰。

【注】

1　一番洗清秋：一番风雨，洗出一个凄清的秋天。

2　是处红衰翠减：到处花草凋零。语出李商隐《赠荷花》诗："翠减红衰愁杀人。"是处，到处。红、翠，指代花草树木。

3　苒（rǎn）苒：渐渐。

4　渺邈：遥远。

---

❶　手稿为"绿"，据《全宋词》作"翠"。

❷　手稿为"眸"，据《全宋词》作"愁"。

5　淹留：久留。

6　颙（yóng）望：抬头远望。

7　误几回、天际识归舟：多少次错把远处驶来的船当作心上人回家的船。典出谢朓《之宣城郡出新林浦向板桥》诗："天际识归舟，云中辨江树。"

8　争：怎。

9　恁（nèn）：如此。

10　凝愁：忧愁凝结不解。

昼夜乐

　　洞房[1]记得初相遇。便只合[2]、长相聚。何期小会幽欢[3]，变作离情别绪。况值阑珊春色暮[4]，对满目、乱花狂絮。直恐好风光，尽随伊归去。

　　一场寂寞凭谁诉。算前言[5]、总轻负[6]。早知恁地难拚，悔不当初留住。其奈风流端正❶外，更别有、系人心处。一日不思量，也攒眉千度[7]。

【注】

1　洞房：深邃的住室，后多用以指妇女所居的闺阁。

2　只合：只应该。

3　小会：指两个人的秘密相会。幽欢：幽会的欢乐。

4　春色暮：即暮春，春天最后一段时间，指农历三月。

❶　手稿为"整"，据《全宋词》作"正"。

5 前言:以前说过的话。
6 轻负:轻易地辜负。
7 攒(cuán)眉千度:皱眉一千遍,形容整天愁眉紧锁。攒眉,愁眉紧锁。

雨霖铃

寒蝉凄切[1],对长亭晚,骤雨初歇。都门帐饮无绪[2],留恋处❶、兰舟催发。执手相看泪眼,竟无语凝噎[3]。念去去[4]、千里烟波,暮霭沉沉楚天阔[5]。

多情自古伤离别,更那堪、冷落清秋节!今宵酒醒何处?杨柳岸、晓风残月。此去经年[6],应是良辰好景虚设。便纵有、千种风情[7],更与何人说。

【注】

1 凄切:凄凉急促。
2 都门:国都之门。这里代指北宋的首都汴京(今河南开封)。帐饮:在郊外设帐饯行。无绪:没有情绪。
3 凝噎:喉咙哽塞,欲语不出的样子。
4 去去:重复"去"字,表示行程遥远。
5 暮霭沉沉楚天阔:黄昏时的云雾笼罩着南天,深厚广阔,不知尽头。楚天,古时楚国居于南方,故以楚天泛指南方的天空。
6 经年:年复一年。
7 风情:情意。男女相爱之情,深情蜜意。

❶ 手稿为"方留恋处",据《全宋词》无"方"字,故删去。

倾杯乐

鹜[1]落霜洲,雁横烟渚,分明画出秋色。暮雨乍歇。小楫夜泊,宿苇村山驿[1]。何人月下临风处,起一声羌笛。离愁万绪,闻岸草、切切蛩吟如织[2]。

为忆芳容别后,水遥山远,何计凭鳞翼[3]。想绣阁深沉,争知憔悴损[4],天涯行客。楚峡云归,高阳[5]人散,寂寞狂踪迹。望京国[6]。空目断、远峰凝碧。

【注】

1 苇村山驿:指僻野的村驿。苇、山为互文,指僻野。
2 切切:拟声词,蟋蟀的鸣叫声。蛩(qióng):古指蟋蟀,有时也指蝗虫。
3 鳞翼:指鱼和雁,此处指书信。
4 损:表程度,意为极。
5 高阳:指酒徒。秦末郦食其为陈留高阳乡(今河南杞县西南)人,曾自称"高阳酒徒",后世常以高阳代指酒徒。
6 京国:京城。

夜半乐

冻云[1]黯淡天气,扁舟一叶,乘兴离江渚。渡万壑千岩,越溪深处。怒涛渐息,樵风[2]乍起,更闻商旅相呼。片帆高举。泛画鹢[3]、翩翩过南浦。

---

❶ 手稿为"木",据《全宋词》作"鹜"。

望中酒旆闪闪，一簇烟村，数行霜树。残日下、渔人鸣榔[4]归去。败荷零落，衰杨掩映，岸边两两三三、浣沙❶游女。避行客、含羞笑相语❷。

　　到此因念，绣阁轻抛[5]，浪萍难驻[6]。叹后约❸丁宁竟何据[7]？惨离怀、空恨岁晚归期阻。凝泪眼、杳杳神京路。断鸿声远长天暮[8]。

【注】

1. 冻云：冬天浓重聚积的云。
2. 樵风：指顺风。《嘉泰会稽志》："会稽县：樵风泾，在县东南二十五里。旧经云：汉郑弘少时采薪，得一遗箭，顷之，有人觅箭，问弘何所欲。弘识其神人也，答曰：尝患若耶溪载薪为难，愿朝南风，暮北风。后果然。世号樵风。"
3. 画鹢（yì）：船其首画鹢鸟者，以图吉利。鹢是古书上说的一种水鸟，不怕风暴，善于飞翔。这里以"画鹢"代指舟船。
4. 鸣榔：用长木棒敲击船舷。
5. 绣阁轻抛：轻易抛弃了偎红倚翠的生活。
6. 浪萍难驻：漂泊漫游如浪中浮萍一样行踪无定。
7. 后约：约定以后相见的日期。丁宁：通"叮咛"，临别郑重嘱咐。
8. 断鸿：失群的孤雁。长天暮：远天出现茫茫暮色。

---

❶ 手稿为"纱"，据《全宋词》作"沙"。
❷ 手稿为"相笑语"，据《全宋词》作"笑相语"。
❸ 手稿缺一个"叹"字，据《全宋词》补全。

八聲甘州

對瀟瀟暮雨灑江天一番洗清秋漸霜風淒緊關河冷落殘照當樓是處紅衰綠減苒苒物華休惟有長江水無語東流不忍登高臨遠望故鄉渺邈歸思難收歎年來蹤跡何事苦淹留想佳人妝樓顒望誤幾回天際識歸舟爭知我倚闌干處正恁凝眸

晝夜樂

洞房記得初相遇便只合長相聚何期小會幽歡變作離情別緒況值闌珊春色暮對滿目亂花狂絮直恐好風光盡隨伊歸去
一場寂寞憑誰訴算前言總輕負早知恁地難拚悔不當初留住其奈風流端整外更別有繫人心處一日不思量也攢眉千度

雨霖鈴

寒蟬淒切對長亭晚驟雨初歇都門帳飲無緒方留戀處蘭舟催發執手相看淚眼竟無語凝噎念去去千里煙波暮靄沈沈楚天闊多情自古傷離別更那堪冷落清秋節今宵酒醒何處楊柳岸曉風殘月此去經年應是良辰好景虛設便總有千種風情更與何人說

柳永

少年遊

長安古道馬遲遲 高柳亂蟬嘶 夕陽島外 秋風原上 目斷四天垂
歸雲一去無蹤跡 何處是前期 狎興生疏 酒徒蕭索 不似少年時

蝶戀花

獨倚危樓風細細 望極離愁 黯黯生天際 草色山光殘照裏 無人會得憑闌意
擬把疏狂圖一醉 對酒當歌 強樂還無味 衣帶漸寬終不悔 為伊消得人憔悴

訴衷情近

雨晴氣爽 佇立江樓望處 登明遠水生光 重疊暮山聳翠 遍想幽徑隴畔 漁村向晚 孤煙起殘陽裏 脈脈朱闌靜倚 黯然情緒
未飲先如醉 愁無際 暮雲過了 秋風老盡 故人千里 竟日空凝睇

傾杯樂

木落霜洲雁橫煙渚分明畫出秋色暮雨乍歇小檝夜泊宿葦村山驛何人月下臨風慘起一聲羌笛離愁萬緒聞岸草切切蛩吟如織為憶芳容別後水遙山遠何計憑鱗翼想繡閣深沈爭知憔悴損天涯行客楚峽雲歸高陽人散寂寞狂蹤跡望京國空目斷遠峯凝碧

夜半樂

凍雲黯淡天氣扁舟一葉乘興離江渚渡萬壑千巖越溪深處怒濤漸息樵風乍起更聞商旅相呼片帆高舉泛畫鷁翩翩過南浦望中酒旆閃閃一簇煙村數行霜樹殘日下漁人鳴榔歸去敗荷零落衰楊掩映岸邊兩兩三三浣紗遊女避行客含羞相笑語到此因念繡閣輕拋浪萍難駐歎後約丁寧竟何據慘離懷空恨歲晚歸期阻凝淚眼杳杳神京路斷鴻聲遠長天暮

苏轼

苏轼（1037—1101），字子瞻，号东坡居士，眉州眉山（今属四川）人。北宋嘉祐二年（1057）进士，历仕凤翔府判官、中书舍人、翰林学士、端明殿学士、礼部尚书等职。外放期间曾通判杭州，知密州、徐州、湖州、颍州等地。元丰三年（1080）因"乌台诗案"被贬黄州。绍圣初，又贬惠州、儋州。徽宗即位后被赦还北归。卒于常州。谥号"文忠"。博学多才，工于诗、词、文，兼善书画。其诗雄浑豪迈，其文汪洋恣肆，其词题材丰富，意境开阔，开豪放一派，与辛弃疾并称"苏辛"。为一代文宗，与父苏洵、弟苏辙合称"三苏"，为"唐宋八大家"之一。著有《东坡全集》《东坡乐府》等。

如梦令

为向东坡[1]传语，人在玉❶堂[2]深处。别后[3]有谁来？雪压小桥无路[4]。归去，归去，江上一犁[5]春雨。

【注】

1 东坡：指贬谪黄州时的旧居以及邻人。

2 玉堂：指翰林院。

3 别后：指苏轼于元丰七年（1084）四月离开黄州。

4 压：覆盖。小桥：指黄州东坡雪堂正南的小桥。

5 一犁：形容春雨的深度。

❶ 手稿为"画"，据《全宋词》作"玉"。

生查子

三度别君来[1],此别真迟暮。白尽老髭须[2],明日淮南[3]去。
酒罢月随人,泪湿花如雾[4]。后月❶逐君还,梦绕湖边路。

【注】

1　三度别君来:三次与苏伯固作别。

2　髭(zī)须:胡须。

3　淮南:路名,宋太宗至道年间十五路之一,治所在扬州(今属江苏)。这里指扬州。

4　花如雾:谓老年头发花白,有如雾中看花。

卜算子

缺月挂疏桐,漏断[1]人初静。时见幽人[2]独往来,缥缈孤鸿影。
惊起却回头,有恨无人省[3]。拣尽寒枝不肯栖,寂寞沙洲冷。

【注】

1　漏断:指夜深了。漏,更漏。

2　幽人:幽居的人。

3　无人省:没有人理解。省,理解。

好事近

湖上雨晴时,秋水半篙初没。朱槛俯窥寒鉴[1],照衰颜华发。

---

❶ 手稿为"夜",据《全宋词》作"月"。

醉中吹❶堕白纶巾², 溪风漾流月。独棹小舟❷归去，任烟波飘兀³。

【注】

1　朱槛（jiàn）：船上的红色栏杆。鉴：镜子，这里指寒冷的湖水。

2　白纶（guān）巾：古时一种白色头巾，用青丝绦带制成。

3　飘兀：飘摇不稳定。

西江月　春夜行蕲水中

照野弥弥¹浅浪，横空暧暧微霄²。障泥³未解玉骢骄，我欲醉眠芳草。

可惜⁴一溪明月，莫教踏破❸琼瑶⁵。解鞍欹❹枕绿杨桥，杜宇一❺声春晓。

【注】

1　弥弥：水波翻动的样子。

2　微霄：弥漫的云气。

3　障泥：马鞯，垂于马两旁以挡泥土。

4　可惜：可爱。

5　琼瑶：美玉，这里形容月亮在水中的倒影。

---

❶ 手稿为"欲"，据《全宋词》作"吹"。
❷ 手稿为"短舟"，据《全宋词》作"小舟"。
❸ 手稿为"碎"，据《全宋词》作"破"。
❹ 手稿为"倚"，据《全宋词》作"欹"。
❺ 手稿为"数"，据《全宋词》作"一"。

南歌子 湖州作

山雨潇潇过,溪桥浏浏[1]清。小园幽榭[2]枕苹汀,门外月华如水、彩舟横。

苕岸霜花尽,江湖雪阵平。两山遥指海门青,回首水云何处、觅孤城。

【注】

1 浏浏:水流顺行无阻。
2 榭:建筑在台上的房屋。

鹧鸪天 谪黄州作

林断山明竹隐墙。乱蝉衰草小池塘。翻空白鸟时时见,照水红蕖[1]细细香。

村舍外,古城旁❶。杖藜[2]徐步转斜阳。殷勤昨夜三更雨,又得浮生一日凉。

【注】

1 红蕖:盛开的红色的荷花。蕖,芙蕖,指已开放的荷花。
2 杖藜:拄着一截藜茎作为手杖。

---

❶ 手稿为"傍",据《全宋词》作"旁"。

南乡子 重九涵辉楼呈徐君猷 ❶

霜降水痕收[1],浅碧鳞鳞露远洲。酒力渐消风力软,飕飕,破帽多情却恋头。

佳节若为酬[2],但把清尊❷断送秋。万事到头都是梦,休休[3],明日黄花蝶也愁。

【注】
1 水痕收:指水位降低。
2 若为酬:怎样应付过去。
3 休休:不要,此处指不要再提往事。

又 送述古

回首乱山横,不见居人只见城。谁似临平山[1]上塔,亭亭,迎客西来送客行。

临路晚风清,一枕初寒梦不成。今夜残灯斜照处,荧荧[2],秋雨晴时泪不晴。

【注】
1 临平山:在今杭州临平区。宋时临平为杭州水路东向北行第一站,山上原有塔,临平塔为当时送别的标志。
2 荧荧:指残灯照射泪珠的闪光。

❶ 手稿为"重九涵辉楼",据《全宋词》补全题目。
❷ 手稿为"樽",据《全宋词》作"尊"。

蝶恋花　暮春别李公择

簌簌无风花自亸[1]。寂寞园林,柳老樱桃过。落日多情还照坐,山青一点横云破。

路尽河回千转舵。系缆[2]渔村,月暗孤灯火。凭仗飞魂招楚些[3],我思君处君思我。

【注】

1　簌簌:花落的声音。亸(duǒ):悠然落下的样子。
2　系缆:指停泊在某地。
3　凭仗飞魂招楚些:语出《楚辞·招魂》诗:"魂兮归来,反故居些。"此处指像《招魂》中那样,召唤离去的友人。

又

春事阑珊芳草歇。客里[1]风光,又过清明节。小院黄昏人忆别,落红处处闻啼鴂[2]。

咫尺江山分楚越。目断魂销❶,应是音尘绝。梦破五更心欲折[3],角声吹落梅花[4]月❷。

【注】

1　客里:离乡在外期间。
2　啼鴂(jué):鸣声悲凄,古人认为是不祥之鸟。
3　梦破:梦醒。心欲折:伤心欲绝。
4　梅花:指古代笛曲《梅花落》。

---

❶ 手稿为"消",据《全宋词》作"销"。
❷ 手稿为"笛",据《全宋词》作"月"。

临江仙

夜饮东坡[1]醒复醉,归来仿佛三更。家童鼻息已雷鸣。敲门都不应,倚杖听江声[2]。

长恨此身非我有,何时忘却营营[3]?夜阑风静縠纹[4]平。小舟从此逝,江海寄余生。

【注】

1 东坡:在湖北黄冈市东。苏轼谪贬黄州时,友人马正卿助其垦辟的游息之所。

2 听江声:苏轼起初寓居临皋亭,位于长江边,故能日夜听到江水的涛声。

3 营营:周旋、忙碌,内心躁急之状,形容为利禄竞逐钻营。

4 縠(hú)纹:比喻水波细纹。縠,绉纱。

定风波 沙湖道中遇雨

莫听穿林打叶声[1],何妨吟啸[2]且徐行。竹杖芒鞋轻胜马,谁怕?一蓑烟雨任平生[3]。

料峭春风吹酒醒,微冷,山头斜照却相迎。回首向来[4]萧瑟处,归去,也无风雨也无晴[5]。

【注】

1 穿林打叶声:指大雨点透过树林打在树叶上的声音。

2 吟啸:吟咏长啸。

3 一蓑烟雨任平生:披着蓑衣在风雨里过一辈子也处之泰然。

4　向来：方才。

5　也无风雨也无晴：意谓既不怕雨，也不喜晴。

青玉案　和贺方回韵送伯固[1]归吴中故居

三年枕上吴中路，遣黄耳[2]、随君去。若到松江呼小渡。莫惊鸥鹭，四桥尽是，老子经行处。

辋川图[3]上看春暮，常记高人右丞句。作个归期天已❶许。春衫犹是，小蛮[4]针线，曾湿西湖雨。

【注】

1　伯固：苏轼诗友苏坚，字伯固，曾随苏轼在杭州三年。

2　黄耳：晋代陆机所饲养的犬名，能不远千里为主人寄送家书。典出《晋书·陆机传》。此处用以表示希望能常通音信。

3　辋川图：唐代王维曾于蓝田清凉寺壁上画《辋川图》。

4　小蛮：歌伎名，这里代指苏轼侍妾朝云。

江城子　湖上与张先同赋[1]

凤凰山[2]下雨初晴，水风清，晚霞明。一朵芙蕖，开过尚盈盈。何处飞来双白鹭，如有意，慕娉婷[3]。

忽闻江上弄哀筝，苦含情，遣谁听？烟敛云收，依约是湘灵[4]。欲待曲终寻问取，人不见，数峰青。

❶　手稿为"定"，据《全宋词》做"已"。

【注】

1 湖：指杭州西湖。张先：北宋著名词人。
2 凤凰山：在杭州西湖南面。
3 娉婷：姿态美好，此指美女。
4 湘灵：湘水女神，相传原为舜妃。

又 感梦

　　十年生死两茫茫。不思量[1]，自难忘。千里孤坟，无处话凄凉。纵使相逢应不识，尘满面，鬓如霜。

　　夜来幽梦[2]忽还乡，小轩窗[3]，正梳妆。相顾无言，惟有泪千行。料得年年肠断处，明月夜，短松冈[4]。

【注】

1 思量：想念。
2 幽梦：梦境隐约，故云幽梦。
3 小轩窗：指小室的窗户。
4 短松冈：指苏轼葬妻之地。

洞仙歌

　　冰肌玉骨，自清凉无汗。水殿[1]风来暗香满。绣帘开，一点明月窥人，人未寝，欹[2]枕钗横鬓乱。

　　起来携素手，庭户无声，时见疏星渡❶河汉。试问夜如何？

---

❶ 手稿为"度"，据《全宋词》作"渡"。

夜已三更，金波³淡，玉绳⁴低转。但屈指西风几时来，又不道流年暗中偷换。

【注】

1　水殿：建在摩诃池上的宫殿。

2　欹：斜靠。

3　金波：指月光。

4　玉绳：星名，位于北斗星附近。

水调歌头

丙辰中秋，欢饮达旦，大醉，作此篇，兼怀子由¹。

明月几时有？把酒问青天。不知天上宫阙，今夕是何年。我欲乘风归去²，又恐琼楼玉宇，高处不胜寒。起舞弄清影³，何似⁴在人间。

转朱阁，低绮户⁵，照无眠。不应有恨，何事长❶向别时圆⁶？人有悲欢离合，月有阴晴圆缺，此事⁷古难全。但愿人长久，千里共婵娟⁸。

【注】

1　子由：即苏轼的弟弟苏辙，字子由。

2　归去：回去，此处指回到月宫里去。

3　弄清影：在月光下起舞，影子也随着舞动。弄，赏玩。

4　何似：何如，哪里比得上。

❶ 手稿为"偏"，据《全宋词》作"长"。

5 低绮户：月亮低低地挂在雕有花纹的窗户上。

6 何事长向别时圆：为什么偏偏在人们分离时圆呢？何事，为什么。

7 此事：指人的"欢"和"合"、月的"晴"和"圆"。

8 婵娟：代指月亮。

又 赠章质夫家善琵琶者

　　昵昵[1]儿女语，灯火夜微明。恩冤尔汝[2]来去，弹指泪和声。忽变轩昂勇士，一鼓填然[3]作气，千里不留行。回首暮云远，飞絮搅青冥。

　　众禽里，真彩凤，独不鸣。跻攀寸步千险，一落百寻[4]轻。烦子指间风雨，置我肠中冰炭，起坐不能平。推手从❶归去，无泪与君倾。

【注】

1 昵昵（nì nì）：象声词，形容言辞亲切。

2 尔汝：彼此以尔汝相称，表亲昵。

3 填然：状声响之巨。

4 寻：古代长度单位，或曰七尺为寻，或曰八尺为寻。

八声甘州 寄参寥子[1]

　　有情风万里卷潮来，无情送潮归。问钱塘江上，西兴浦口[2]，几度斜晖？不用思量今古，俯仰昔人非[3]。谁似东坡老，白首忘机[4]。

---

❶ 手稿为"足"，据《全宋词》作"从"。

记取西湖西畔，正暮山好处，空翠烟霏。算诗人相得[5]，如我与君稀。约他年、东还海道，愿谢公雅志[6]莫相违。西州[7]路，不应回首，为我沾衣。

【注】

1. 参寥子：即僧人道潜，字参寥，精通佛典，工诗，与苏轼交厚。
2. 西兴浦口：位于今杭州市滨江区西兴古镇，在钱塘江南。
3. 俯仰昔人非：语出王羲之《兰亭集序》："俯仰之间，已为陈迹。"
4. 忘机：忘却世俗的机诈之心。这里说苏轼清除机心，即心中淡泊，任其自然。李白《下终南山过斛斯山人宿置酒》诗有云："我醉君复乐，陶然共忘机。"
5. 相得：相交，相知。
6. 雅志：很早立下的志愿。
7. 西州：建康（今江苏南京）四城之一，为扬州刺史治所，在台城以西，故称西州。

念奴娇 赤壁怀古

大江东去，浪淘尽，千古风流人物。故垒西边，人道是，三国周郎赤壁。乱石穿空，惊涛拍岸，卷起千堆雪。江山如画，一时多少豪杰。

遥想公瑾当年，小乔初嫁了，雄姿英发[1]。羽扇纶巾[2]，谈笑间，樯橹[3]灰飞烟灭。故国神游[4]，多情应笑我，早生华发[5]。人生如梦，一尊还酹江月[6]。

【注】

1. 英发（fā）：谈吐不凡，见识卓越。
2. 羽扇纶（guān）巾：古代儒将的便装打扮。羽扇，羽毛制成的扇子。纶巾，青丝制成的头巾。
3. 樯橹（qiáng lǔ）：此处代指曹操的水军战船。一作"强虏"。樯，挂帆的桅杆。橹，摇船的桨。
4. 故国神游："神游故国"的倒装。故国，此处指旧地，当年的赤壁战场。
5. 多情应笑我，早生华发："应笑我多情，华发早生"的倒装。华发（fà）：花白的头发。
6. 一尊还（huán）酹（lèi）江月：洒酒酬月，寄托自己的感情。酹，把酒浇在地上，表示祭奠。

水龙吟 次韵章质夫《杨花词》

似花还似非花，也无人惜从教¹坠。抛家❶傍路，思量却是，无情有思²。萦损柔肠³，困酣娇眼⁴，欲开还闭。梦随风万里，寻郎去处，又还被、莺呼起。

不恨此花飞尽，恨西园、落红难缀⁵。晓来雨过，遗踪何在？一池萍碎⁶。春色⁷三分，二分尘土，一分流水。细看来，不是杨花，点点是离人泪。

❶ 手稿为"街"，据《全宋词》作"家"。

【注】

1. 从教：任凭。
2. 无情有思：言杨花看似无情，实则自有它的情思。唐韩愈《晚春》诗有"杨花榆荚无才思，惟解漫天作雪飞"句，这里反用其意。思，心绪，情思。
3. 萦：萦绕，牵念。柔肠：柳枝细长柔软，故以柔肠为喻。
4. 困酣：困倦之极。娇眼：美人娇媚的眼睛，比喻柳叶。古诗赋中常将初生的柳叶称作柳眼。
5. 缀：连接。
6. 一池萍碎：苏轼自注"杨花落水为浮萍，验之信然"。
7. 春色：代指杨花。

永遇乐 夜宿燕子楼[1]

明月如霜，好风如水，清景无限。曲港跳鱼，圆荷泻露，寂寞无人见。纵如[2]三鼓，铿❶然[3]一叶，黯黯梦云❷惊断[4]。夜茫茫、重寻无处，觉来小园行遍。

天涯倦客，山中归路，望断故园心眼[5]。燕子楼空，佳人何在，空锁楼中燕。古今如梦，何曾梦觉，但有旧欢新怨。异时对、黄❸楼[6]夜景，为余浩叹。

❶ 手稿为"飘"，据《全宋词》作"铿"。
❷ 手稿为"魂"，据《全宋词》作"云"。
❸ 手稿为"南"，据《全宋词》作"黄"。

【注】

1. 燕子楼：楼名，相传为唐贞元时尚书张建封之爱妾关盼盼居所。张死后，盼盼念旧不嫁，独居此楼十余年。后以"燕子楼"泛指女子居所。
2. 统（dǎn）如：击鼓声。
3. 铿然：清越的音响。
4. 梦云：夜梦神女朝云。云，喻盼盼。惊断：惊醒。
5. 心眼：心愿。
6. 黄楼：徐州东门上的大楼，苏轼做徐州知州时建造。

贺新郎 夏景❶

乳燕飞华屋。悄无人、桐阴转午，晚凉新浴。手弄生绡白团扇[1]，扇手一时似玉[2]。渐困倚、孤眠清熟[3]。帘外谁来推绣户，枉教人、梦断瑶台曲。又却是，风敲竹。

石榴半吐红巾蹙[4]。待浮花、浪蕊[5]都尽，伴君幽独。秾艳[6]一枝细看取，芳心千重似束[7]。又恐被、秋风惊绿[8]。若待得君来向此，花前对酒不忍触。共粉泪，两簌簌[9]。

【注】

1. 生绡（xiāo）：未漂煮过的生丝织物，指丝绢。团扇：汉班婕妤《团扇诗》有"新裂齐纨素，鲜洁如霜雪。裁为合欢扇，团团似明月"句，后以喻红颜薄命，佳人失宠。

---

❶ 手稿词牌名后未附题目《夏景》，据《全宋词》补。

2　扇手：白团扇与素手。一时：一并，一齐。

3　清熟：谓睡眠安稳沉酣。

4　红巾蹙（cù）：形容石榴花半开时如红巾皱缩。蹙，皱。

5　浮花、浪蕊：指轻浮斗艳而早谢的桃、李等花。典出唐韩愈《杏花》诗："浮花浪蕊镇长有，才开还落瘴雾中。"

6　秾（nóng）艳：色彩艳丽。

7　千重似束：形容石榴花瓣重叠，借指佳人心事重重。

8　秋风惊绿：指秋风乍起致榴花凋谢，只剩绿叶。

9　两簌（sù）簌：花瓣与眼泪同落。簌簌，纷纷落下的样子。

蘇軾

如夢令

為向東坡傳語人在畫堂深處別後有誰來雪壓小橋無路歸去歸去江上一犁春雨

生查子

三度別君來此別真遲暮白盡老髭鬚明日淮南去酒罷月隨人渡涳花如霧後夜逐君還夢遶湖邊路

卜算子

缺月挂疏桐漏斷人初靜時見幽人獨往來縹緲孤鴻影 驚起卻回頭有恨無人省揀盡寒枝不肯棲寂寞沙洲冷

好事近

湖上雨晴時秋水半篙初沒朱檻俯窺寒鑑照衰顏華髮 醉中欲墮白綸巾溪風漾流月獨棹短舟歸去任煙波飄兀

西江月 春夜行蘄水中

照野瀰瀰淺浪橫空曖曖微雲障泥未解玉驄驕我欲醉眠芳草 可惜一溪明月莫教踏碎瓊瑤解鞍倚枕綠楊橋杜宇數聲春曉

又 送述古

回首亂山橫不見居人只見城誰似臨平山上塔亭亭迎客西來送客行 臨路晚風清一枕初寒夢不成今夜殘燈斜照處熒熒秋雨晴時淚不晴

蝶戀花 暮春別李公擇

簌簌無風花自墮寂寞園林柳老櫻桃過落日多情還照坐山青一點橫雲破 路盡河回千轉柁繫纜漁村月暗孤燈火憑仗飛魂招楚些我思君處君思我

又

春事闌珊芳草歇客裡風光又過清明節小院黃昏人憶別落紅處處聞啼鴂 咫尺江山分楚越目斷魂消應是音塵絕夢破五更心欲折角聲吹落梅花笛

臨江仙

夜飲東坡醒復醉歸來彷彿三更家童鼻息已雷鳴敲門都不應倚杖聽江聲 長恨此身非我有何時忘卻營營夜闌風靜縠紋平小舟從此逝江海寄餘生

南歌子 湖州作

山雨瀟瀟過溪橋 劉劉清小閣幽榭枕蘋汀 門外月華如水綠舟橫 苔岸霜花盡 江湖雪陣平 雨山遙指海門青 回首水雲何處覓孤城

鷓鴣天 讀黄州作

林斷山明竹隱牆 亂蟬衰草小池塘 翻空白鳥時時見 照水紅蕖細細香 村舍外 古城傍 杖藜徐步轉斜陽 殷勤昨夜三更雨 又得浮生一日涼

南鄉子 重九涵輝樓

霜降水痕收 淺碧鱗鱗露遠洲 酒力漸消風力軟 颼颼 破帽多情却戀頭 佳節若為酬 但把清樽斷送秋 萬事到頭都是夢 休休 明日黄花蝶也愁

洞仙歌

冰肌玉骨自清涼無汗水殿風來暗香滿繡簾一點明月窺人人未寢欹枕釵橫鬢亂 起來攜素手庭戶無聲時見疏星度河漢試問夜如何夜已三更金波淡玉繩低轉但屈指西風幾時來又不道流年暗中偷換

水調歌頭

丙辰中秋歡飲達旦大醉作此篇兼懷子由

明月幾時有把酒問青天不知天上宮闕今夕是何年我欲乘風歸去又恐瓊樓玉宇高處不勝寒起舞弄清影何似在人間 轉朱閣低綺戶照無眠不應有恨何事偏向別特圓人有悲歡離合月有陰晴圓缺此事古難全但願人長壽千里共嬋娟

又贈章賀夫家善琵琶者

昵昵兒女語燈火夜微明思怨爾汝來去彈指淚和聲忽變軒昂勇士一鼓填然作氣千里不留行回首暮雲遠飛絮攪亂青冥 眾禽裡真彩鳳獨不鳴躋攀寸步千險一落百尋輕煩子指間風雨置我腸中冰炭起生不能平推手足歸去無淚與君傾

定風波 沙湖道中遇雨

莫聽穿林打葉聲　何妨吟嘯且徐行　竹杖芒鞋輕勝馬誰怕　一簑煙雨任平生　　料峭春風吹酒醒微冷　山頭斜照卻相迎　回首向來蕭瑟處歸去　也無風雨也無晴

青玉案 和賀方回韻送伯固歸吳中故居

三年枕上吳中路　遣黃耳隨君去　若到松江呼小渡　莫驚鷗鷺　四橋盡是　老子經行處　　輞川圖上看春暮　常記高人右丞句　作箇歸期天定許　春衫猶是　小蠻針線　曾溼西湖雨

江城子 湖上與張先同賦

鳳凰山下雨初晴　水風清　晚霞明　一朵芙蕖開過尚盈盈　何處飛來雙白鷺如有意　慕娉婷　　忽聞江上弄哀箏　苦含情　遣誰聽　煙斂雲收依約是湘靈　欲待曲終尋問取　人不見　數峯青

又 感夢

十年生死兩茫茫　不思量　自難忘　千里孤墳　無處話淒涼　縱使相逢應不識　塵滿面　鬢如霜　　夜來幽夢忽還鄉　小軒窗　正梳妝　相顧無言　惟有淚千行　料得年年腸斷處　明月夜　短松岡

萍碎春色三分二分塵土一分流水細看來不是楊花點點是離人淚

永遇樂 夜宿燕子樓

明月如霜好風如水清景無限曲港跳魚圓荷瀉露寂寞無人見紞如三鼓鏗然一葉黯黯夢魂驚斷夜茫茫重尋無処覓來小園行遍 天涯倦客山中歸路望斷故園心眼燕子樓空佳人何在空鎖樓中燕古今如夢何曾夢覺但有舊歡新怨異時對南樓夜景為余浩歎

賀新郎

乳燕飛華屋悄無人桐陰轉午晚涼新浴手弄生綃白團扇扇手一時似玉漸困倚孤眠清熟簾外誰來推繡戶枉教人夢斷瑤臺曲又卻是風敲竹 石榴半吐紅巾蹙待浮花浪蕊都盡伴君幽獨穠艷一枝細看取芳心千重似束又恐被秋風驚綠若待得君來向此花前對酒不忍觸共粉淚兩簌簌

八聲甘州 寄參寥子

有情風萬里卷潮來，無情送潮歸。問錢塘江上，西興浦口，幾度斜暉。不用思量今古，俯仰昔人非。誰似東坡老，白首忘機。　記取西湖西畔，正暮山好處，空翠煙霏。算詩人相得，如我與君稀。約他年東還海道，願謝公雅志莫相違。西州路，不應回首，為我沾衣。

念奴嬌 赤壁懷古

大江東去，浪淘盡、千古風流人物。故壘西邊，人道是、三國周郎赤壁。亂石穿空，驚濤拍岸，捲起千堆雪。江山如畫，一時多少豪傑。　遙想公瑾當年，小喬初嫁了，雄姿英發。羽扇綸巾，談笑間、檣櫓灰飛煙滅。故國神遊，多情應笑我，早生華髮。人生如夢，一尊還酹江月。

水龍吟 次韻章質夫楊花詞

似花還似非花，也無人惜從教墜。拋街傍路，思量卻是，無情有思。縈損柔腸，困酣嬌眼，欲開還閉。夢隨風萬里，尋郎去處，又還被、鶯呼起。　不恨此花飛盡，恨西園、落紅難綴。曉來雨過，遺蹤何在，一池

秦观

秦观（1049—1100），字少游，一字太虚，号淮海居士，高邮（今属江苏）人。初举不中，见苏轼于徐州，作《黄楼赋》，苏视其为屈、宋之才，为"苏门四学士"之一。北宋元丰八年（1085）登进士第，历任定海主簿、蔡州教授。官至秘书省正字、国史院编修官。绍圣初，坐元祐党籍，出为杭州通判。不久因被劾随意增损《神宗实录》再贬处州。以后又徙郴州，远放雷州。徽宗元符三年（1100）赦还，至藤州时因中暑而卒。其诗被王安石评为"清新妩丽"，其词擅长以长调写柔情，其文长于议论，均有佳作。有《淮海集》。

如梦令

　　门外鸦啼杨柳，春色著人[1]如酒。睡起熨沉香[2]，玉腕不胜金斗[3]。消瘦，消瘦，还是褪花时候。

【注】

1　著人：让人感觉到。

2　熨沉香：用沉香熏熨衣裳。

3　金斗：指熨斗。

又

　　遥夜[1]沉沉如水，风紧驿亭深闭。梦破鼠窥灯[2]，霜送晓寒侵被[3]。无寐，无寐，门外马嘶人起。

【注】

1　遥夜：长夜。

2　梦破：睡梦被惊醒。鼠窥灯：谓饥鼠想偷吃灯盏里的豆油。

3　侵被：（寒气）透进被窝。

又

幽梦匆匆破后，妆粉乱痕❶沾袖。遥想酒醒来，无奈玉销花瘦[1]。回首，回首，绕岸夕阳疏柳。

【注】

1　玉销花瘦：指人变得憔悴。玉、花，代指女子。

又

楼外残阳红满，春入柳条将半。桃李不禁风，回首落英[1]无限。肠断，肠断，人共楚天俱远。

【注】

1　落英：落花。

又

池上春归何处？满目落花飞絮。孤馆悄无人，梦断月堤归路[1]。无绪[2]，无绪，帘外五更风雨。

❶ 手稿为"红"，据《全宋词》作"痕"。

【注】

1　梦断：梦醒。月堤：古人在堤内或堤外加筑的堤防呈半月形，故称。
2　无绪：没有兴致。

又❶

莺嘴啄花红溜，燕尾点波绿皱。指冷玉笙寒，吹彻小梅[1]春透。依旧，依旧，人与绿杨俱瘦。

【注】

1　小梅：乐曲名，唐代有《大梅花》《小梅花》等曲。

生查子❷

眉黛远山长，新柳开青眼。楼阁断霞[1]明，罗幕春寒浅。杯嫌[2]玉漏迟，烛厌金刀剪。月色忽飞来，花影和帘卷。

编者按：此词普遍认为是南宋张孝祥所作。❸

---

❶《全宋词》只在秦观"存目词"一类收录这首词的词牌名及首句，无完整内容。完整内容需见《草堂诗余·卷上》，题无名氏。

❷《全宋词》只在秦观"存目词"一类中收录词牌名及首句"眉黛远山长"，无完整内容，从手稿。

❸据《全宋词》，张孝祥所作《生查子》与手稿有不同，录正文："远山眉黛横，媚柳开青眼。楼阁断霞明，帘幕春寒浅。　杯延玉漏迟，烛怕金刀剪。明月忽飞来，花影和帘卷。"见《于湖居士文集》卷三十四。

【注】

1　断霞：云霞的片段。

2　嫌：嫌弃。

浣溪沙

漠漠轻寒上小楼，晓阴无赖似穷秋¹，淡烟流水²画屏幽。
自在飞花轻似梦，无边丝雨细如愁，宝帘闲挂³小银钩。

【注】

1　晓阴：早晨天阴着。无赖：无可奈何，令人生厌。穷秋：秋天走到了尽头。

2　淡烟流水：画屏上轻烟淡淡，流水潺潺。

3　闲挂：很随意地挂着。

又

锦帐重重卷暮霞，屏风曲曲斗红牙❶¹，恨人²何事苦离家。
枕上梦魂飞不去，觉来红日又西斜，满庭芳草衬残花³。

【注】

1　红牙：红木拍板，演奏时用以打节拍。

2　恨人：失意抱恨者。此为作者自况。

3　芳草：此处比喻远行的丈夫。残花：暗喻因思念过度而憔悴不堪的女主人公。

❶ 手稿为"芽"，据《全宋词》作"牙"。

菩萨蛮

虫声泣露惊秋枕,罗帏泪湿鸳鸯锦。独卧玉肌凉,残更与恨长。

阴风¹翻翠幔,雨涩²灯花暗。毕竟不成眠,鸦啼金井寒。

【注】
1 阴风:冬风,此指寒风、冷风。
2 雨涩:秋雨缠绵,有滞涩之感。

减字木兰花

天涯旧恨,独自凄凉人不问。欲见回肠,断尽❶金炉小篆香¹。黛蛾²长敛,任是春❷风吹不展。困倚危楼,过尽飞鸿字字愁。

【注】
1 篆香:盘香。
2 黛蛾:指眉毛。

好事近 梦中作

春路雨添花,花动一山春色。行到小溪深处,有黄鹂千百。

飞云当面化龙蛇¹,夭矫转空碧²。醉卧古藤❸阴下,了³不知南北。

❶ 手稿为"续",据《全宋词》作"尽"。
❷ 手稿为"东",据《全宋词》作"春"。
❸ 手稿为"籐",据《全宋词》作"藤"。

【注】

1　龙蛇：似龙若蛇，形容快速移行的云彩。

2　夭矫：屈伸自如的样子。空碧：碧空。

3　了：完全，全然。

阮郎归

　　湘天[1]风雨破寒初，深沉❶庭院虚。丽谯[2]吹罢小单于，迢迢清夜徂[3]。

　　乡梦断，旅魂孤。峥嵘岁又除。衡阳[4]犹有雁传书，郴阳[5]和雁无。

【注】

1　湘天：指湘江流域一带。

2　丽谯（qiáo）：城门更楼。

3　徂（cú）：往，过去。

4　衡阳：古衡州治所，今属湖南。相传衡阳有回雁峰，鸿雁南飞望此而止。

5　郴阳：今湖南郴州市，在衡阳之南。

海棠春

　　流莺窗外啼声巧，睡未足、把人惊觉。翠被晓寒轻，宝篆[1]沉烟袅。

---

❶　手稿为"深深"，据《全宋词》作"深沉"。

宿醒[2]未解宫娥报，道别院、笙歌会早。试问海棠花，昨夜开多少？

编者按：此词原录于《草堂诗余·卷上》，题无名氏。《南宁府志》录作《海棠春·海棠桥春晓》，署名秦观。

【注】

1　宝篆：盘香的美称。

2　醒（chéng）：酒醉后的病态。

南歌子

玉漏[1]迢迢尽，银潢[2]淡淡横。梦回宿酒未全醒，已被邻鸡催起怕天明。

臂上妆犹在，襟间泪尚盈。水边灯火渐人行，天外一钩残月带三星[3]。

【注】

1　玉漏：报更的滴漏之声。

2　银潢（huáng）：银河。

3　三星：即参（shēn）星，二十八星宿中西方白虎七星之一。

鹧鸪天 ❶

枝上流莺[1]和泪闻，新啼痕间旧啼痕。一春鱼鸟无消息，千

---

❶　《全宋词》只在秦观"存目词"一类收录这首词的词牌名及首句，无完整内容。完整内容需见《草堂诗余·卷上》，题无名氏。

里关山[2]劳梦魂。

无一语,对芳樽[3],安排[4]肠断到黄昏。甫能[5]炙得灯儿了,雨打梨花深闭门。

【注】

1. 流莺:即莺。流,谓其鸣声婉转。
2. 关山:关隘山岭。
3. 芳樽:精致的酒器,亦借指美酒。
4. 安排:听任自然的变化。
5. 甫能:犹刚才,宋时方言。

鹊桥仙

纤云弄巧[1],飞星[2]传恨,银汉迢迢暗度[3]。金风玉露[4]一相逢,便胜却、人间无数。

柔情似水,佳期如梦,忍顾[5]鹊桥归路!两情若是久长时,又岂在、朝朝暮暮。

【注】

1. 纤云弄巧:轻盈的云彩在空中幻化成各种巧妙的花样。
2. 飞星:流星。
3. 暗度:悄悄渡过。
4. 金风玉露:秋风和白露,亦借指秋天。
5. 忍顾:怎忍回视。

虞美人

高城望断尘如雾,不见联骖[1]处。夕阳村外小湾头,只有柳花无数、送归舟。

琼枝玉树频相见,只恨离人远。欲将幽事❶寄青楼,争奈无情江水、不西流。

【注】

1　联骖(cān):连骑,并乘。

又

碧桃天上栽和露[1],不是凡花数。乱山深处水萦回❷[2],可惜一枝如画为谁开?

轻寒细雨情何限,不道春难管[3]。为君沉醉又何妨,只怕酒醒时候断人肠。

【注】

1　碧桃天上栽和露:化用自晚唐诗人高蟾的《下第后上永崇高侍郎》诗句"天上碧桃和露种"。碧桃,一种观赏性的桃花,借以赞美主人的宠姬碧桃。

2　萦回:盘转回旋。

3　不道:怎奈,不堪。春难管:无奈春天很快就要逝去,想留也留不住。

❶ 手稿为"恨",据《全宋词》作"事"。
❷ 手稿为"洄",据《全宋词》作"回"。

踏莎行　郴州旅舍

雾失楼台,月迷津渡[1],桃源望断无寻处。可堪[2]孤馆闭春寒,杜鹃声里斜阳暮。

驿寄梅花[3],鱼传尺素,砌成此恨无重数[4]。郴江幸自绕郴山,为谁流下潇湘去?

【注】

1 月迷津渡:月色朦胧,渡口迷失不见。
2 可堪:怎堪,哪堪,受不住。
3 驿寄梅花:典出南北朝陆凯的《赠范晔诗》:"折花逢驿使,寄与陇头人。江南无所有,聊赠一枝春。"此处作者自比范晔,表示收到了来自远方的问候。
4 砌:此处指堆积。无重数:数不尽。

临江仙

千里潇湘挼❶蓝[1]浦,兰桡❷昔日曾经。月高风定露华清。微波澄不动,冷浸一天星。

独倚危樯❷情悄悄,遥闻妃瑟泠泠[3]。新声含尽古今情。曲终人不见,江上数峰青。

【注】

1 挼(ruó)蓝:古代揉搓蓝草以取青色染料,此处形容江水的清澈。

---

❶ 手稿为"接",据《全宋词》作"挼"。
❷ 手稿为"楼",据《全宋词》作"樯"。

挼，揉搓。蓝：植物名，可用于提取青色染料。
2　兰桡：指兰舟，船的美称。桡，桨，借代为船。
3　遥闻妃瑟泠泠：听到远处湘灵鼓瑟的声音。

江城子

西城杨柳弄春[1]柔，动离忧，泪难收。犹记多情[2]，曾为系归舟。碧野朱桥当日事，人不见，水空流。

韶华[3]不为少年留，恨悠悠，几时休？飞絮落花时候，一登楼。便做春江都是泪，流不尽，许多愁。

【注】

1　弄春：在春日弄姿。
2　多情：指钟情的人。
3　韶华：美好的时光，指春光。

千秋岁　谪虔州日作

水边沙外，城郭春寒退。花影乱，莺声碎。飘零疏酒盏[1]，离别宽衣带[2]。人不见，碧云暮合空相对。

忆昔西池会，鹓鹭同飞盖[3]。携手处，今谁在？日边清梦断[4]，镜里朱颜改。春去也，飞红万点愁如海。

【注】

1　疏酒盏：多时不饮酒。
2　宽衣带：谓人变瘦。

3 鹓(yuān)鹭:谓朝官之行列,如鹓鸟和鹭鸟排列整齐有序。飞盖:状车辆之疾行,这里代指车。

4 日边:喻身处京都,伴帝王左右。清梦:美梦。

八六子

倚危亭,恨如芳草[1],萋萋划[2]尽还生。念柳外青骢别后,水边红袂[3]分时,怆然暗惊。

无端天与娉婷,夜月一帘幽梦,春风十里柔情。怎奈向[4]、欢娱渐随流水,素弦声断,翠绡香减,那堪片片飞花弄晚,蒙蒙残雨笼晴。正销凝[5],黄鹂又啼数声。

【注】

1 恨如芳草:愁绪如芳草般绵延不绝。典出南唐李煜《清平乐》词:"离恨恰如芳草,更行更远还生。"

2 划:同"铲",铲除。

3 红袂:红袖,指女子、情人。

4 怎奈向:即怎奈、如何。向,语尾助词。

5 销凝:销魂凝恨。

满庭芳

山抹微云,天连❶衰草,画角声断谯门[1]。暂停征棹,聊共

❶ 手稿为"黏",据《全宋词》作"连"。

引离尊❶2。多少蓬莱旧事3，空回首、烟霭纷纷。斜阳外，寒鸦数点，流水绕孤村。

销❷魂，当此际，香囊暗解，罗带轻分。谩赢得、青楼薄幸名存4。此去何时见也？襟袖上、空惹❸啼痕。伤情处，高城望断，灯火已黄昏。

【注】

1 谯（qiáo）门：城门。

2 引：举。离尊：即离樽，饯别的酒杯。

3 蓬莱旧事：指作者与一名歌伎的爱情往事。

4 谩（màn）：徒然。薄幸：薄情。

又

红蓼1花繁，黄芦叶乱，夜深玉露初零2。霁天空阔，云淡楚江清。独棹孤篷小艇，悠悠过、烟渚3沙汀。金钩细，丝纶慢卷❹，牵动一潭星。

时时横短笛，清风皓月，相与忘形4。任人笑生涯，泛梗飘萍5。饮罢不妨醉卧，尘劳事6、有耳谁听。江风静，日高未起，枕上酒微醒。

❶ 手稿为"樽"，据《全宋词》作"尊"。
❷ 手稿为"消"，据《全宋词》作"销"。
❸ 手稿为"染"，据《全宋词》作"惹"。
❹ 手稿为"展"，据《全宋词》作"卷"。

【注】

1. 红蓼（liǎo）：草名，多生水边，花呈淡红色。
2. 玉露初零：秋露初降。
3. 烟渚：雾气笼罩的洲渚。
4. 忘形：不拘形迹，指超然物外，忘了自己的形体。
5. 泛梗飘萍：喻生活漂泊不定。
6. 尘劳事：扰乱身心的俗事。

又

碧水惊秋，黄云凝暮，败叶零乱空阶。洞房[1]人静，斜月照徘徊。又是重阳近也，几处处、砧杵[2]声催。西窗下，风摇翠竹，疑是故人来。

伤怀！增怅望，新欢易失，往事难猜。问篱边黄菊，知为谁开？谩道愁须殢酒[3]，酒未醒、愁已先回。凭阑❶久，金波[4]渐转，白露点苍苔。

【注】

1. 洞房：深邃的内室。
2. 砧杵：古时捣衣工具。砧为捣衣石，杵为捣衣棒。
3. 殢（tì）酒：病酒，为酒所困，此为以酒浇愁之意。
4. 金波：月光。

---

❶ 手稿为"栏"，据《全宋词》作"阑"。

又

晓❶色云开，春随人意，骤雨才❷过还晴。古❸台芳树，飞燕蹴红英[1]。舞困榆钱[2]自落，秋千外、绿水桥平。东风里，朱门映柳，低按小秦筝。

多情，行乐处，珠钿翠盖，玉辔红缨。渐酒空金榼[3]，花困蓬瀛[4]。豆蔻[5]梢头旧恨，十年梦、屈指堪惊。凭阑久，疏烟淡日，寂寞下芜城[6]。

【注】

1. 蹴（cù）：踢。红英：指飘落的花瓣。
2. 榆钱：春天时榆树初生的榆荚，形似铜钱而小，甜嫩可食，俗称榆钱。
3. 金榼（kē）：金制的饮酒器。
4. 花困蓬瀛：花指美人。蓬瀛，传说中的海上仙山蓬莱、瀛洲。此指饮酒之地。
5. 豆蔻：比喻少女。
6. 芜城：指扬州。南朝宋鲍照曾作《芜城赋》讽咏扬州城的荒废，后世遂以芜城代指扬州。

❶ 手稿为"晚"，据《全宋词》作"晓"。
❷ 手稿为"方"，据《全宋词》作"才"。
❸ 手稿为"高"，据《全宋词》作"古"。

水龙吟

小楼连苑横空,下窥绣毂雕鞍[1]骤。朱❶帘半卷,单衣初试,清明时候。破暖[2]轻风,弄晴微雨[3],欲无还有。卖花声过尽,斜阳院落,红成阵,飞鸳甃[4]。

玉佩丁东[5]别后,怅佳期、参差难又。名缰利锁[6],天还知道,和天也瘦。花下重门,柳边深巷,不堪回首。念多情、但有当时皓月,照人依旧。

【注】

1 绣毂(gǔ)雕鞍:指盛装华丽的车马。

2 破暖:天气转暖。

3 弄晴微雨:微雨时停时下,似在逗弄晴天。

4 鸳甃(zhòu):用对称的砖垒起的井壁。甃,井壁。

5 丁东:象声词,形容玉石、金属等撞击的声音。

6 名缰利锁:比喻功名利禄对人的束缚。

望海潮 洛阳怀古

梅英[1]疏淡,冰澌溶泄[2],东风暗换年华。金谷俊游,铜驼巷陌,新晴细履平沙。长记误随车。正絮翻蝶舞,芳思[3]交加。柳下桃蹊[4],乱分春色到人家。

西园夜饮鸣笳[5]。有华灯碍月,飞盖妨花。兰苑未空,行人

---

❶ 手稿为"疏",据《全宋词》作"朱"。

渐老，重来是❶事堪嗟！烟暝⁶酒旗斜。但倚楼极目，时见栖鸦。无奈归心，暗随流水到天涯。

【注】

1　梅英：梅花。

2　冰澌（sī）：亦作"冰凘"，指解冻时流动的冰凌。溶泄：（冰）融解流泄。

3　芳思：春天引起的情思。

4　桃蹊：桃树下的小路。

5　笳（jiā）：胡笳，古代西北少数民族的一种管乐器。

6　烟暝：烟霭弥漫的黄昏。

❶ 手稿为"事"，据《全宋词》作"是"。

秦觀

如夢令

門外鴉啼楊柳春色著人如酒睡起熨沈香玉腕不勝金斗消瘦消瘦還是褪花時候

又

遙夜沈沈如水風緊驛亭深閉夢破鼠窺燈霜送曉寒侵被無寐無寐門外馬嘶人起

又

幽夢匆匆破後妝粉亂紅霑袖遙想酒醒來無奈玉銷花瘦回首回首遠岸夕陽疏柳

又

樓外殘陽紅滿春入柳條將半桃李不禁風回首落英無限腸斷腸斷人共楚天俱遠

又

池上春歸何處滿目落花飛絮孤館悄無人夢斷月堤歸路無緒無緒簾外五更風雨

減字木蘭花

天涯舊恨獨自淒涼人不問欲見回腸斷續金爐香 黛蛾長斂
任是東風吹不展困倚危樓過盡飛鴻字字愁

好事近 夢中作

春路雨添花花動一山春色行到小溪深處有黃鸝千百 飛雲
當面化龍蛇夭矯轉空碧醉臥古藤陰下了不知南北

阮郎歸

湘天風雨破寒初深深庭院虛麗譙吹罷小單于迢迢清夜徂
鄉夢斷旅魂孤崢嶸歲又除衡陽猶有雁傳書郴陽和雁無

海棠春

流鶯窗外啼聲巧睡未足把人驚覺翠被曉寒輕寶篆沈煙裊
宿醒未解宮娥報道別院笙歌會早試問海棠花昨夜開多少

南歌子

玉漏迢迢盡銀潢淡淡橫夢回宿酒未全醒已被鄰雞催起怕天
明臂上妝猶在襟間淚尚盈水邊燈火漸人行天外一鉤殘月
帶三星

又

鶯嘴啄花紅溜燕尾點波綠縐指冷玉笙寒吹徹小梅春透依舊依舊人與緣楊俱瘦

生查子

眉黛遠山長新柳開青眼樓閣斷霞明羅幕春寒淺 杯嫌玉漏遲燭厭金刀剪月色忽飛來花影和簾捲

浣溪沙

漠漠輕寒上小樓曉陰無賴似窮秋澹煙流水畫屏幽 花輕似夢無邊絲雨細如愁寶簾閒挂小銀鉤

又

錦帳重重卷暮霞屏風曲曲鬪紅芽恨人何事苦離家 枕上夢魂飛不去覺來紅日又西斜滿庭芳草襯殘花

菩薩蠻

蟲聲泣露驚秋枕羅幃淚濕鴛鴦錦獨卧玉肌涼殘更與恨長 陰風翻翠幔雨罷燈花暗畢竟不成眠鴉啼金井寒

踏莎行 郴州旅舍

霧失樓臺月迷津渡桃源望斷無尋處可堪孤館閉春寒杜鵑聲裏斜陽暮　驛寄梅花魚傳尺素砌成此恨無重數郴江幸自遶郴山為誰流下瀟湘去

臨江仙

千里瀟湘接藍浦蘭橈昔日曾經月高風定露華清微波澄不動冷浸一天星　獨倚危樓情悄悄遙聞妃瑟泠泠新聲含盡古情曲終人不見江上數峯青

江城子

西城楊柳弄春柔動離憂淚難收猶記多情曾為繫歸舟碧野朱橋當日事人不見水空流　韶華不為少年留恨悠悠幾時休飛絮落花時候一登樓便做春江都是淚流不盡許多愁

千秋歲 謫虔州日作

水邊沙外城郭春寒退花影亂鶯聲碎飄零疏酒盞離別寬衣帶人不見碧雲暮合空相對　憶昔西池會鵷鷺同飛蓋攜手處今誰在日邊清夢斷鏡裏朱顏改春去也飛紅萬點愁如海

鷓鴣天

枝上流鶯和淚聞 新啼痕間舊啼痕 一春魚鳥無消息 千里關山勞夢魂 無一語對芳樽安排腸斷到黃昏甫能炙得燈兒兩打黎花深閉門

鵲橋仙

纖雲弄巧飛星傳恨銀漢迢迢暗度金風玉露一相逢便勝却人間無數 柔情似水佳期如夢忍顧鵲橋歸路兩情若是久長時豈在朝朝暮暮

虞美人

高城望斷塵如霧不見聯驂處夕陽村外小灣頭只有柳花無數 送歸舟瓊枝玉樹頻相見只恨離人遠欲將幽恨寄青樓爭奈無情江水不西流

又

碧桃天上栽和露不是凡花數亂山深處水縈迴可惜一枝如畫為誰開 輕寒細雨情何限不道春難管為君沈醉又何妨祗怕酒醒時候斷人腸

時橫短笛清風皓月相與忘形任人笑生涯汲梗飄萍飲罷不妨醉臥塵勞事有耳誰聽江風靜日高未起枕上酒微醒

又

碧水驚秋黃雲凝暮敗葉零亂空堦洞房人靜斜月照徘徊又是重陽近也幾處處砧杵聲催西窗下風搖翠竹疑是故人來　傷懷增恨望新歡易失往事難猜問離邊黃菊知為誰開護道愁須殢酒酒未醒愁已先回憑恁欄久金波漸轉白露點蒼苔

又

晚色雲開春隨人意驟雨方過還晴高臺芳樹飛燕蹴紅英舞困榆錢自落秋千外綠水橋平東風裏朱門映柳低按小秦箏　多情行樂處珠鈿翠蓋玉轡紅纓漸酒空金榼花困蓬瀛舊恨十年夢屈指堪驚憑闌久疏烟淡日寂寞下蕪城

八六子

倚危亭恨如芳草萋萋剗盡還生念柳外青驄別後水邊紅袂分時愴然暗驚 無端天與娉婷夜月一簾幽夢春風十里柔情怎奈向歡娛漸隨流水素絃聲斷翠綃香減那堪片片飛花弄晚濛濛殘雨籠晴正銷凝黃鸝又啼數聲

滿庭芳

山抹微雲天黏衰草畫角聲斷譙門暫停征棹聊共引離樽多少蓬萊舊事空回首烟靄紛紛斜陽外寒鴉數點流水遶孤村 消魂當此際香囊暗解羅帶輕分謾贏得青樓薄倖名存此去何時見也襟袖上空染啼痕傷情處高城望斷燈火已黃昏

又

紅蓼花繁黃蘆葉亂夜深玉露初零霽天空澹雲淡楚江清獨棹孤篷小艇悠悠過煙渚沙汀金鉤細綸慢展牢動一潭星時

水龍吟

小樓連苑橫空下窺繡轂雕鞍驟疏簾半捲單衣初試清明時候破暖輕風弄晴微雨欲無還有賣花聲過盡斜陽院落紅成陣飛鴛甃　玉佩丁東別後悵佳期參差難又名韁利鎖天還知道和天也瘦花下重門柳邊深巷不堪回首念多情但有當時皓月照人依舊

望海潮　洛陽懷古

梅英疏淡冰澌溶洩東風暗換年華金谷俊遊銅駝巷陌新晴細履平沙長記誤隨車正絮翻蝶舞芳思交加柳下桃蹊亂分春色到人家　西園夜飲鳴笳有華燈礙月飛蓋妨花蘭苑未空行人漸老重來事事堪嗟煙暝酒旗斜但倚樓極目時見棲鴉無奈歸心暗隨流水到天涯

周邦彦

周邦彦（1056—1121），字美成，号清真居士，钱塘（今浙江杭州）人。北宋元丰中，献《汴都赋》称颂新法，被擢为太学正。元祐间被排挤，出为庐州教授，知溧水县。哲宗亲政后新党得势，还京为国子主簿，改授秘书省正字。徽宗时官至徽猷阁待制，提举大晟府（音乐机构）。周邦彦精通音律，自创新词调甚多。其词多写闺情、羁旅、风物，语言精工典丽，形象丰满，格律严谨，为后来者所宗。王国维誉其为"词中老杜"。著有《清真居士集》，已佚。今存有《清真集》，又题作《片玉词》。

关河令

秋阴时[1]晴渐向暝，变一庭凄冷。伫听寒声[2]，云深无雁影。更深人去寂静，但照壁[3]孤灯相映。酒已都醒，如何消夜永[4]！

【注】

1. 时：片时、偶尔的意思。
2. 伫听：久久地站着倾听。寒声：即秋声，此指雁的鸣叫声。
3. 照壁：古时筑于寺庙、广宅前的墙屏，与正门相对，作遮蔽、装饰之用，多饰有图案、文字，亦谓影壁。
4. 消夜永：度过漫漫长夜。夜永，犹言长夜。

少年游

并刀[1]如水,吴盐[2]胜雪,纤手❶破新橙。锦幄初温,兽烟❷[3]不断,相对坐调笙❸。

低声问:向谁行[4]宿?城上已三更。马滑霜浓,不如休去,直是少人行。

【注】

1 并(bīng)刀:并州出产的剪刀。

2 吴盐:吴地所出产的洁白细盐。

3 兽烟:兽形香炉中升起的细烟。

4 谁行(xíng):哪边,何处。

又

朝云漠漠散轻丝[1],楼阁淡春姿。柳泣花啼[2],九街泥重[3],门外燕飞迟[4]。

而今丽日明金屋,春色在桃枝。不似当时,小楼冲雨[5],幽恨两人知。

编者按:"少年游"词牌变体颇多,此为正体,《少年游·并刀如水》为变体之一。

❶ 手稿为"指",据《全宋词》作"手"。
❷ 手稿为"香",据《全宋词》作"烟"。
❸ 手稿为"筝",据《全宋词》作"笙"。

【注】

1　轻丝：细雨。

2　柳泣花啼：细雨绵绵不断，雨水流下柳花，犹如哭泣落泪。

3　九街泥重：街巷泥泞不堪。九街，九陌、九衢，指京师街巷。

4　燕飞迟：燕子羽翼被雨水打湿了，飞行艰难。

5　小楼：一作"小桥"。冲雨：冒雨。

玉楼春

　　桃溪不作从容住，秋藕绝来无续处¹。当时相候赤栏❶桥，今日独寻黄叶路。

　　烟中列岫青无数，雁背夕阳红欲暮。人如风后入江云，情似雨余粘地絮。

【注】

1　秋藕绝来无续处：俗语所谓"藕断丝连"，这里说藕断而丝不连。

虞美人

　　廉纤¹小雨池塘遍。细点看❷萍面²。一双燕子守朱门，比似寻常时候、易黄昏。

　　宜城酒³泛浮香絮，细作更阑语。相将❸⁴羁思乱如云，又是一窗灯影、两愁人。

---

❶　手稿为"阑"，据《全宋词》作"栏"。

❷　手稿为"开"，据《全宋词》作"看"。

❸　手稿为"看"，据《全宋词》作"将"。

【注】

1 廉纤：纤细连绵貌。

2 萍面：池塘的水面生满了浮萍。

3 宜城酒：古时宜城（今湖北宜城市南）生产的名酒。

4 相将：相共，共同。

又

淡云笼月松溪路。长记分携处[1]。梦魂连夜绕松溪，此夜相逢恰似、梦中时。

海山陡觉风光好，莫惜金尊❶倒。柳花吹雪燕飞忙，生怕扁舟归去、断人肠。

【注】

1 分携处：分手的地方。

又

玉觞才掩朱弦❷悄。弹指[1]壶天晓。回头犹认倚墙花，只向小桥南畔、便天涯。

银蟾依旧当窗满，顾影魂先断。凄风休飐半残灯[2]，拟倩[3]今宵归梦、到云屏[4]。

---

❶ 手稿为"樽"，据《全宋词》作"尊"。

❷ 手稿为"门"，据《全宋词》作"弦"。

【注】

1　弹指：喻时间短暂。
2　凄风：秋风。休飐（zhǎn）：风吹使晃动。
3　拟倩：打算邀请。倩，请，央求。
4　云屏：绘有云形彩绘的屏风。

夜游宫

　　叶下[1]斜阳照水。卷轻浪、沉沉[2]千里。桥上酸风射眸子[3]。立多时，看黄昏，灯火市。

　　古屋寒窗底。听几片、井桐飞坠。不恋单衾[4]再三起。有谁知，为萧娘[5]，书一纸。

【注】

1　叶下：叶落。
2　沉沉：流水不断的样子。
3　酸风射眸子：指冷风刺眼使鼻酸。酸风，指寒冷刺骨的寒风。
4　单衾：薄被。
5　萧娘：唐代对女子的泛称，此指作者的情人。

蝶恋花

　　月皎惊乌栖不定，更漏将残，辘轳[1]牵金井。唤起两眸清炯炯。泪花落枕红绵冷。

　　执手霜风吹鬓影。去意徊徨[2]，别语愁难听。楼上阑干横斗柄[3]，露寒人远鸡相应。

【注】

1　轆轤（lù lù）：井上用于汲水的器械，此指辘轳汲水转动的声音。

2　徊徨：徘徊、彷徨的意思。

3　斗柄：北斗七星的第五至第七的三颗星像古代酌酒所用的斗把，叫作斗柄。

又

鱼尾霞[1]生明远树。翠壁粘天[2]，玉叶迎风举。一笑相逢蓬海路。人间风月如尘土。

剪水双眸云鬟❶吐。醉倒天瓢[3]，笑语生青雾。此会未阑须记取。桃花几度吹红雨[4]。

【注】

1　鱼尾霞：形容霞光如红色的鲤鱼尾。

2　粘天：指贴近天，仿佛与天相连。

3　天瓢：本意指天神行雨用的瓢，此处指用来盛酒的容器。

4　红雨：落花。

蓦山溪

楼前疏柳，柳外无穷路。翠色四天垂，数峰青、高城阔处。江湖病眼[1]，偏向此山明，愁无语。空凝伫。两两昏鸦去。

平康巷陌[2]，往事如花雨。十载却归来，倦追寻、酒旗戏鼓。今宵幸有，人似月婵娟，霞袖举。杯深注。一曲黄金缕[3]。

❶ 手稿为"半"，据《全宋词》作"鬟"。

【注】

1　病眼：眼有疾。

2　平康巷陌：唐代长安里巷名，为妓女聚居之所。

3　黄金缕：唐教坊曲名。

又

　　湖平春水，菱❶ 荇萦船尾。空翠入❷ 衣襟，拊轻桹、游鱼惊避[1]。晚来潮上，迤逦[2] 没沙痕，山四倚。云渐起，鸟度屏风里。

　　周郎[3] 逸兴，黄帽侵云水[4]。落日媚沧洲[5]，泛一棹、夷犹未已[6]。玉箫金管，不共美人游，因个甚，烟雾底。独❸ 爱莼羹美[7]。

【注】

1　拊（fǔ）：拍，击。桹（láng）：捕鱼时用以敲船的长木条。

2　迤逦（yǐ lǐ）：曲折绵延。

3　周郎：作者自称。

4　黄帽：指头戴黄帽的船夫。侵云水：指行船于云水相映的湖面。

5　沧洲：水滨之地，古时常用以称隐士的居处。

6　泛一棹：指用桨划船。夷犹：从容不迫。

7　莼（chún）羹美：指归隐的乐趣。典出《晋书·张翰传》："翰因见秋风起，乃思吴中菰菜、莼羹、鲈鱼脍。曰：'人生贵得适志，何能羁宦数千里以要名爵乎！'遂命驾而归。"

❶　手稿为"藻"，据《全宋词》作"菱"。

❷　手稿为"扑"，据《全宋词》作"入"。

❸　手稿为"偏"，据《全宋词》作"独"。

法曲献仙音 大石❶

蝉咽凉柯，燕飞尘幕，漏阁签声时度¹。倦脱纶巾，困便湘竹²，桐阴半侵朱❷户。向抱影凝情处，时闻打窗雨。

耿³无语。叹文园⁴、近来多病，情绪懒，尊酒易成间阻⁵。缥缈玉京人，想依然、京兆眉妩。翠幕❸深中，对徽容⁶、空在纨素。待花前月下，见了不教归去。

【注】

1　漏阁：盛载更漏之器。时度：按时。
2　湘竹：借指竹子做的凉席。
3　耿：心中不宁。
4　文园：指西汉司马相如，此处为作者自喻。典出司马相如《大人赋》："相如拜为孝文园令。"
5　间阻：阻隔。
6　徽容：指美貌。

扫花游

晓阴翳¹日，正雾霭烟横，远迷平楚²。暗黄³万缕。听鸣禽按曲，小腰欲舞。细绕回堤，驻马河桥避雨。信流去。想❹一

---

❶ 手稿没有题目，据《全宋词》补。
❷ 手稿为"庭"，据《全宋词》作"朱"。
❸ 手稿为"帐"，据《全宋词》作"幕"。
❹ 手稿为"问"，据《全宋词》作"想"。

叶怨题，今在❶何处。

春事⁴能几许。任占地持杯，扫花寻路。泪珠溅俎。叹将愁度日，病伤幽素⁵。恨入金徽⁶，见说文君⁷更苦。黯凝伫。掩重关、遍城钟鼓。

【注】

1　翳（yì）：遮盖。
2　平楚：丛林远望，树梢齐平。楚，荆楚，一种矮小丛生的木本植物。
3　暗黄：暗黄色的柳丝。
4　春事：美好的春景。
5　幽素：隐秘郁结的心情。
6　金徽：琴上系弦之绳，借指琴。
7　文君：即西汉才女卓文君，司马相如之妻，曾作《白头吟》诗。

满庭芳　夏日溧水无想山¹作

风老莺雏²，雨肥梅子，午阴嘉❷树清圆³。地卑⁴山近，衣润费炉烟。人静乌鸢⁵自乐，小桥外、新绿溅溅。凭栏❸久，黄芦苦竹，拟泛九江船。

年年，如社燕⁶，漂流瀚海⁷，来寄修椽⁸。且莫思身外，长近尊❹前。憔悴江南倦客，不堪听、急管繁弦。歌筵畔，先安簟枕⁹，容我醉时眠。

❶　手稿为"到"，据《全宋词》作"在"。
❷　手稿为"住"，据《全宋词》作"嘉"。
❸　手稿为"阑"，据《全宋词》作"栏"。
❹　手稿为"樽"，据《全宋词》作"尊"。

【注】

1. 无想山：今属南京市溧水区。
2. 风老莺雏：幼莺在暖风里长大了。
3. 午阴嘉树清圆：正午的时候，太阳光下的树影，又清晰，又圆正。
4. 卑：低。
5. 乌鸢（yuān）：即乌鸦。
6. 社燕：燕子当春社时飞来，秋社时飞走，故称社燕。
7. 瀚海：沙漠，指荒远之地。
8. 修椽：长椽子。此句谓燕子构巢寄寓在房梁上。
9. 簟枕：枕席。

琐窗寒

暗柳啼鸦，单衣伫立，小帘朱户。桐花❶半亩，静锁一庭愁雨。洒空阶、夜❷阑未休，故人剪烛西窗语¹。似楚江暝宿，风灯零乱，少年羁旅。

迟暮，嬉游处。正店舍无烟，禁城百五²。旗亭³唤酒，付与高阳俦侣⁴。想东园、桃李自春，小唇秀靥今在否？到归时、定有残英，待客携尊俎⁵。

【注】

1. 剪烛西窗语：借李商隐《夜雨寄北》诗"何当共剪西窗烛，却话巴山夜雨时"语，抒发怀乡之情。

---

❶ 手稿为"阴"，据《全宋词》作"花"。
❷ 手稿为"更"，据《全宋词》作"夜"。

2　百五：指寒食节。冬至后一百零五日或一百零六日为寒食。

3　旗亭：指酒楼。

4　高阳俦侣：酒友。高阳，"高阳酒徒"的略语，典出西汉司马迁《史记·郦生陆贾列传》："走！复入言沛公，吾高阳酒徒也，非儒人也。"俦（chóu）侣，伴侣、朋辈。

5　尊俎：古时盛酒肉的器皿。

渡江云

　　晴岚低楚甸[1]，暖回[2]雁翼，阵势起平沙。骤惊春在眼，借问何时，委曲到山家。涂香晕色，盛粉饰、争作妍华[3]。千万丝、陌头[4]杨柳，渐渐可藏鸦。

　　堪嗟[5]。清江东注，画舸西流，指长安日下。愁宴阑、风翻旗尾，潮溅乌纱。今宵正对初弦月，傍水驿、深舣❶蒹葭[6]。沉恨处，时时自剔灯花。

【注】

1　楚甸：犹楚地。甸，指郊外。

2　暖回：隐喻政治形势的突然转变。

3　妍华：美艳，华丽。

4　陌头：路上，路旁。

5　堪嗟（kān jiē）：感叹词。

6　舣（yǐ）：停船靠岸。蒹葭：蒹和葭都是价值低贱的水草，喻微贱。

❶ 手稿为"檥"，据《全宋词》作"舣"。

解语花 上元

风销焰蜡,露浥[1]烘炉,花市光相射。桂华[2]流瓦。纤云散,耿耿素娥[3]欲下。衣裳淡雅。看楚女、纤腰一把。箫鼓喧、人影参差,满路飘香麝[4]。

因念都城放夜[5]。望千门如昼,嬉笑游冶。钿车罗帕。相逢处、自有暗尘随马。年光是也[6]。唯❶只见、旧情衰谢。清漏移[7],飞盖归来,从[8]舞休歌罢。

【注】

1 浥(yì):湿润。
2 桂华:指代月光,因传说月中有桂树,故名。
3 耿耿:明亮。素娥:嫦娥的别称,代指月亮。
4 香麝:即麝香,代指各种香气。
5 放夜:开放夜禁。
6 是也:指仍然如此。
7 清漏移:指夜深。
8 从:通"纵",纵情、尽情。

花犯

粉墙低,梅花照眼,依然旧风味。露痕轻缀。疑净洗铅华,无限佳丽。去年胜赏曾孤倚,冰盘同燕喜[1]。更可惜,雪中高树,香篝[2]熏素被。

---

❶ 手稿为"惟",据《全宋词》作"唯"。

今年对花最匆匆，相逢似有恨，依依愁悴[3]。吟望久，青苔上、旋看飞坠[4]。相将见，翠丸荐酒[5]，人正在、空江烟浪里。但梦想、一枝潇洒[6]，黄昏斜照水。

【注】

1　冰盘同燕喜：指喜得梅子以进酒。冰盘，果盘。燕，通"宴"。

2　香篝：熏笼。比喻梅花如篝雪如被。

3　愁悴：亦作"愁瘁"，忧伤憔悴。

4　旋看飞坠：屡屡看梅花飘飞坠在青苔上面。

5　相将：行将。翠丸：一作"脆丸"，梅子。

6　潇洒：凄清之意。

宴清都

地僻无钟鼓。残灯灭，夜长人倦难度。寒吹断梗[1]，风翻暗雪，洒窗填户。宾鸿[2]谩❶说传书，算过尽、千俦万侣。始信得、庾信愁多，江淹恨极须赋[3]。

凄凉病损文园，徽弦乍拂，音韵先苦。淮山夜月，金城暮草，梦魂飞去。秋霜半入清镜，叹带眼[4]、都移旧处。更久长、不见文君[5]，归时认否[6]。

【注】

1　梗：草名，风吹易折。

2　宾鸿：即鸿雁，也喻指信使。

---

❶　手稿为"漫"，据《全宋词》作"谩"。

3　庾信愁多：庾信为南北朝时人，曾作《愁赋》。江淹恨极：江淹有《恨赋》。

4　带眼：衣带上的孔。带眼移动，指因憔悴而衣带渐宽之意。

5　文君：即卓文君，此代指意中人。

6　归时认否：谓自己因客愁相思而发白憔悴，不知归时，意中人尚能认出自己否。

齐天乐

绿芜¹凋❶尽台城路，殊乡²又逢秋晚。暮雨生寒，鸣蛩❷³劝织，深阁时闻裁剪。云窗静掩，叹重拂罗茵，顿疏花簟。尚有练囊⁴，露萤清夜照书卷。

荆江留滞最久，故人相望处，离思何限？渭水西风，长安乱❸叶，空忆诗情宛转。凭高眺远，正玉液❹新篘❺⁵，蟹螯初荐。醉倒山翁⁶，但愁斜照敛。

【注】

1　绿芜：长得多而乱的杂草。

2　殊乡：异乡，他乡。

3　蛩：蟋蟀，以其声像织布机响，又名促织。

❶　手稿为"彫"，据《全宋词》作"凋"。
❷　手稿为"虫"，据《全宋词》作"蛩"。
❸　手稿为"落"，据《全宋词》作"乱"。
❹　手稿为"叶"，据《全宋词》作"液"。
❺　手稿为"蒭"，据《全宋词》作"篘"。

4　练(shù)囊：粗丝织品做的袋子。

5　筹(chōu)：漉酒竹器，亦可作动词。

6　山翁：指山简，晋代竹林七贤之一山涛之幼子，曾镇守荆襄，有政绩，好饮酒，每饮必醉。

忆旧游

　　记愁横浅黛¹，泪洗红铅²，门掩秋宵。坠叶惊离思，听寒螀❶³夜泣，乱雨潇潇。凤钗半脱云鬟，窗影烛光❷摇。渐暗竹敲凉⁴，疏萤照晚❸，两地魂消⁵。

　　迢迢。问音信，道径底花阴，时认鸣镳⁶。也拟临朱户，叹因郎憔悴，羞见郎招。旧巢更有新燕，杨柳拂河桥。但满目❹京尘⁷，东风竟❺日吹露桃⁸。

【注】

1　愁横浅黛：眉宇间充满了忧愁。

2　红铅：指脸上的脂粉。红，胭脂。铅，指白粉。

3　寒螀(jiāng)：即寒蝉。螀，似蝉而小，赤青色，鸣声凄切。

4　暗竹敲凉：秋夜竹枝在冷风中摇摆相撞。

5　魂消：即销魂，极度悲伤愁苦的样子。

---

❶　手稿为"虫"，据《全宋词》作"螀"。
❷　手稿为"花"，据《全宋词》作"光"。
❸　手稿为"晓"，据《全宋词》作"晚"。
❹　手稿为"眼"，据《全宋词》作"目"。
❺　手稿为"尽"，据《全宋词》作"竟"。

6　鸣镳（biāo）：马口勒上的响铃声。
7　京尘：指汴京的尘土。
8　竟日：整日。露桃：带露的桃花。

庆宫春

　　云接平冈，山围寒野，路回渐转孤城。衰柳啼鸦，惊风驱雁[❶]，动人一片秋声。倦途休驾[1]，淡烟里、微茫见星。尘埃憔悴，生怕黄昏，离思牵萦。

　　华堂旧日逢迎。花艳参差，香雾飘零。弦管[❷]当头，偏怜娇凤[2]，夜深簧暖笙清[3]。眼波传意，恨密约、匆匆未成。许多烦恼，只为当时，一饷[4]留情。

【注】

1　休驾：使车马停歇。
2　偏怜：最爱，只爱。娇凤：指中意的女子。
3　簧暖笙清：笙里的簧片由铜制成，冬天吹奏前须用炭火熏烤，烤暖后吹起来声音才清脆悦耳。
4　一饷：一作"一饷"，一会儿，一阵子。

瑞鹤仙

　　悄郊原带郭。行路永，客去车尘漠漠。斜阳映山落。敛余红[1]、

❶　手稿为"燕"，据《全宋词》作"雁"。
❷　手稿为"筦"，据《全宋词》作"管"。

犹恋孤城阑角。凌波²步弱,过短亭、何用素约³。有流莺劝我,重解绣鞍,缓引春酌⁴。

不记归时早暮,上马谁扶,醒眠朱阁。惊飙⁵动幕。扶残醉,绕红药⁶。叹西园、已是花深无地,东风何事又恶?任流光过却。犹喜洞天⁷自乐。

【注】

1　余红:指落日斜晖。

2　凌波:形容女子步态轻盈。

3　素约:先前约定。

4　缓引春酌:慢饮春酒。

5　惊飙:狂风。

6　红药:红芍药。

7　洞天:道家称神仙所居之地为"洞天",此处喻自家小天地。

拜星月慢

夜色催更,清尘收露,小曲幽坊月暗。竹槛¹灯窗,识秋娘庭院。笑相遇,似觉琼枝玉树²相倚,暖日明霞光烂。水盻❶兰情³,总平生稀见。

画图中、旧识春风面。谁知道、自到瑶台⁴畔。眷恋雨润云温,苦惊风吹散。念荒寒⁵、寄宿无人馆。重门闭、败壁秋虫叹。怎奈何⁶、一缕相思,隔溪山不断。

---

❶　手稿为"盼",据《全宋词》作"盻"。

【注】

1. 竹槛：竹栏杆。
2. 琼枝玉树：比喻人姿容秀美。
3. 水眄兰情：目盼如秋水，情香如兰花。
4. 瑶台：原指仙人居住之地，此处借指伊人住所。
5. 荒寒：既荒凉又寒冷。
6. 怎奈何：怎么办？何，语助词。

尉迟杯

隋堤[1]路，渐日晚、密霭生深树[2]。阴阴淡月笼沙，还宿河桥深处。无情画舸，都不管、烟波隔前浦。等行人、醉拥重衾[3]，载将离恨归去。

因思旧客京华，长偎傍疏林，小槛欢聚。冶叶倡条[4]俱相识，仍惯见、珠歌翠舞[5]。如今向、渔村水驿，夜如岁、焚香独自语。有何人、念我无聊，梦魂凝想鸳侣[6]？

【注】

1. 隋堤：隋炀帝大业元年重浚汴河，开通济渠，沿河筑堤，后称隋堤。
2. 密霭：浓云密雾。深树：枝叶茂密的树。
3. 重衾：两层被子。
4. 冶叶倡条：指歌伎。
5. 惯见：常见。珠歌翠舞：声色美妙的歌舞。
6. 梦魂：古人以为人的灵魂在睡梦中会离开肉体，故称"梦魂"。凝想：聚精会神地想，痴痴地想。鸳侣：情人。

西河　金陵怀古

佳丽地[1]，南朝盛事[2]谁记？山围故国绕清江，髻鬟对起[3]。怒涛寂寞打孤城，风樯遥度天际。

断崖树，犹倒倚，莫愁[4]艇子曾系。空余旧迹郁苍苍，雾沉半垒。夜深月过女墙来，赏心东望淮水。

酒旗戏鼓甚处市？想依稀，王谢[5]邻里。燕子不知何世。入❶寻常、巷陌人家，相对如说兴亡，斜阳里。

编者按：该作隐括唐刘禹锡诗作《石头城》而成。

【注】

1　佳丽地：指江南，更指金陵。南朝齐谢朓《入城曲》："江南佳丽地，金陵帝王州。"
2　南朝盛事：南朝宋、齐、梁、陈四朝建都于金陵。
3　髻鬟对起：以女子髻鬟比喻在长江边并立的山。
4　莫愁：相传为金陵善歌之女。
5　王谢：六朝望族王氏、谢氏的并称，后代指世家大族。

夜飞鹊

河桥送人处，良夜何其[1]。斜月远堕余辉。铜盘烛泪已流尽，霏霏凉露沾衣。相将[2]散离会，探风前津鼓[3]，树杪参旗[4]。华❷

---

❶　手稿为"向"，据《全宋词》作"入"。
❷　手稿为"花"，据《全宋词》作"华"。

骢[5]会意,纵扬鞭、亦自行迟。

迢递路回清野,人语渐无闻,空带愁归。何意重红❶满❷地,遗钿[6]不见,斜径❸都迷。兔葵燕麦[7],向残阳、欲❹与人齐。但徘徊班草,欷歔[8]酹酒,极望天西。

【注】

1. 夜何其:夜何时。
2. 相将(jiāng):相随。
3. 津鼓:渡头用的号鼓。
4. 杪(miǎo):树梢。参(shēn)旗:星宿名,又名"天旗""天弓"。
5. 华骢:即五花马。
6. 遗钿:本指杨贵妃花钿委地,此指落花。
7. 兔葵燕麦:形容景象荒凉。
8. 欷歔:叹息声。

解连环

怨怀无❺托。嗟情人断绝,信音辽邈。纵妙手、能解连环[1],似风散雨收,雾轻云薄。燕子楼空,暗尘[2]锁、一床[3]弦索。想移根换叶[4],尽是旧时,手种红药。

汀洲渐生杜若[5]。料舟依岸曲,人在天角。漫记得、当日音书,

---

❶ 手稿为"经",据《全宋词》作"红"。
❷ 手稿为"旧",据《全宋词》作"满"。
❸ 手稿为"迳",据《全宋词》作"径"。
❹ 手稿为"影",据《全宋词》作"欲"。
❺ 手稿为"谁",据《全宋词》作"无"。

把闲语闲言，待总烧却。水驿春回，望寄我、江南梅萼。拚❶今生，对花对酒，为伊泪落。

【注】

1　解连环：此处借喻情怀难解。

2　暗尘：积累的尘埃。

3　床：放琴的架子。

4　移根换叶：比喻彻底变换处境。

5　杜若：芳草名。

风流子

新绿小池塘，风帘动、碎影舞斜阳。羡金屋去来，旧时巢燕；土花[1]缭绕，前度莓墙[2]。绣阁里、凤帏[3]深几许？听得理丝簧。欲说还休，虑乖芳信；未歌先噎，愁近清觞[4]。

遥知新妆了，开朱户、应自待月西厢。最苦梦魂，今宵不到伊行[5]。问甚时说与，佳音密耗[6]，寄将秦镜[7]，偷换韩香[8]？天便教人，霎时厮见何妨。

【注】

1　土花：苔藓。

2　莓墙：长满青苔的墙。

3　凤帏：闺中的帷帐。

4　清觞（shāng）：洁净的酒杯。

---

❶ 手稿为"拌"，疑为笔误，据《全宋词》作"拚"。

5 不到伊行（háng）：不到她身边。行，那边、旁边。

6 密耗：秘密消息。

7 秦镜：东汉秦嘉赠予其妻徐淑的明镜。此处指情人送的物品。

8 韩香：又称"韩寿香"。晋贾充之女贾午爱恋韩寿，以御赐其父的西域奇香赠之，故名。此处指情人间的定情之物。

过秦楼

水浴清蟾，叶喧凉吹，巷陌马声初断。闲依露井[1]，笑扑流萤，惹破画罗轻扇。人静夜久凭阑，愁不归眠，立残更箭[2]。叹年华一瞬，人今千里，梦沉书远。

空见说、鬓怯琼梳[3]，容销金镜，渐懒趁时匀染[4]。梅风[5]地溽，虹雨[6]苔滋，一架舞红[7]都变。谁信无聊为伊，才减江淹，情伤荀倩[8]。但明河影下，还看稀星数点。

【注】

1 露井：没有覆盖的井。

2 更箭：置于计时器漏壶下用以指示时刻之物。

3 琼梳：饰以美玉的发梳。

4 趁时匀染：赶时髦而化妆打扮。

5 梅风：梅子成熟季节的风。

6 虹雨：初夏时节的雨。

7 舞红：落花。

8 情伤荀倩：荀粲，字奉倩。其妻曹氏亡，荀叹曰："佳人难再得！"不哭而神伤，未几亦亡。

兰陵王

柳阴直,烟里丝丝弄碧。隋堤上、曾见几番,拂水飘绵[1]送行色。登临望故国,谁识京华倦客[2]。长亭路,年去岁来,应折柔条过千尺[3]。

闲寻旧踪迹,又酒趁哀弦[4],灯照离席[5]。梨花榆火[6]催寒食。愁一箭风快[7],半篙波暖[8],回头迢递便数驿,望人在天北。

凄恻,恨堆积。渐别浦萦回[9],津堠[10]岑寂,斜阳冉冉春无极。念月榭携手,露桥闻笛。沉思前事,似梦里,泪暗滴。

【注】

1 拂水飘绵:柳枝轻拂水面,柳絮在空中飞扬。

2 京华倦客:作者自谓。作者久客京师,有厌倦之感,故云。

3 过千尺:极言折柳之多。

4 酒趁哀弦:饮酒时奏着离别的乐曲。趁,追随。哀弦,哀怨的乐声。

5 离席:饯别的宴会。

6 榆火:本谓春天钻榆、柳之木以取火,后指春景。

7 一箭风快:指正当顺风,船驶如箭。

8 半篙波暖:指撑船的竹篙没入水中,时令已近暮春,故曰波暖。

9 渐:正当。别浦:送行的水边。萦回:水波回旋。

10 津堠(hòu):渡口附近供瞭望歇宿的土堡。津,渡口。堠,古代瞭望敌情的土堡或记里数用的土堡。

瑞龙吟

章台路，还见褪粉梅梢，试花[1]桃树。愔愔[2]坊陌人家，定巢燕子，归来旧处。黯凝伫，因念❶个人痴小，乍窥门户[3]。侵晨浅约宫黄[4]，障风映袖，盈盈笑语。

前度刘郎重到，访邻寻里，同时歌舞，惟有旧家秋娘，声价如故。吟笺赋笔，犹记燕台句。知谁伴，名园露饮[5]，东城闲步？

事与孤鸿去，探春尽是，伤离意绪。官柳低金缕[6]，归骑晚，纤纤池塘飞雨。断肠院落，一帘风絮。

【注】

1 试花：形容刚开花。

2 愔愔（yīn yīn）：幽静的样子。

3 乍窥门户：宋人称妓院为门户人家，此处有倚门卖笑之意。

4 浅约宫黄：古代妇女涂黄色脂粉于额上作妆饰，称额黄；宫中所用者为最上，称宫黄。

5 露饮：露天而饮，极言欢纵。

6 官柳低金缕：柳丝低拂之意。官柳，指官道上所植杨柳。金缕，喻指柳条。

大酺 春雨

对宿烟收，春禽静，飞雨时鸣高屋。墙头青玉旆[1]，洗铅霜[2]都尽，嫩梢相触。润逼琴丝，寒侵枕障，虫网吹黏帘竹。邮

---

❶ 手稿为"记"，据《全宋词》作"念"。

亭无人处,听檐声不断,困眠初熟。奈愁极顿[1]惊,梦轻难记,自怜幽独。

行人归意速。最先念、流潦[3]妨车毂。怎奈向、兰成[4]憔悴,卫玠清羸[5],等闲时、易伤心目。未怪平阳客[6],双泪落、笛中哀曲。况萧索、青芜国[7],红糁[8]铺地,门外荆桃如菽。夜游共谁秉烛?

【注】

1 青玉旆(pèi):比喻新竹。旆,古代旗末燕尾状饰品。

2 铅霜:古代化妆用的铅粉,此指竹子的箨粉。

3 流潦:道路积水。

4 兰成:庾信,字兰成,南北朝时文学家。

5 卫玠清羸(léi):晋卫玠美貌而有羸疾。

6 平阳客:后汉马融性好音乐,独卧平阳,闻人吹笛而悲,故称平阳客。

7 青芜国:指春天已去,百花凋谢,绿满庭院的情景。典出唐温庭筠《春江花月夜词》:"玉树歌阑海云黑,花庭忽作青芜国。"

8 红糁(sǎn):指落花。糁,谷类磨成的碎粒。

浪淘沙慢[2]

晓阴重,霜凋岸草,雾隐城堞。南陌脂车[1]待发,东门帐饮乍阕。正拂面垂杨堪揽结,掩红泪、玉手亲折。念汉浦离鸿去何

---

[1] 手稿为"频",据《全宋词》作"顿"。
[2] 《全宋词》录此词词牌名为《浪淘沙》。

许?经时信音[1]绝。

情切,望中地远天阔。向露冷风清,无人处,耿耿寒漏咽。嗟万事难忘,惟是轻别。翠尊[2]未竭,凭断云、留取西楼残月。罗带光销纹衾叠,连环解、旧香顿歇。怨歌永、琼壶敲尽缺[3]。恨春去、不与人期,弄夜色,空余满地梨花雪。

【注】

1 脂车:在车轮轴上涂油脂,以利行走。
2 翠尊:即翠樽,饰有绿玉的酒器。
3 琼壶敲尽缺:东晋王敦酒后常咏曹操"老骥伏枥"诗,并用如意击壶为节拍,壶口尽缺。典出《世说新语·豪爽》。

六丑 蔷薇谢后作

正单衣试酒,怅客里、光阴虚掷。愿春暂留,春归如过翼[1],一去无迹。为问家何在?夜来风雨,葬楚宫倾国。钗钿堕处[2]遗香泽,乱点桃蹊,轻翻柳陌[3]。多情为[2]谁追惜?但蜂媒蝶使,时叩窗隔[4]。

东园岑寂,渐蒙笼暗碧。静绕珍丛底,成叹息。长条故惹行客,似牵衣待话,别情无极。残英小、强簪巾帻。终不似一朵,钗头颤袅,向人欹侧[5]。漂流处、莫趁潮汐。恐断红、尚有相思字,何由见得?

❶ 手稿为"音信",据《全宋词》作"信音"。
❷ 手稿为"更",据《全宋词》作"为"。

【注】

1　过翼：飞过的鸟。

2　钗钿堕处：花落处。

3　柳陌：绿柳成荫的路。

4　窗隔：亦作"窗格""窗槅"，窗上的格子。

5　向人欹侧：向人表示依恋媚态。

虞美人

康纖小雨池塘徧細點開萍面一雙燕子守朱門比似尋常時候易黃昏 宜城酒泛浮春絮細作更闌語相看羈思亂如雲又是一窗燈影雨愁人

又

淡雲籠月松漠路長記分攜處夢魂連夜逸松溪此夜相逢恰似夢中時 海山陡覺風光好莫惜金樽倒柳花吹雪燕飛忙生怕扁舟歸去斷人腸

又

玉觴纔掩朱門悄彈指壺天晚回頭猶認倚牆花只向小橋南畔 便天涯 銀蟾依舊當窗滿顧影魂先斷淒風休颭半殘燈攪倩今宵歸夢列雲屏

夜游宮

葉下斜陽照水捲輕浪沈沈千里橋上颭風射眸子立多時看黃昏燈火市 古屋寒窗底聽變片井桐飛墜不戀單衾食再三起有誰知為蕭娘書一紙

周邦彥

關河令

秋陰時晴漸向暝變一度淒冷佇聽寒聲雲深無雁影
去寂靜但照壁孤燈相映酒已都醒如何消夜永
　　　　少年遊
并刀如水吳鹽勝雪纖指破新橙錦幄初溫獸香不斷相對坐調
笙　低聲問向誰行宿城上已三更馬滑霜濃不如休去直是少
人行
　　　又
朝雲漠漠散輕絲樓閣淡春姿柳泣花啼九街泥重門外燕飛遲
而今麗日明金屋春色在桃枝不似當時小樓衝雨幽恨兩人
知
　　　玉樓春
桃溪不作從容住秋藕絕來無續處當時相候赤闌橋今日獨尋
黃葉路　煙中列岫青無數雁背夕陽紅欲暮人如風後入江雲
情似雨餘黏地絮

又

湖平春水藻荇縈船尾空翠撲衣襟輕浪游魚驚避晚來潮上迤邐沒沙痕山四倚雲漸起烏慶屏風裡周郎逸興黃帽侵雲水落日媚滄洲泛一棹夷猶未已玉簫金管不共美人遊因箇甚烟霧底偏愛尋羡美

法曲獻仙音

蟬咽涼柯燕飛塵幌徧閣籤聲時度倦脫綸巾困便湘竹桐陰半侵庭戶向抱影凝情處時聞打窗雨　耿無語嘆文園近來多病情緒嬾尊酒易感聞阻縹緲玉京人想依然京兆眉嫵翠帳深中對鸞容空在飢素待花前月下見了不教歸去

掃花游

曉陰翳日正霧靄煙橫遠迷平楚暗黃萬縷聽鶯樓曲小腰欹舞細逸回堤駐馬河橋避雨信流去問一葉怨題今到何處　春事能幾許任占地持杯掃花尋路凌珠濺咀歎將愁度日病傷幽素恨入金徽見説文君更苦黯凝佇掩重關偏城鐘鼓

蝶戀花

月陂驚鳥棲不定　更遍將殘轆轤金井喚起　兩眼清烔烔淚花落枕紅綿冷　執手霜風吹鬢影去意悽徊別語愁難聽樓上闌干橫斗柄露寒人遠難相應

又

魚尾霞生明遠樹翠壁黏天玉葉迎風舉一笑相逢蓬海路人間風月如塵土　菊水雙眸雲半吐醉倒天瓢笑語生青霧此會未闌須記取桃花幾度吹紅雨

驀山溪

樓前疏柳外無窮路翠色四天垂數峯青高城闤處江湖病眼偏向此山明愁無語空凝竚雨昏鴉去　平康巷陌往事如花雨十載卻歸來倦追尋酒旗戲鼓今宵幸有人似月嬋娟霞袖舉杯深注一曲黃金縷

解語花 上元

風銷焰蠟，露浥烘鑪，花市光相射。桂華流瓦，纖雲散、耿耿素娥欲下。衣裳淡雅。看楚女、纖腰一把。簫鼓喧、人影參差，滿路飄香麝。　　因念都城放夜，望千門如晝，嬉笑遊冶。鈿車羅帕，相逢處、自有暗塵隨馬。年光是也。惟只見、舊情衰謝。清漏移、飛蓋歸來，從舞休歌罷。

花犯

粉牆低，梅花照眼，依然舊風味。露痕輕綴，疑淨洗鉛華，無限佳麗去。年勝賞曾孤倚。冰盤同宴喜。更可惜、雪中高樹，香篝薰素被。　　今年對花最怱怱，相逢似有恨，依依愁悴。吟望久，青苔上、旋看飛墜。相將見、翠丸薦酒，人正在、空江煙浪裡。但夢想、一枝瀟灑，黃昏斜照水。

宴清都

地僻無鐘鼓，殘燈滅、夜長人倦難度。寒吹斷梗，風翻暗雪，瀟瀟窗戶。實憐漫說傳書，算過盡、千僑萬侶始信得，庾信愁多。江淹恨極，須賦。　　淒涼病損文園，徽絃乍拂，音韻先苦。淮山夜月，金城暮草，夢魂飛去。秋霜半入清鏡，歎帶眼、都移舊處。更久長、不見文君歸時，認否。

满庭芳 夏日溧水无想山作

风老莺雏,雨肥梅子,午阴佳树清圆。地卑山近,衣润费炉烟。人静乌鸢自乐,小桥外、新绿溅溅。凭阑久,黄芦苦竹,拟泛九江船。

年年。如社燕,飘流瀚海,来寄修椽。且莫思身外,长近尊前。憔悴江南倦客,不堪听、急管繁弦。歌筵畔,先安簟枕,容我醉时眠。

瑣窗寒

暗柳啼鸦,单衣伫立,小帘朱户桐阴半亩。静锁一庭愁雨。洒空阶、更阑未休,故人剪烛西窗语。似楚江暝宿,风灯零乱,少年羁旅。

迟暮。游宦处。正店舍无烟,禁城百五。旗亭唤酒,付与高阳俦侣。想东园、桃李自春,小唇秀靥今在否。到归时、定有残英,待客携尊俎。

渡江云

晴岚低楚甸,暖回雁翼,阵势起平沙。骤惊春在眼,借问何时,委曲到山家。涂香晕色,盛粉饰、争作妍华。千万丝、陌头杨柳,渐渐可藏鸦。

堪嗟。清江东注,画舸西流,指长安日下。愁宴阑、风翻旗尾,潮溅乌纱。今宵正对初弦月,傍水驿、深舣蒹葭。沉恨处,时时自剔灯花。

慶宮春

雲接平岡山圓寒野路回漸轉孤城裹柳啼鴉驚風驅燕動人一片秋聲倦途休駕淡煙裡微茫見曇塔愀悴生怕黃昏離思牽縈 華堂舊日逢迎花艷參差香霧飄零骰筵當頭偏惜嬌鳳夜深篆暖笙清眼波傳意恨密約匆匆未成許多煩惱只為當時一晌留情

瑞鶴仙

悄郊原帶郭行路永客去車塵漠漠斜陽映山落斂餘紅猶戀孤城闌角凌波步弱過短亭何用素約有流鶯勸我重解繡鞍緩引春酌 不記歸時早暮上馬誰扶醒眠朱閣驚飆動幔扶殘醉遶紅藥歎西園已是花深無地東風何事又惹徑流光過却猶喜洞天自樂

齊天樂

綠蕪彫盡臺城路殊鄉又逢秋晚暮雨生寒鳴蛩勸織深閣時聞裁剪雲窗靜掩嘆重拂羅裀頓疏花簟尚有練囊露螢清夜照書卷荊江留滯最久故人相望處離思何限渭水西風長安落葉空憶詩情宛轉憑高眺遠正玉葉新翦蟹螯初薦醉倒山翁但愁斜照斂

憶舊游

記愁橫淺黛淚洗紅鉛門掩秋宵隊玉葉驚離思聽寒螿夜泣亂雨瀟瀟鳳釵半脫雲鬢窺鏡燭花搖漸暗竹敲涼疏螢照晚兩地魂消迢迢問音信道徑底花陰時誤鳴鑣也擬臨朱戶嘆因郎悴羞見郎招舊巢更有新燕楊柳拂河橋但滿眼京塵東風盡日吹露桃

西河金陵懷古

佳麗地南朝盛事誰記山圍故國遠清江髻鬟對起怒濤寂寞打孤城風檣遙度天際斷崖樹猶倒倚莫愁艇子曾繫纜空餘舊跡鬱蒼蒼霧沈半壘夜深月過女牆來傷心東望淮水 酒旗戲鼓甚處市想依稀王謝鄰里燕子不知何世向尋常巷陌人家相對如說興亡斜陽裏

夜飛鵲

河橋送人處良夜何其斜月遠墮餘輝銅盤燭淚已流盡霏霏涼露沾衣相將散離會探風前津鼓樹杪參旗花驄會意縱揚鞭亦自行遲 迢遞路回清野人語漸無聞空帶愁歸何意重經舊地遺鈿不見斜逕都迷兔葵燕麥向殘陽影與人齊但徘徊班草欷歔酹酒極望天西

拜星月慢

夜色催更，清塵收露，小曲幽坊月暗，竹檻燈窗，曾識秋娘庭院。笑相遇，似覺瓊枝玉樹相倚，暖日明霞光爛。水盼蘭情，總平生稀見。

畫圖中舊識春風面，誰知道自到瑤臺畔。眷戀雨潤雲溫，苦驚風吹散。念荒寒寄宿無人館，重門閉、敗壁秋蟲歎。怎奈向一縷相思，隔溪山不斷。

尉遲杯

隋堤路，漸日晚、密靄生深樹，陰陰淡月籠沙，還宿河橋深處。無情畫舸，都不管、煙波隔前浦，等行人醉擁重衾，載將離恨歸去。

因思舊客京華，長偎傍疏林小檻歡聚。冶葉倡條俱相識，仍慣見珠歌翠舞。如今向漁村水驛，夜如歲、焚香獨自語。有何人念我無聊，夢魂凝想鴛侶。

過秦樓

水浴清蟾，葉喧涼吹，巷陌馬聲初斷。閒依露井，笑撲流螢，惹破畫羅輕扇。人靜夜久憑闌，愁不歸眠，立殘更箭。嘆年華一瞬，人今千里，夢沈書遠。　空見說鬢怯瓊梳，容銷金鏡，漸懶趁時勻染。梅風地溽，虹雨苔滋，一架舞紅都變。誰信無聊為伊，才減江淹，情傷荀倩。但明河影下，還看稀星數點。

蘭陵王

柳陰直，煙裏絲絲弄碧。隋堤上、曾見幾番，拂水飄綿送行色。登臨望故國。誰識、京華倦客。長亭路、年去歲來，應折柔條過千尺。　閒尋舊蹤跡。又酒趁哀絃，燈照離席。梨花榆火催寒食。愁一箭風快，半篙波暖，回頭迢遞便數驛。望人在天北。　悽惻。恨堆積。漸別浦縈迴，津堠岑寂。斜陽冉冉春無極。念月榭攜手，露橋聞笛。沈思前事，似夢裏，淚暗滴。

解連環

恐懷誰託嗟情人斷絕信音遼邈妙手能解連環似風散雨收霧輕雲薄燕子樓空暗塵鎖一牀絃索想移根換葉盡是舊時手種紅藥汀洲漸生杜若料舟依岸曲人在天角漫記得當日音書把閒語間言待總燒却水驛春迴望寄我江南梅萼今生對花對酒為伊淚落

風流子

新綠小池塘風簾動碎影舞斜陽羨金屋去來舊時巢燕土花繚繞前度芸牆繡閣裏鳳幃深幾許聽得理絲簧欲說還休慮乖芳信未歌先噎愁近清觴遙知新妝了開朱戶應自待月西廂最苦夢魂今宵不到伊行問甚時說與佳音密耗寄將秦鏡偷換韓香天便教人霎時廝見何妨

浪淘沙慢

曉陰重霜凋岸草霧隱城堞南陌脂車待發東門帳飲乍闋正拂面垂楊堪攬結掩紅淚玉手親折念漢浦離鴻去何許經時信音絕情切望中地遠天闊向露冷風清無人處耿耿寒漏咽嗟萬事難忘惟是輕別翠尊未竭憑斷雲留取西樓殘月羅帶光銷紋衾疊連環解舊香頓歇怨歌永瓊壺敲盡缺恨春去不與人期弄夜色空餘滿地梨花雪

六醜薔薇謝後作

正單衣試酒悵客裡光陰虛擲願春暫留春歸如過翼一去無跡為問家何在夜來風雨葬楚宮傾國釵鈿墮處遺香澤亂點桃蹊輕翻柳陌多情更誰追惜但蜂媒蝶使時叩窗槅 東園岑寂漸蒙籠暗碧靜遶珍叢底成歎息長條故惹行客似牽衣待話別情無極殘英小強簪巾幘終不似一朵釵頭顫裊向人欹側漂流處莫趁潮汐恐斷紅尚有相思字何由見得

瑞龍吟

章臺路還見褪粉梅梢試花桃樹愔愔坊陌人家定巢燕子歸來舊處 黯凝佇因記箇人癡小乍窺門戶侵晨淺約宮黃障風映袖盈盈笑語 前度劉郎重到訪鄰尋里同時歌舞惟有舊家秋娘聲價如故吟牋賦筆猶記燕臺句知誰伴名園露飲東城閒步 事與孤鴻去探春盡是傷離意緒官柳低金縷歸騎晚纖纖池塘飛雨斷腸院落一簾風絮

大酺春雨

對宿烟收春禽靜飛雨時鳴高屋牆頭青玉旆洗鈆霜都盡嫩梢相觸潤逼琴絲寒侵枕障蟲網吹黏簾竹郵亭無人處聽簷聲不斷困眠初熟奈愁極頻驚夢輕難記自憐幽獨 行人歸意速最先念流潦妨車穀怎奈向蘭成憔悴衛玠清羸等閒時易傷心目斷平陽客雙淚落笛中哀曲況蕭索青蕪國紅糝鋪地門外荊桃如菽夜游共誰秉燭

李清照

李清照(1084—约1151),号易安居士,济南章丘(今属山东)人。李格非之女,赵明诚之妻。自幼以才藻见称。早年生活优渥,靖康之变后流寓江南,客居婺州(今浙江金华),境遇孤苦。工诗词,善属文。其诗多感时咏史之作,其词成就最高,以南渡为界,分前后两期,前期多写少女少妇情怀,后期于身世悲叹中寄寓家国之恸。为婉约词派代表,语言清丽浅近,情调忧伤。作有《词论》,提出词"别是一家"之说,首次为诗与词的区分做了系统界定,确立了词作为独立文体的艺术特性和地位。后人辑有《漱玉词》。

如梦令

昨夜雨疏风骤[1],浓睡不消残酒[2]。试问卷帘人[3],却道海棠依旧。知否,知否?应是绿肥红瘦[4]。

【注】

1 雨疏风骤:雨点稀疏,晚风急猛。疏,指稀疏。
2 浓睡不消残酒:虽然睡了一夜,仍有余醉未消。浓睡,酣睡。残酒,尚未消散的醉意。
3 卷帘人:指侍女。
4 绿肥红瘦:绿叶繁茂,红花凋零。

醉花阴

薄雾浓云愁永昼[1]，瑞脑消❶金兽[2]。佳节又重阳，玉枕纱橱[3]，昨夜凉初透。

东篱[4]把酒黄昏后，有暗香[5]盈袖。莫道不销魂[6]，帘卷西风[7]，人比黄花瘦。

【注】

1 永昼：漫长的白天。

2 瑞脑：一种熏香料，又称龙脑，即冰片。金兽：兽形的铜香炉。

3 纱橱：即防蚊蝇的纱帐。

4 东篱：泛指采菊之地。

5 暗香：这里指菊花的幽香。

6 销魂：形容极度忧愁、悲伤。

7 西风：秋风。

凤凰台上忆吹箫❷

香冷金猊[1]，被翻红浪[2]，起来慵自梳头。任宝奁[3]尘满，日上帘钩。生怕离怀别苦，多少事、欲说还休。新来瘦，非干病酒，

---

❶ 手稿为"喷"，据《全宋词》作"消"。

❷ 此词有两个版本，《全宋词》只收其一，不是这一版，录为："香冷金猊，被翻红浪，起来人未梳头。任宝奁闲掩，日上帘钩。生怕闲愁暗恨，多少事、欲说还休。今年瘦，非干病酒，不是悲秋。明朝，者回去也，千万遍阳关，也即难留。念武陵春晚，云锁重楼。记取楼前绿水，应念我、终日凝眸。凝眸处，从今更数，几段新愁。"

不是悲秋。

　　休休！这回去也，千万遍《阳关》[4]，也则❶难留。念武陵人远[5]，烟锁秦楼[6]。惟有楼前流水，应念我、终日凝眸。凝眸处，从今又添，一段新愁。

【注】

1　金猊（ní）：狮形铜香炉。
2　红浪：红色被铺乱摊在床上，有如波浪。
3　宝奁（lián）：华贵的梳妆镜匣。
4　《阳关》：即《阳关三叠》，此处泛指离歌。
5　武陵人远：此处借指爱人去的远方。
6　烟锁秦楼：谓独居妆楼。

声声慢

　　寻寻觅觅[1]。冷冷清清，凄凄惨惨戚戚[2]。乍暖还寒[3]时候，最难将息。三杯两盏淡酒，怎敌他、晚来风急？雁过也，正伤心，却是旧时相识。

　　满地黄花堆积。憔悴损[4]，如❷今有谁堪摘？守着窗儿，独自怎生[5]得黑？梧桐更兼细雨，到黄昏、点点滴滴。这次第[6]，怎一个愁字了得？

❶　手稿为"只"，据《漱玉词》作"则"。
❷　手稿为"而"，据《全宋词》作"如"。

【注】

1. 寻寻觅觅：意谓想把失去的一切都找回来，表示非常空虚怅惘、迷茫失落的心态。
2. 凄凄惨惨戚戚：忧愁苦闷的样子。
3. 乍暖还（huán）寒：指秋天的天气，忽然变暖，又转寒冷。
4. 损：表示程度极高。
5. 怎生：怎样的。生，语助词。
6. 这次第：这光景。

念奴娇

　　萧条庭院，又❶斜风细雨，重门须闭。宠柳娇花寒食近，种种恼人天气。险韵诗[1]成，扶头酒[2]醒，别是闲滋味。征鸿[3]过尽，万千心事难寄。

　　楼上几日春寒，帘垂四面，玉阑干慵[4]倚。被冷香消新梦觉，不许愁人不起。清露晨流，新桐初引，多少游春意。日高烟敛[5]，更看今日晴未[6]？

【注】

1. 险韵诗：以生僻而又难押之字为韵脚的诗。人觉其险峻而又能化艰僻为平妥，并无凑韵之弊。
2. 扶头酒：易醉之酒。
3. 征鸿：远飞的大雁。

❶ 手稿为"有"，据《全宋词》作"又"。

4 慵：懒。
5 烟敛：烟收、烟散的意思。烟，此处指像烟一样弥漫在空中的云气。
6 晴未：天气晴了没有？未，同否，表示询问。

永遇乐

落日熔❶金，暮云合璧，人在何处？染柳烟浓，吹梅笛怨[1]，春意知几许？元宵佳节，融和天气，次第[2]岂无风雨。来相召、香车宝马，谢他酒朋诗侣。

中州[3]盛日，闺门多暇，记得偏重三五[4]。铺翠冠儿[5]，捻❷金雪柳[6]，簇带[7]争济楚[8]。如今憔悴，风鬟霜鬓，怕见夜间出去。不如向、帘儿底下，听人笑语。

【注】

1 吹梅笛怨："梅"指乐曲《梅花落》，用笛子吹奏此曲，其声哀怨。
2 次第：此处是转眼的意思。
3 中州：即中土、中原。此处指北宋都城汴京，今河南开封。
4 三五：十五日。此处指元宵节。
5 铺翠冠儿：以翠羽装饰的帽子。
6 捻金：以金线捻丝作装饰。雪柳：以素绢和银纸做成的头饰。
7 簇带：亦作"簇戴"，满满地插戴。
8 济楚：整齐、漂亮。簇带、济楚均为宋时方言，意谓头上所插戴的各种饰物。

❶ 手稿为"镕"，据《全宋词》作"熔"。
❷ 手稿为"撚"，据《全宋词》作"捻"。

李清照

如夢令

昨夜雨疏風驟濃睡不消殘酒試問捲簾人却道海棠依舊知否知否應是綠肥紅瘦

醉花陰

薄霧濃雲愁永晝瑞腦噴金獸佳節又重陽玉枕紗櫥昨夜涼初透 東籬把酒黃昏後有暗香盈袖莫道不銷魂簾捲西風人比黃花瘦

鳳凰臺上憶吹簫

香冷金猊被翻紅浪起來慵自梳頭任寶奩塵滿日上簾鉤生怕離懷別苦多少事欲說還休新來瘦非關病酒不是悲秋 休休這回去也千萬遍陽關也只難留念武陵人遠煙鎖秦樓惟有樓前流水應念我終日凝眸凝眸處從今又添一段新愁

聲聲慢

尋尋覓覓冷冷清清悽悽慘慘戚戚乍暖還寒時候最難將息三盃兩盞淡酒怎敵他晚來風急雁過也正傷心卻是舊時相識

滿地黃花堆積憔悴損而今有誰堪摘守著窗兒獨自怎生得黑梧桐更兼細雨到黃昏點點滴滴這次第怎一個愁字了得

念奴嬌

蕭條庭院有斜風細雨重門須閉寵柳嬌花寒食近種種惱人天氣險韻詩成扶頭酒醒別是閒滋味征鴻過盡萬千心事難寄
樓上幾日春寒簾垂四面玉闌干慵倚被冷香消新夢覺不許愁人不起清露晨流新桐初引多少游春意日高煙歛更看今日晴未

永遇樂

落日鎔金暮雲合璧人在何處染柳煙濃吹梅笛怨春意知幾許元宵佳節融和天氣次第豈無風雨來相召香車寶馬謝他酒朋詩侶 中州盛日閨門多暇記得偏重三五鋪翠冠兒撚金雪柳簇帶爭濟楚如今憔悴風鬟霧鬢怕見夜間出去不如向簾兒底下聽人笑語

辛弃疾

辛弃疾（1140—1207），字坦夫，后字幼安，号稼轩，历城（今山东济南）人。二十一岁参加耿京抗金义军，任掌书记。不久投归南宋，历任右承务郎、建康通判及湖北、江西、湖南、福建安抚使等职。四十二岁遭馋落职，退居江西信州达二十年。六十四岁再起为浙东安抚使、镇江知府，不久罢归。一生力主抗金北伐，并提出《美芹十论》等方略，均未被采纳。宦海沉浮，壮志难酬，遂将一腔爱国忠愤之情寄寓词中。其词豪放雄浑，慷慨激越，与苏轼并称"苏辛"。著有《稼轩长短句》，邓广铭《稼轩词编年笺注》采辑最富。

生查子 题京口郡治尘表亭

悠悠万世功，矻矻[1]当年苦。鱼自入深渊，人自居平土。
红日又西沉，白浪长东去。不是望金山，我自思量禹。

【注】

1 矻矻（kū）：勤劳不懈的样子。

菩萨蛮 书江西造口壁

郁孤台下清江水[1]，中间多少行人泪。西北望长安，可怜无数山[2]。

青山遮不住,毕竟东流去。江晚正愁予❶³,山深闻鹧鸪。

【注】

1. 郁孤台:今江西省赣州市城区西北部贺兰山顶,因"隆阜郁然,孤起平地数丈"得名。

   清江:赣江与袁江合流处旧称清江。

2. 可怜:可惜。无数山:很多座山。

3. 愁予:使我发愁。

丑奴儿　书博山道中壁 ❷

少年不识愁滋味¹,爱上层楼。爱上层楼,为赋新词强²说愁。而今识尽³愁滋味,欲说还休⁴。欲说还休,却道天凉好个秋。

【注】

1. 不识:不懂,不知道什么是。
2. 强(qiǎng):勉强地,硬要。
3. 识尽:尝够,深深懂得。
4. 欲说还(huán)休:内心有所顾虑而不敢表达。

清平乐　独宿博山王氏庵

绕床饥鼠。蝙蝠翻灯舞¹。屋上松风吹急雨。破纸窗间自语²。

---

❶ 手稿为"愁余",据《全宋词》作"愁予"。

❷ 手稿词牌名为《采桑子》,据《全宋词》作《丑奴儿·书博山道中壁》,"丑奴儿"即"采桑子"的别称。

平生塞北[3]江南。归来华发苍颜。布被秋宵梦觉,眼前万里江山[4]。

【注】

1. 翻灯舞:绕着灯来回飞。
2. 破纸窗间自语:窗间破纸瑟瑟作响,好像自言自语。
3. 塞北:指长城以北,泛指我国北方边境地区。
4. 布被秋宵梦觉,眼前万里江山:谓秋夜梦醒,眼前依稀犹是梦中的万里江山。

太常引 建康中秋夜为吕叔潜[❶]赋

一轮秋影转金波[1]。飞镜[2]又重磨。把酒问姮娥[3]:被白发,欺人奈何!

乘风好去,长空万里,直下看山河。斫去桂婆娑[4],人道是,清光更多。

【注】

1. 金波:形容月光浮动,因亦指月光。
2. 飞镜:飞天之明镜,指月亮。
3. 姮(héng)娥:即嫦娥。
4. 婆娑:树影摇曳的样子。

❶ 手稿为"吕潜叔",大约是作者笔误;据《全宋词》作"吕叔潜"。

西江月 夜行黄沙道中

明月别枝惊鹊[1]，清风半夜鸣蝉[2]。稻花香里说丰年。听取蛙声一片。

七八个星天外，两三点雨山前。旧时茅店社林边[3]。路转溪桥忽见[4]。

【注】

1. 别枝惊鹊：惊动喜鹊飞离树枝。
2. 鸣蝉：蝉叫声。
3. 茅店：茅草盖的乡村客店。社林：土地庙附近的树林。社，土地神庙。古时，村有社树，为祀神处，故曰社林。
4. 见：通"现"，出现。

又 遣兴

醉里且贪欢笑，要愁那[1]得工夫。近来始觉古人书。信著全无是处。

昨夜松边醉倒，问松我醉何如[2]。只疑松动要来扶。以手推松曰去。

【注】

1. 那：通"哪"。
2. 我醉何如：我醉成什么样子。

浪淘沙 山寺夜半闻钟

身世[1]酒杯中,万事皆空。古来三五个英雄。雨打风吹何处是,汉殿秦宫?

梦入少年丛[2],歌舞匆匆。老僧夜半误鸣钟。惊起西窗眠不得,卷地[3]西风。

【注】

1 身世:平生。

2 少年丛:谓英雄年少种种。

3 卷地:谓贴着地面迅猛向前推进。多指风,亦代指身世悲凉。

鹧鸪天 鹅湖归病起作

枕簟西堂冷欲秋,断云依水晚来收。红莲相倚浑如[1]醉,白鸟无言定自愁。

书咄咄[2],且休休[3],一丘一壑也风流。不知筋力[4]衰多少,但觉新来懒上楼。

【注】

1 浑如:非常像,酷似。

2 咄咄(duō):叹词,表示惊诧。据《晋书·殷浩传》,殷浩被废黜后,虽口无怨言,却整日用手在空中书写"咄咄怪事"四字。

3 休休:算了吧。据《旧唐书·司空图传》,司空图退隐山林后,筑休休亭,以明心志。

4 筋力:精力。

又 有客慨然谈功名，因追念少年时事，戏作

壮岁旌旗拥万夫[1]，锦襜突骑[2]渡江初。燕兵夜娖银胡䩮[1][3]，汉箭朝飞金仆姑。

追往事，叹今吾，春风不染白髭须[4]。却将万字平戎策，换得东家种树书[5]。

【注】

1 壮岁旌旗拥万夫：指作者领导起义军抗金事，当时正二十岁出头。壮岁，少壮之时。

2 锦襜（chān）突骑：穿锦绣短衣的骑兵。襜，战袍。

3 燕兵：此处指金兵。娖（chuò）：整理。银胡䩮（lù）：银色或镶银的箭袋。

4 髭（zī）须：胡子。唇上为髭，唇下为须。

5 东家：东邻。种树书：表示退休归耕农田。

破阵子 为陈同甫赋壮词以寄之

醉里挑灯看剑[1]，梦回吹角连营。八百里分麾下炙[2][2]，五十弦翻[3]塞外声，沙场秋点兵[4]。

马作的卢飞快，弓如霹雳弦惊。了却君王天下事[5]，赢得生前身后名。可怜白发生！

---

❶ 手稿为"蝴蝶"，据《全宋词》作"胡䩮"。
❷ 手稿为"角"，据《全宋词》作"炙"。

【注】

1. 挑灯看剑：拨动灯火，查看宝剑，意指随时准备上战场杀敌。
2. 八百里：即"八百里驳"，指牛，这里泛指酒食。典出南朝宋刘义庆《世说新语·汰侈》。麾下：指部下。麾，军旗。
3. 翻：演奏。
4. 点兵：检阅军队。
5. 了（liǎo）却：了结，完成。天下事：此指恢复中原之事。

青玉案 元夕

东风夜放花千树[1]。更吹落、星如雨[2]。宝马雕车香满路。凤箫声动，玉壶[3]光转，一夜鱼龙舞[4]。

蛾儿雪柳黄金缕[5]。笑语盈盈暗香去。众里寻他[6]千百度。蓦然[7]回首，那人却在，灯火阑珊[8]处。

【注】

1. 花千树：花灯之多如千树开花。
2. 星如雨：指焰火纷纷，飞散如雨。星，指焰火，形容满天的烟花。
3. 玉壶：比喻明月。
4. 鱼龙舞：指舞动鱼形、龙形的彩灯。
5. 蛾儿：古代妇女于元宵节前后插戴在头上的剪彩而成的应时饰物。
   雪柳：原意为一种植物，此处指古代妇女于元宵节插戴的饰物。
   黄金缕：头饰上的金丝绦。
6. 他：泛指第三人称，古时包括"她"。
7. 蓦然：突然，猛然。
8. 阑珊：暗淡，零落。

粉蝶儿　和赵晋臣敷文赋落梅 ❶

昨日春如，十三女儿[1]学绣，一枝枝、不教花瘦[2]。甚无情，便下得，雨僝风僽[3]。向园林、铺作地衣红绉[4]。

而今春似，轻薄荡子难久。记前时、送春归后。把春波，都酿作，一江春 ❷ 酎[5]。约清愁、杨柳岸边相候[6]。

【注】

1. 十三女儿：十三岁的小姑娘。杜牧诗："娉娉袅袅十三余，豆蔻梢头二月初。"
2. 不教花瘦：将花绣得肥大，这里指春光丰腴。
3. 下得：忍得。雨僝（chán）风僽（zhòu）：形容风雨作恶。
4. 向园林、铺地衣红绉：园林里落花满地，像铺上一层带皱纹的红地毯一样。
5. 春酎（zhòu）：春酒。
6. 约：束、控制。清愁：凄凉的愁闷情绪。相候：指等待春天归来。

祝英台近

宝钗分[1]，桃叶渡[2]，烟柳暗南浦。怕上层楼，十日九风雨。断肠片片飞红[3]，都无人管，更谁劝、啼莺声住。

鬓边觑[4]。试把花卜归期[5]，才簪又重数。罗帐灯昏，哽咽梦中语：是他春带愁来，春归何处？却不解、带将愁去。

---

❶ 手稿题目为"和赵晋臣敷文赋落梅"，一作"和赵晋臣敷文赋落花"，均可考，从手稿。

❷ 手稿为"醇"，据《全宋词》作"春"。

【注】

1. 宝钗分：指夫妇离别。钗为古代妇女簪发首饰，分为两股，情人分别时，各执一股为纪念。
2. 桃叶渡：在南京秦淮河与青溪汇合之处。此处泛指男女送别之处。
3. 飞红：落花。
4. 觑：细看，斜视。
5. 把花卜归期：用花瓣的数目，占卜丈夫归来的日期。

满江红

敲碎离愁，纱窗外、风摇翠竹[1]。人去后、吹箫声断，倚楼人独。满眼不堪三月暮，举头已觉千山绿[2]。但试将❶、一纸寄来书[3]，从头读。

相思字，空盈幅；相思意，何时足。滴罗襟点点，泪珠盈掬[4]。芳草不迷行客路，垂杨只碍离人目。最苦是、立尽月黄昏[5]，栏干曲[6]。

【注】

1. 风摇翠竹：典出宋秦观《满庭芳·碧水惊秋》："风摇翠竹，疑是故人来。"
2. 千山绿：春花落去后一片翠绿，指夏天将到来。
3. 一纸寄来书：寄来的一封书信。
4. 盈掬：满把。形容眼泪很多。

❶ 手稿为"把"，据《全宋词》作"将"。

5 立尽月黄昏：意思是从清晨立到日没月出。
6 曲：角落。

又

风卷庭梧，黄叶坠、新凉如洗。一笑折、秋英[1]同赏，弄香挼蕊。天远难穷休久望，楼高欲下还重倚。拚一襟、寂寞泪弹秋，无人会。

今古恨，沉荒垒。悲欢事，随流水。想登楼青鬓[2]，未堪憔悴。极目烟横山数点，孤舟月淡人千里。对婵娟、从此话离愁，金尊里。

【注】
1 秋英：菊花。
2 青鬓：黑发，喻青春年少。此处代指被思念的人。

水调歌头
赵昌父用东坡韵叙太白、东坡事见寄，因用韵为谢

我志在寥阔，畴昔梦登天。摩挲素月，人世俯仰[1]已千年。有客骖[2]鸾并凤，云遇青山、赤壁[3]，相约上高寒[4]。酌酒援北斗[5]，我亦虱其间。

少歌曰："神甚放，形则眠。鸿鹄一再高举，天地睹方圆。"欲重歌兮梦觉，推枕惘❶然独念：人事底亏全？有美人[6]可语，秋水隔婵娟。

❶ 手稿为"怅"，据《全宋词》作"惘"。

【注】

1. 俯仰：俯仰之间，即低头、抬头之间，形容时间极短。此句是说天上片刻，人间已过千年。
2. 骖（cān）：古代驾车时位于两旁的马。这句是说以鸾和凤为骖。
3. 青山、赤壁：代指李白和苏轼。李白死后葬于青山，苏轼被贬黄州时，有赤壁之游并作《赤壁赋》。
4. 高寒：天上高寒之处，指月宫。
5. 援北斗：用北斗当酒杯，典出《楚辞·九歌·东君》"援北斗兮酌桂浆"句。援，手持。
6. 美人：知己朋友。此处指吴子似。

又 壬子三山被召陈端仁给事饮饯席上作

长恨复长恨，裁作短歌行[1]。何人为我楚舞[2]，听我楚狂声[3]？余既滋兰九畹[4]，又树蕙[5]之百亩，秋菊更餐英。门外沧浪水，可以濯吾缨[6]。

一杯酒，问何似，身后名。人间万事，毫发常重泰山轻[7]。悲莫悲生离别，乐莫乐新相识，儿女古今情。富贵非吾事，归与白鸥盟。

【注】

1. 短歌行：古乐府曲调名。
2. 楚舞：典出《史记·留侯世家》"为我楚舞，吾为若楚歌"句，是刘邦对戚夫人说的话。
3. 楚狂声：指春秋时楚国狂人接舆的《凤兮歌》。接舆曾佯装发狂，隐居不仕,并拒绝与孔丘交谈,时称楚狂。

4 滋:培植,栽种。畹(wǎn):古代地积单位,三十亩为一畹。

5 蕙:香草名,又叫佩兰。这里比喻贤人。

6 缨:帽子上的丝绳。

7 毫发常重泰山轻:这句是说人世间的各种事都被颠倒了。典出《庄子·齐物论》:"天下莫大于秋毫之末,而泰山为小。"毫发,毛发,喻极细小的事物。

又 盟鸥

带湖[1]吾甚爱,千丈翠奁[2]开。先生杖屦无事[3],一日走千回。凡我同盟鸥鹭,今日既盟之后,来往莫相猜。白鹤在何处,尝试与偕来。

破青萍,排翠藻,立苍苔。窥鱼笑汝痴计,不解举吾杯。废沼荒丘畴昔。明月清风此夜,人世几欢哀。东岸绿阴少,杨柳更须栽。

【注】

1 带湖:在信州(今江西上饶)北灵山下。

2 翠奁(lián):翠绿色的镜匣。此处形容带湖水面碧绿如镜。奁,古代妇女梳妆用的镜匣。

3 先生:作者自称。杖屦(jù):手持拐杖,脚穿麻鞋。屦,用麻、葛做成的鞋。

汉宫春 会稽蓬莱阁怀古

秦望山[1]头，看乱云急雨，倒立江湖。不知云者为雨，雨者云乎。长空万里，被西风、变灭须臾。回首听，月明天籁，人间万窍号呼。

谁向若耶溪[2]上，倩美人[3]西去，麋鹿姑苏[4]。至今故国人望，一舸归欤。岁云暮矣，问何不、鼓瑟吹竽。君不见，王亭谢馆[5]，冷烟寒树啼乌。

【注】
1. 秦望山：在会稽（今浙江绍兴）东南四十里处。
2. 若耶溪：河名，自浙江绍兴若耶山出，故名。
3. 美人：指西施。传说西施曾在若耶溪上浣纱。
4. 姑苏：指姑苏台，吴王曾与西施在此游宴。
5. 王亭谢馆：王、谢为东晋豪门贵族，此处泛指他们的子弟在会稽一带的游乐场所。

又 会稽秋风亭观雨

亭上秋风，记去年袅袅，曾到吾庐。山河举目虽异，风景非殊。功成者去，觉团扇、便与人疏。吹不断，斜阳依旧，茫茫禹迹[1]都无。

千古茂陵词[2]在，甚风流章句，解拟相如[3]。只今木落江冷，眇眇[4]愁余。故人书报，莫因循、忘却莼鲈[5]。谁念我，新凉灯火，一编太史公书[6]。

【注】

1. 禹迹：大禹的遗迹。传说禹治洪水，曾到过会稽，死后葬于会稽山上，后人在此建禹陵和禹王庙。
2. 茂陵词：指汉武帝刘彻的《秋风辞》。茂陵，汉武帝的陵墓，此处指汉武帝刘彻。
3. 解拟：能比拟。相如：汉代辞赋家司马相如。
4. 眇（miǎo）眇：远望的样子。
5. 因循：拖延，延误。莼鲈：用西晋张翰典。此处表思乡之情、归隐之志。
6. 太史公书：指西汉司马迁的《史记》。

念奴娇 书东流村壁

野塘花落，又匆匆过了，清明时节。划地[1]东风欺客梦，一枕云屏寒怯[2]。曲岸持觞，垂杨系马，此地曾经别。楼空人去，旧游飞燕能说。

闻道绮陌[3]东头，行人曾见，帘底纤纤月[4]。旧恨春江流不断，新恨云山千叠。料得明朝，尊前重见，镜里花难折。也应惊问：近来多少华发？

【注】

1. 划地：宋时方言，相当于"无端地""只是"。
2. 云屏：云母镶制的屏风。寒怯：形容才气或才华不足。
3. 绮陌：繁华的街道，宋人多用以指烟花柳巷。
4. 纤纤月：形容美人之足纤细。

水龙吟 登建康赏心亭

楚天千里清秋，水随天去秋无际。遥岑远目，献愁供恨，玉簪螺髻[1]。落日楼头，断鸿[2]声里，江南游子。把吴钩[3]看了，阑干拍遍，无人会、登临意。

休说鲈鱼堪脍，尽西风、季鹰[4]归未？求田问舍，怕应羞见，刘郎[5]才气。可惜流年，忧愁风雨，树犹如此！倩何人、唤取红巾翠袖[6]，揾[7]英雄泪。

【注】

1 玉簪螺髻：玉做的簪子，像海螺形状的发髻，比喻高矮、形状各不相同的山岭。

2 断鸿：失群的孤雁。

3 吴钩：古时吴地制造的一种宝刀。此处以吴钩自喻，空有一身才华，却得不到重用。

4 季鹰：西晋张翰，字季鹰。

5 刘郎：指刘备。

6 红巾翠袖：女子装饰，代指女子。

7 揾（wèn）：擦拭。

又 过南剑❶双溪楼

举头西北浮云[1]，倚天万里须长剑。人言此地，夜深长见，斗牛[2]光焰。我觉山高，潭空水冷，月明星淡。待燃犀下看，凭

❶ 手稿为"涧"，据《全宋词》作"剑"。

栏❶却怕，风雷怒，鱼龙惨³。

峡束苍江对起，过危楼、欲飞还敛。元龙⁴老矣，不妨高卧，冰壶凉簟⁵。千古兴亡，百年悲笑，一时登览。问何人又卸，片帆沙岸，系斜阳缆⁶。

【注】

1　西北浮云：西北的天空被浮云遮蔽，此处隐喻中原河山沦陷于金人之手。

2　斗牛：星名，二十八宿的斗宿与牛宿。

3　鱼龙：指水中怪物，暗喻朝中阻碍抗战的小人。惨：狠毒。

4　元龙：指东汉陈登，字元龙。典出《三国志·魏书·陈登传》："元龙无客主之意，久不相与语，自上大床卧，使客卧下床。"

5　冰壶凉簟：喝冷水，睡凉席，形容隐居自适的生活。

6　缆：系船用的绳子。

又

老来曾识渊明¹，梦中一见参差是。觉来幽恨，停觞不御²，欲歌还止。白发西风，折腰五斗，不应堪此。问北窗高卧，东篱自醉，应别有，归来意。

须信此翁未死，到如今凛然生气。吾侪心事，古今长在，高山流水³。富贵他年，直饶⁴未免，也应无味。甚东山⁵何事，当时也道，为苍生起。

---

❶　手稿为"阑"，据《全宋词》作"栏"。

【注】

1. 渊明：指东晋诗人陶渊明。
2. 停觞（shāng）不御：停杯不饮。觞，酒器。御，用，进，此处引申为饮。
3. 高山流水：典出伯牙与钟子期故事，喻知音。
4. 直饶：即使。
5. 东山：指东晋大臣谢安，曾隐居东山。

永遇乐 京口北固亭怀古

千古江山，英雄无觅，孙仲谋[1]处。舞榭歌台[2]，风流总被，雨打风吹去。斜阳草树，寻常巷陌[3]，人道寄奴[4]曾住。想当年，金戈铁马，气吞万里如虎。

元嘉[5]草草，封狼居胥[6]，赢得仓皇北顾。四十三年，望中犹记，烽火扬州路。可堪回首，佛狸祠[7]下，一片神鸦社鼓[8]。凭谁问：廉颇老矣，尚能饭否？

【注】

1. 孙仲谋：三国时的吴王孙权，字仲谋，曾建都京口。
2. 舞榭歌台：演出歌舞的台榭，这里代指孙权故宫。榭，建在高台上的房子。
3. 寻常巷陌：极狭窄的街道。寻常，古代指长度，八尺为寻，倍寻为常，形容窄狭，引申为普通、平常。
4. 寄奴：南朝宋武帝刘裕小名。
5. 元嘉：刘裕子刘义隆年号。

6　封狼居胥：公元前119年，霍去病远征匈奴，歼敌七万余，封狼居胥山（今蒙古境内）。

7　佛（bì）狸祠：佛狸，北魏太武帝拓跋焘小名。拓跋焘在打败南朝刘宋王玄谟军队后，追至长江北岸，在瓜步山上建立行宫，后称佛狸祠。

8　神鸦：在庙里吃祭品的乌鸦。社鼓：祭祀时的鼓声。

沁园春　带湖新居将成

三径[1]初成，鹤怨猿惊，稼轩未来。甚云山[2]自许，平生意气，衣冠人[3]笑，抵死尘埃[4]。意倦须还，身闲贵早，岂为莼羹鲈脍哉。秋江上，看惊弦雁避，骇浪船回。

东冈更葺[5]茅斋。好都把、轩窗临水开。要小舟行钓，先应种柳；疏篱护竹，莫碍观梅。秋菊堪餐，春兰可佩，留待先生手自栽。沉吟久，怕君恩未许，此意徘徊。

【注】

1　三径：指归隐者的居所。

2　云山：农村。

3　衣冠人：上层或高贵的人物。衣冠，古代士大夫的服装。

4　尘埃：指污浊的红尘，即官场。抵死：终究，毕竟，总是。

5　葺（qì）：用茅草修复房子。

又 灵山齐庵赋,时筑偃湖未成

叠嶂[1]西驰,万马回旋,众山欲东。正惊湍直下,跳珠倒溅;小桥横截,缺月初弓。老合投闲[1],天教多事,检校长身十万松[2]。吾庐小,在龙蛇[3]影外,风雨声中。

争先见面重重。看爽气、朝来三数峰。似谢家子弟,衣冠磊落[4];相如庭户,车骑雍容。我觉其间,雄深雅健,如对文章太史公。新堤路,问偃湖何日,烟水蒙蒙?

【注】

1. 合:应该。投闲:指离开官场,过闲散的生活。
2. 检校:巡查、管理。长身:高大。
3. 龙蛇:松树,也暗指朝廷。杜甫《奉和贾至舍人早朝大明宫》中有"旌旗日暖龙蛇动"句,"龙蛇"是皇帝仪仗队旗帜上的图案。
4. 磊落:仪态俊伟而落落大方。

又 再到期思卜筑[2]

一水西来,千丈晴虹,十里翠屏。喜草堂经岁[1],重来杜老[2];斜川[3]好景,不负渊明[4]。老鹤高飞,一枝投宿,长笑蜗牛戴屋行。平章[5]了,待十分佳处,著个茅亭。

青山意气峥嵘,似为我归来妩媚生。解频教花鸟[6],前歌后舞;更催云水,暮送朝迎。酒圣诗豪,可能无势,我乃而今驾驭卿。

---

❶ 手稿为"障",据《全宋词》作"嶂"。
❷ 手稿为"期思卜筑",据《全宋词》作"再到期思卜筑"。

清溪上，被山灵⁷却笑：白发归耕。

【注】

1　经岁：一年后，此泛言若干年后。
2　杜老：指杜甫。
3　斜川：在今江西省庐山市附近的鄱阳湖边，为风景优美之地。陶渊明居浔阳柴桑时，曾作《游斜川》。
4　渊明：指陶渊明。
5　平章：筹划，品评。
6　解：领会，理解。频：屡屡不断，多次。
7　山灵：山神。

贺新郎 赋琵琶

凤尾[1]龙香拨，自开元[2]《霓裳》曲罢，几番风月？最苦浔阳江头客，画舸亭亭待发。记出塞、黄云堆雪。马上离愁三万里，望昭阳宫殿孤鸿没。弦解语，恨难说。

辽阳驿使音尘绝，琐窗寒，轻拢慢捻❶，泪珠❷盈睫。推手含情还却手，一抹《梁州》[3]哀彻。千古事，云飞烟灭。贺老定场无消息[4]，想沉香亭北繁华歇。弹到此，为呜咽。

【注】

1　凤尾：凤尾琴。
2　开元：唐玄宗李隆基的年号。

---

❶ 手稿为"撚"，据《全宋词》作"捻"。
❷ 手稿为"珠泪"，据《全宋词》作"泪珠"。

3 《梁州》：曲名，即《凉州》，为唐代凉州一带的乐曲。
4 贺老：指贺怀智，唐开元天宝年间善弹琵琶者。定场：即压场，犹言"压轴戏"。

又 别茂嘉十二弟

绿树听鹈鴂¹，更那堪、鹧鸪声住，杜鹃声❶切。啼到春归无寻处，苦恨芳菲都歇。算未抵²人间离别。马上琵琶³关塞黑，更长门、翠辇辞金阙⁴。看燕燕⁵，送归妾。

将军⁶百战身名裂。向河梁、回头万里⁷，故人长绝。易水萧萧西风冷⁸，满座衣冠似雪。正壮士、悲歌未彻。啼鸟还知如许恨，料不啼清泪长啼血。谁共我，醉明月？

【注】

1 鹈鴂（tí jué）：鸟名，鸣于暮春，与杜鹃鸟有别。
2 未抵：比不上。
3 马上琵琶：谓在琵琶声中远离故国。典出石崇《王明君辞并序》："匈奴盛，请婚于汉，元帝以后宫良家子昭君配焉。昔公主嫁乌孙，令琵琶马上作乐，以慰其道路之思。"
4 长门：汉武帝曾废皇后陈阿娇于长门宫，后泛指失宠嫔妃的居所。此处借言昭君辞汉。典出司马相如《长门赋》。翠辇（niǎn）：用翠羽装饰的宫车。金阙：宫殿。
5 燕燕：喻姬妾。典出《诗经·邶风·燕燕》："燕燕于飞，差池其羽，之子于归，远送于野。"

❶ 手稿为"啼"，据《全宋词》作"声"。

6 将军：指汉武帝时李陵。李陵多次与匈奴作战，后被围困，兵败投降。汉武帝杀其母亲、妻子，李陵身败名裂。

7 向河梁、回头万里：典出《汉书·苏武传》，言李陵别苏武事。河梁，桥。

8 易水萧萧西风冷：典出《史记·刺客列传》，言燕太子丹易水送荆轲往秦国刺秦王事。

摸鱼儿 置酒小山亭赋

更能消、几番风雨，匆匆春又归去。惜春长怕[1]花开早，何况落红无数。春且住，见说道、天涯芳草迷❶归路。怨春不语。算只有殷勤，画檐蛛网，尽日惹飞絮。

长门事，准拟佳期又误。蛾眉[2]曾有人妒。千金纵买相如赋[3]，脉脉此情谁诉？君莫舞，君不见、玉环飞燕[4]皆尘土！闲愁最苦。休去倚危楼❷，斜阳正在、烟柳断肠处。

【注】

1 怕：一作"恨"。

2 蛾眉：借指美人。

3 相如赋：指司马相如受汉武帝失宠皇后陈阿娇百金重托而作的《长门赋》。

4 玉环飞燕：玉环，即唐玄宗宠爱的贵妃杨玉环；飞燕，即汉成帝的皇后赵飞燕。两人皆貌美善妒。

---

❶ 手稿为"无"，据《全宋词》作"迷"。

❷ 手稿为"栏"，据《全宋词》作"楼"。

辛棄疾

生查子 題京口郡治塵表亭

悠悠萬世功 矻矻當年苦 魚自入深淵 人自居平土

沉自浪長東去 不是望金山 我自思量禹

菩薩蠻 書江西造口壁

鬱孤臺下清江水 中間多少行人淚 西北望長安 可憐無數山

青山遮不住 畢竟東流去 江晚正愁余 山深聞鷓鴣

采桑子

少年不識愁滋味 愛上層樓 愛上層樓 為賦新詞強說愁

而今識盡愁滋味 欲說還休 欲說還休 卻道天涼好箇秋

清平樂 獨宿博山王氏庵

遶牀飢鼠 蝙蝠翻燈舞 屋上松風吹急雨 破紙窗間自語

平生塞北江南 歸來華髮蒼顏 布被秋宵夢覺 眼前萬里江山

太常引 建康中秋夜為呂潛叔賦

一輪秋影轉金波 飛鏡又重磨 把酒問姮娥 被白髮欺人奈何

乘風好去 長空萬里 直下看山河 斫去桂婆娑 人道是清光更多

又有容慨然談名功因追念少年時事戲作

壯歲旌旗擁萬夫 錦襜突騎渡江初 燕兵夜娖銀胡䩮 漢箭朝飛金僕姑 追往事歎今吾 春風不染白髭鬚 卻將萬字平戎策 換得東家種樹書

破陣子 為陳同甫賦壯詞以寄之

醉裏挑燈看劍 夢回吹角連營 八百里分麾下炙 五十絃翻塞外聲 沙場秋點兵 馬作的盧飛快 弓如霹靂弦驚 了卻君王天下事 贏得生前身後名 可憐白髮生

青玉案 元夕

東風夜放花千樹 更吹落星如雨 寶馬雕車香滿路 鳳簫聲動 玉壺光轉 一夜魚龍舞 蛾兒雪柳黃金縷 笑語盈盈暗香去 眾裏尋他千百度 驀然迴首 那人卻在 燈火闌珊處

粉蝶兒 和趙晉臣敷文賦落梅

昨日春如十三女兒學繡 一枝枝不教花瘦 甚無情便下得雨僝風僽 向園林鋪作地衣紅縐 而今春似輕薄蕩子難久記前時 送春歸後 把春波都釀作一江醇酎 約清愁楊柳岸邊相候

西江月 夜行黃沙道中

明月別枝驚鵲，清風半夜鳴蟬。稻花香裏說豐年，聽取蛙聲一片。

七八箇星天外，兩三點雨山前。舊時茅店社林邊，路轉溪頭忽見。

又 遣興

醉裏且貪歡笑，要愁那得工夫。近來始覺古人書信著全無是處。

昨夜松邊醉倒，問松我醉何如。只疑松動要來扶，以手推松曰去。

浪淘沙 山寺夜半聞鐘

身世酒盃中，萬事皆空。古來三五個英雄。雨打風吹何處是，漢殿秦宮。

夢入少年叢，歌舞匆匆。老僧夜半誤鳴鐘。驚起西窗眠不得，捲地西風。

鷓鴣天 鵝湖歸病起作

枕簟溪堂冷欲秋，斷雲依水晚來收。紅蓮相倚渾如醉，白鳥無言定自愁。

書咄咄，且休休。一丘一壑也風流。不知筋力衰多少，但覺新來懶上樓。

水調歌頭 趙昌父用東坡韻敘太白東坡事見寄之用韻為謝

我志在寥闊疇昔夢登天摩挲素月人世俛仰已千年有客驂鸞並鳳云遇青山赤壁相酌上高寒酌酒援北斗我亦蝨其間少歌日神甚放形則眠鴻鵠一再高舉天地睹方圓欲重歌兮夢覺推枕悵然獨念人事底虧全有美人可語秋水隔嬋娟

又壬子三山被召陳端仁給事飲餞席上作

長恨復長恨裁作短歌行何人為我楚舞聽我楚狂聲餘既滋蘭九畹又樹蕙之百畝秋菊更餐英門外滄浪水可以濯吾纓一盃酒問何似身後名人間萬事毫髮常重泰山輕悲莫悲生離別樂莫樂新相識兒女古今情富貴非吾事歸與白鷗盟

又盟鷗

帶湖吾甚愛 千丈翠奩開先生杖屨無事一日走千回凡我同盟鷗鷺今日既盟之後來往莫相猜白鶴在何處嘗試與偕來 破青萍排翠藻立苕苕窺魚笑汝癡計不解舉吾盃廢沼荒丘疇昔明月清風此夜人世幾歡哀東岸綠陰少楊柳更須栽

祝英臺近

寶釵分桃葉渡烟柳暗南浦怕上層樓十日九風雨斷腸片片飛紅都無人管更誰勸啼鶯聲住鬢邊覷試把花卜歸期才簪又重數羅帳燈昏哽咽夢中語是他春帶愁來春歸何處却不解帶將愁去

滿江紅

敲碎離愁紗窗外風搖翠竹人去後吹簫聲斷倚樓人獨滿眼不堪三月暮舉頭已覺千山綠但試把一紙寄來書從頭讀相思字空盈幅相思意何時足滴羅襟點點淚珠盈挹芳草不迷行客路垂楊只礙離人目最苦是立盡月黃昏欄干曲

又

風捲庭梧黃葉墜新涼如洗一笑折秋英同賞弄香搓蕊天遠難窮休久望樓高欲下還重倚挼一襟寂寞淚彈秋無人會今古恨況荒壘悲歡事隨流水想登樓青鬢未堪憔悴極目烟橫山數點孤舟月淡人千里對嬋娟從此話離愁金尊裏

水龍吟 登建康賞心亭

楚天千里清秋水隨天去秋無際遙岑遠目獻愁供恨玉簪螺髻落日樓頭斷鴻聲裏江南遊子把吳鉤看了闌干拍徧無人會登臨意 休說鱸魚堪膾盡西風季鷹歸未求田問舍怕應羞見劉郎才氣可惜流年憂愁風雨樹猶如此倩何人喚取紅巾翠袖搵英雄淚

又 過南澗雙溪樓

舉頭西北浮雲倚天萬里須長劍人言此地夜深長見斗牛光焰我覺山高潭空水冷月明星淡待燃犀下看憑闌却怕風雷怒魚龍慘 峽束蒼江對起過危樓欲飛還歛元龍老矣不妨高卧冰壺涼簟千古興亡百年悲笑一時登覽問何人又卸片帆沙岸繫斜陽纜

又

老來曾識淵明夢中一見參差是覺來幽恨停觴不御欲歌還止白髮西風折腰五斗不應堪此問北窗高卧東籬自醉應別有歸來意 須信此翁未死到如今凜然生氣吾儕心事古今長在高山流水富貴他年直饒未免也應無味甚東山何事當時也道為蒼生起

漢宮春　會稽蓬萊閣懷古

秦望山頭，看亂雲急雨，倒立江湖。不知雲者為雨、雨者雲乎長空。萬里被西風變滅，須臾回首聽，月明天籟，人間萬竅號呼。誰問若耶溪上倩美人西去，麋鹿姑蘇。至今故國人望，一舸歸歟歲云暮矣。問何不鼓瑟吹竽，君不見王亭謝館，冷煙寒樹啼烏。又會稽秋風亭觀雨

亭上秋風，記去年嫋嫋，曾到吾廬。山河舉目雖異，風景非殊。功成者去，覺團扇便與人疏。吹不斷，斜陽依舊，茫茫禹跡都無。千古茂陵詞在，甚風流章句，解擬相如。只今木落江冷，眇眇愁余。故人書報，莫因循忘卻蓴鱸。誰念我新涼燈火，一編太史公書

念奴嬌　書東流村壁

野塘花落，又匆匆過了清明時節。剗地東風欺客夢，一枕雲屏寒怯。曲岸持觴，垂楊繫馬，此地曾經別。樓空人去，舊遊飛燕能說　聞道綺陌東頭，行人曾見，簾底纖纖月。舊恨春江流不斷，新恨雲山千疊。料得明朝，尊前重見，鏡裏花難折也。應驚問，近來多少華髮

影外屐雨聲中　爭先見面重重看更氣朝來三數峯似謝家子弟衣冠磊落如相庭戶車騎擁容我聲其間雄梁雅健如對文章太史公新堤路問偃湖何日　烟水濛濛

又期思卜築

一水西來千丈晴虹十里翠屏喜吾堂經歲重來杜老斜川好景不負淵明老鶴高飛一枝投宿長笑蝸牛戴屋行平章了待十分佳處著個茅亭　青山意氣崢嶸似為我歸來嫵媚教花鳥前歌後舞更催雲水暮送朝迎酒聖詩豪可能無勢我乃今駕馭卿清澳上被山靈卻笑白髮歸耕

賀新郎　賦琵琶

鳳尾龍香撥自開元霓裳曲罷幾番風月最苦潯陽江頭客畫舸亭亭待發記出塞黃雲堆雪馬上離愁三萬里望昭陽宮殿孤鴻沒勢解語恨難說　遼陽驛使音塵絕瑣窗寒輕攏慢撚珠淚盈睫推手含情還卻手一林梁州袁徹千古事雲飛滅賀老定場無消息想沉香亭北繁華歇彈到此爲嗚咽

烟

永遇樂 京口北固亭懷古

千古江山英雄無覓孫仲謀處舞榭歌臺風流總被雨打風吹去斜陽草樹尋常巷陌人道寄奴曾住想當年金戈鐵馬氣吞萬里如虎 元嘉草草封狼居胥贏得倉皇北顧四十三年望中猶記烽火揚州路可堪回首佛狸祠下一片神鴉社鼓憑誰問廉頗老矣尚能飯否

沁園春 帶湖新居將成

三徑初成鶴怨猿驚稼軒未來甚雲山自許平生意氣衣冠人笑抵死塵埃意倦須還身閒貴早豈為蓴羹鱸膾哉秋江上看驚弦雁避駭浪船回 東岡更葺茅齋好都把軒窗臨水開要小舟行釣先應種柳疏籬護竹莫礙觀梅秋菊堪餐春蘭可佩留待先生手自栽沉吟久怕君恩未許此意徘徊

又 靈山齊菴賦時築偃湖未成

疊嶂西馳萬馬回旋眾山欲東正驚湍直下跳珠倒濺小橋橫截缺月初弓老合投閒天教多事檢校長身十萬松吾廬小在龍蛇

又别茂嘉十二弟

绿树听鹈鴂更那堪鹧鸪声住杜鹃切切啼到春归无寻处苦恨芳菲都歇算未抵人间离别马上琵琶关塞黑更长门翠辇辞金阙看燕燕送归妾将军百战身名裂向河梁回头万里故人长绝易水萧萧西风冷满座衣冠似雪正壮士悲歌未彻啼鸟还知如许恨料不啼清泪长啼血谁共我醉明月

摸鱼儿 置酒小山亭赋

更能消几番风雨匆匆春又归去惜春长怕花开早何况落红无数春且住见说道天涯芳草无归路怨春不语算只有殷勤画檐蛛网尽日惹飞絮长门事准拟佳期又误蛾眉曾有人妒千金纵买相如赋脉脉此情谁诉君莫舞君不见玉环飞燕皆尘土闲愁最苦休去倚危栏斜阳正在烟柳断肠处

姜夔

姜夔（1155？—1209），字尧章，号白石道人，鄱阳（今江西波阳）人。少随父宦游湖北汉阳。父殁后流寓湘、鄂间。于长沙得识诗人萧德藻，萧以侄女妻之，并随之移居湖州弁山下。其间与尤袤、范成大、杨万里、张鉴等相往还。一生困顿场屋，以布衣终身，卒于杭州。精于书法，通晓音律，诗负盛名，尤以词称。其词清空峻拔，韵律谐婉，是风雅词派（又称格律词派、醇雅词派）的开创者。范成大称其："翰墨人品皆似晋宋之雅士。"有《白石道人诗集》《白石道人歌曲》等。

点绛唇 过吴松

燕雁[1]无心，太湖西畔随云去。数峰清苦。商略[2]黄昏雨。

第四桥[3]边，拟共天随[4]住。今何许。凭阑怀古。残柳参差舞。

【注】

1 燕雁：指北方幽燕一带的鸿雁。

2 商略：酝酿。

3 第四桥：即吴江城外的甘泉桥，是唐代诗人陆龟蒙隐居之处。

4 天随：晚唐诗人陆龟蒙，自号天随子。

少年游　戏斗甫[1]❶

双螺[2]未合，双蛾[3]先敛，家在碧云西[4]。别母情怀，随郎滋味，桃叶渡江[5]时。

扁舟载了，匆匆归去❷，今夜泊前溪[6]。杨柳津头，梨花墙外，心事两人知。

【注】

1. 斗甫：一作平甫，名张鉴，名将张俊之孙，姜夔挚友，家境豪富。姜夔一度得其救济。
2. 双螺：指少女头上的两个螺形发髻。
3. 双蛾：指双眉。
4. 碧云西：指美人住所。
5. 桃叶渡江：典出王献之与爱妾桃叶之事。《古今乐录》载："晋之王献之爱妾名桃叶，其妹曰桃根。献之尝临渡歌以送之。后人因名渡曰桃叶。"
6. 前溪：在今浙江武康。张斗甫在此建有别墅。

鹧鸪天　正月十一日观灯

巷陌风光纵赏时，笼纱[1]未出马先嘶。白头居士无呵殿[2]，只有乘肩小女随。

花满市，月侵[3]衣，少年情事老来悲。沙河塘[4]上春寒浅，看了游人缓缓归。

---

❶ 手稿为"戏张斗甫"，据《全宋词》作"戏斗甫"。
❷ 手稿为"扁舟载了匆匆去"，据《全宋词》作"扁舟载了，匆匆归去"。

【注】

1. 笼纱：蒙有纱罩的灯笼，又称纱笼。
2. 白头居士：作者自指。呵殿：前呵后殿，指身边随从。
3. 侵：映照。
4. 沙河塘：地名，在钱塘（今浙江杭州）南五里。

又 元夕不出

忆昨天街预赏时[1]，柳悭[2]梅小未教知。而今正是欢游夕，却怕春寒自掩扉。

帘寂寂，月低低。旧情惟有绛都词[3]。芙蓉[4]影暗三更后，卧听邻娃笑语归。

【注】

1. 天街：指南宋京城临安（今浙江杭州）的街道。预赏：宋代风俗，指腊月十五到新年元宵节前的试灯。
2. 柳悭（qiān）：柳叶未肯长出。悭，吝啬。
3. 绛都词：《绛都春》为词调名。丁仙现有《绛都春·上元》一首描写北宋时汴京灯节的盛况。
4. 芙蓉：莲花，这里借指花灯。

又 元夕有所梦

肥水[1]东流无尽期，当初不合种相思。梦中未比丹青见，暗里忽惊山鸟啼。

春未绿，鬓先丝，人间别久不成悲。谁教岁岁红莲夜[2]，两处沉吟各自知。

【注】

1　肥水：源出安徽合肥紫蓬山，东南流经将军岭，至施口入巢湖。
2　红莲夜：指元夕。红莲，花灯。

又　十六夜出

辇路[1]珠帘两行❶垂，千枝银烛舞僛僛[2]。东风历历红楼[3]下，谁识三生杜牧之。

欢正好，夜何其。明朝春过小桃枝。鼓声渐远游人散，惆怅归来有月知。

【注】

1　辇路：天子与皇后的车驾所经之路，此处指京城街道。
2　舞僛（qī）僛：舞蹈的样子。《诗经·小雅·宾之初筵》："乱我笾豆，屡舞僛僛。"
3　红楼：指女子所居之楼，多指青楼妓院。

踏莎行　金陵感梦

燕燕轻盈，莺莺娇软[1]，分明又向华胥[2]见。夜长争得薄情知，

---

❶　手稿为"桁"，据《全宋词》作"行"。

春初早被相思染。

别后书词,别时针线,离魂暗逐郎行远。淮南皓月冷千山,冥冥归去无人管。

【注】

1　燕燕、莺莺:喻姬妾。
2　华胥(xū):梦境。

小重山令　赋潭州红梅 ❶

人绕湘皋月坠时¹。斜横花树小,浸愁漪。一春幽事有谁知。东风冷、香远❷茜裙²归。

鸥去昔游非。遥怜花可可,梦依依。九疑³云杳断魂啼。相思血,都沁绿筠⁴枝。

【注】

1　湘:湘江,流经湖南。皋(gāo):水边的高地。
2　茜裙:绛红色的裙子。代指女子。
3　九疑:即九嶷山,亦名苍梧山。在湖南宁远县南。
4　绿筠(yún):翠绿的竹子。筠,竹子的青皮。

玉梅令　石湖¹畏寒不出,作此戏之

疏疏²雪片。散入溪南苑。春寒锁、旧家亭馆。有玉梅几树,

❶　手稿题为"小重山·潭州红梅",据《全宋词》作"小重山令·赋潭州红梅"。
❷　手稿为"染",据《全宋词》作"远"。

背立怨东风，高花未吐，暗香已远。

　　公来领略❶，梅花能劝。花长好、愿公更健。便揉春为酒，剪雪作新诗，拚❷一日、绕花千转。

【注】

1　石湖：南宋诗人范成大，晚号石湖居士。
2　疏疏：比喻雪花落地时的声音极轻。

淡黄柳　客合肥

　　空城晓角 [1]，吹入垂杨陌。马上单衣寒恻恻 [2]。看尽鹅黄嫩绿，都是江南旧相识。

　　正岑寂。明朝又寒食。强携酒、小乔 [3] 宅。怕梨花落尽成秋色。燕燕飞来，问春何在，唯有池塘自碧。

【注】

1　晓角：早晨的号角声。
2　恻恻：凄愁的样子。
3　小乔：东汉乔玄次女，人称小乔。此处代指意中人。

惜红衣　吴兴荷花

　　簟枕❸邀凉，琴书换日，睡余无力。细洒冰泉，并刀破甘碧 [1]。

---

❶ 手稿为"客"，据《全宋词》作"略"。
❷ 手稿为"拌"，据《全宋词》作"拚"。
❸ 手稿为"枕簟"，据《全宋词》作"簟枕"。

墙头唤酒,谁问讯、城南诗客[2]?岑寂。高柳❶晚蝉,说西风消息。

虹梁水陌,鱼浪吹香,红衣半狼藉[3]。维舟[4]试望故国,渺天北。可惜渚边沙外,不共美人游历。问甚时同赋,三十六陂[5]秋色。

【注】

1　甘碧:香甜新鲜的瓜果。

2　墙头唤酒,谁问讯、城南诗客:化用自杜甫的《夏日李公见访》诗:"贫居类村坞,僻近城南楼。……隔屋唤西家,借问有酒不?墙头过浊醪,展席俯长流。"感叹自己不如杜甫,无佳客来访,无邻家酒可借,不能隔着墙头索酒。

3　狼藉:指荷花凋零纷乱的样子。

4　维舟:系船,停下小船。

5　三十六陂(bēi):泛指湖塘多。

念奴娇　吴兴荷花

闹红一舸,记来时,尝与鸳鸯为侣。三十六陂人未到,水佩风裳[1]无数。翠叶吹凉,玉容销❷酒,更洒菰蒲[2]雨。嫣然摇动,冷香飞上诗句。

日暮,青盖[3]亭亭,情人不见,争忍凌波去。只恐舞衣寒易落,愁入西风南浦[4]。高柳垂阴,老鱼吹浪,留我花间住。田田[5]多少,几回沙际归路。

❶　手稿为"树",据《全宋词》作"柳"。
❷　手稿为"消",据《全宋词》作"销"。

【注】

1. 水佩风裳：以水作佩饰，以风为衣裳。
2. 菰（gū）蒲：茭白和蒲草。
3. 青盖：荷叶。
4. 南浦：南面的水边。后常用称送别之地。
5. 田田：莲叶茂密的样子。

湘月 秋泛湘江

五湖旧约，问经年底事[1]，长负清景。暝入西山，渐唤我、一叶夷犹乘兴。倦网都收，归禽时度，月上汀洲冷。中流容与[2]，画桡[3]不点明镜。

谁解唤起湘灵，烟鬟雾鬓[4]，理哀弦清听。玉麈谈玄[5]，叹坐客、多少风流名胜。暗柳萧萧，飞星冉冉，夜久知秋信。鲈鱼应好，旧家乐事谁省？

【注】

1. 底事：何事。底，疑问代词。
2. 容与：悠然自得貌。
3. 画桡（ráo）：有画饰的船桨。
4. 烟鬟（huán）雾鬓：形容鬟发美丽。
5. 玉麈谈玄：东晋士大夫常执玉麈高谈玄理。此处用以形容同游者有名士风度。

庆宫春 双桨莼波 ❶

　　双桨莼波，一蓑❷松雨，暮愁渐满空阔。呼我盟鸥，翩翩欲下，背人还过木末¹。那回归去，荡云雪、孤舟夜发。伤心重见，依约眉山，黛痕低压。

　　采香径里春寒，老子婆娑²，自歌谁答？垂虹西望，飘然引去，此兴平生难遏。酒醒波远，正凝想、明珰素袜³。如今安在？唯有阑干，伴人一霎。

【注】

1　木末：树梢。
2　老子婆娑：老夫我对着山川婆娑起舞。老子即老夫，为作者自称。婆娑，翩翩起舞的样子。
3　明珰素袜：明珠和白袜。此处代指自己相恋的女子。

法曲献仙音 张彦功官舍

　　虚阁笼寒，小帘通月，暮色偏怜高处。树隔离宫¹，水平驰道，湖山尽入尊俎²。奈楚客淹留久，砧声带愁去。

　　屡回顾，过秋风、未成归计。谁念我、重见冷枫红舞。唤起淡妆人³，问逋仙⁴、今在何许？象笔鸾笺，甚而今、不道秀句。怕平生幽恨，化作沙边烟雨。

【注】

1　离宫：皇帝出宫时临时居住的地方

---

❶ 手稿为"冬夜过垂虹"，据《全宋词》作"双桨莼波"。
❷ 手稿为"簑"，据《全宋词》作"蓑"。

2 尊俎（zǔ）：古时盛酒肉的器皿，此处代指酒宴。

3 淡妆人：指梅花。

4 逋（bū）仙：北宋文人林逋，飘然世外，世称"梅妻鹤子"。

凄凉犯 合肥秋夕

绿杨巷陌秋风起，边城一片离索。马嘶渐远，人归甚处，戍楼[1]吹角。情怀正恶，更衰草寒烟淡薄。似当时、将军部曲[2]，迤逦度沙漠。

追念西湖上，小舫携歌，晚花行乐。旧游在否？想如今、翠凋红落。漫写羊裙[3]，等新雁来时系著。怕匆匆、不肯寄与误后约。

【注】

1 戍楼：古代城墙上专用于警戒的岗楼。

2 部曲：古代军队编制单位。此处泛指部队。

3 羊裙：南朝宋人羊欣。此处代指赠予挚友的书信。典出《南史·羊欣传》："欣时年十二，时王献之为吴兴太守，甚知爱之。献之尝夏月入县，欣著新绢裙昼寝，献之书裙数幅而去。欣本工书，因此弥善。"

扬州慢 淳熙丙申至日过维扬 ❶

淮左名都[1]，竹西[2]佳处，解鞍少驻初程。过春风十里[3]，尽荠麦青青。自胡马窥江去后，废池乔木，犹厌言兵。渐黄昏、

❶ 手稿为"过维扬"，据《全宋词》作"淳熙丙申至日过维扬"。

清角吹寒，都在空城。

杜郎[4]俊赏，算而今、重到须惊。纵豆蔻词工，青楼梦好，难赋深情。二十四桥[5]仍在，波心荡、冷月无声。念桥边红药，年年知为谁生。

【注】

1. 淮左名都：指扬州。宋朝的行政区设有淮南东路和淮南西路，扬州是淮南东路的首府，故称淮左名都。左，古人方位名，面朝南时，东为左、西为右。名都，著名的都会。
2. 竹西：指扬州名胜竹西亭一带。
3. 春风十里：形容扬州的繁华景象，此处借指扬州。
4. 杜郎：即杜牧。杜牧曾在扬州任淮南节度使掌书记。
5. 二十四桥：扬州城内古桥，即吴家砖桥，也叫红药桥。

玲珑四犯 越中岁暮，闻箫鼓感怀

叠鼓夜寒，垂灯[1]春浅，匆匆时事如许。倦游欢意少，俯仰悲今古。江淹[2]又吟恨赋。记当时、送君南浦。万里乾坤，百年身世，惟有此情苦。

扬州柳，垂官路。有轻盈[3]换马，端正窥户。酒醒明月下，梦逐潮声去。文章信美知何用，但赢得、天涯羁旅。教说与，春来要寻花伴侣。

【注】

1. 垂灯：悬挂的彩灯，代指人们准备过年。
2. 江淹：南朝文学家，作有《恨赋》《别赋》等作品。
3. 轻盈：这里指体态柔美的女郎。

探春慢　衰草愁烟 ❶

衰草愁烟,乱鸦送日,风沙回旋平野。拂雪金鞭,欺寒茸帽,还记章台走马[1]。谁念漂❷零久,漫赢得、幽怀难写。故人清沔[2]难逢,小窗闲共情话。

长恨离多会少,重访问竹西,珠泪盈把。雁碛波平,鱼汀人散[3],老去不堪游冶。无奈苕溪[4]月,又照❸我、扁舟东下。甚日归来,梅花零乱春夜。

【注】

1　章台走马:指少年壮游。
2　清沔(miǎn):指沔水。古代通称汉水为沔水。
3　雁碛(qì):大雁栖息的沙滩。鱼汀:渔舟停泊的岸地。
4　苕溪:在浙江省北部,浙江八大水系之一,是太湖流域的重要支流。

一萼红　人日长沙登定王台

古城阴。有官梅几许,红萼[1]未宜簪。池面冰胶,墙腰雪老,云意还又沉沉。翠藤共、闲穿径竹,渐笑语、惊起卧沙禽。野老林泉,故王台榭[2],呼唤登临。

南去北来何事,荡湘云楚水,目极伤心。朱户黏鸡[3],金盘[4]簇燕,空叹时序侵寻[5]。记曾共、西楼雅集,想垂杨、还袅万丝金。待得归鞍到时,只怕春深。

❶　手稿为"过茗雪",据《全宋词》作"衰草愁烟"。
❷　手稿为"飘",据《全宋词》作"漂"。
❸　手稿为"唤",据《全宋词》作"照"。

【注】

1. 红萼（è）：红花。萼，花蒂。
2. 故王台榭：指汉长沙定王刘发所筑之台。
3. 黏鸡：旧时习俗。《荆楚岁时记》："人日贴画鸡于户，悬苇索其上，插符于旁，百鬼畏之。"
4. 金盘：指春盘。古俗于立春日，取生菜、果品、饼、糖等，置于盘中为食，取迎新之意，谓之春盘。
5. 侵寻：渐进。

长亭怨慢

渐吹尽、枝头香絮，是处人家，绿深门户。远浦萦回，暮帆零乱向何许？阅人多矣，谁得似长亭树。树若有情时，不会得青青如此！

日暮，望高城不见[1]，只见乱山无数。韦郎[2]去也，怎忘得玉环分付。第一是早早归来，怕红萼无人为主。算空❶有并刀，难剪离愁千缕。

【注】

1. 高城不见：化用欧阳詹《初发太原途中寄太原所思》中"高城已不见，况复城中人"句。
2. 韦郎：《云溪友议·玉箫记》载、唐韦皋游江夏，与玉箫女有情，别时留玉指环，约以少则五载、多则七载来娶。后八载不至，玉箫绝食而死。

❶ 手稿为"只"，据《全宋词》作"空"。

琵琶仙

　　双桨来时,有人似、旧曲桃根桃叶¹。歌扇轻约²飞花,蛾眉正奇绝。春渐远、汀洲自绿,更添了、几声啼鸠。十里扬州,三生杜牧³,前事休说。

　　又还是、宫❶烛分烟,奈愁里、匆匆换时节。都把一襟芳思,与空阶榆荚⁴。千万缕、藏鸦细柳⁵,为玉尊、起舞回雪。想见西出阳关,故人初别。

【注】

1　旧曲:旧日坊曲。坊曲,代指歌伎集聚之地。桃根桃叶:桃叶系晋王献之爱妾,桃根为桃叶之妹。此处借指歌女。

2　约:拦住。

3　三生杜牧:作者自指。三生,佛家语,指过去、现在、未来三世人生。

4　空阶榆荚:化用自韩愈《晚春》诗:"杨花榆荚无才思,惟解漫天作雪飞。"

5　千万缕、藏鸦细柳:化用自周邦彦《渡江云》词:"千万缕,陌头杨柳,渐渐可藏鸦。"

解连环

　　玉鞭重倚,却沉❷吟未上,又萦离思。为大乔、能拨春风,

---

❶ 手稿为"官",据《全宋词》作"宫"。
❷ 手稿为"沈",据《全宋词》作"沉"。

小乔妙移筝，雁啼[1]秋水。柳怯云松[2]，更何必、十分梳洗。道郎携羽扇，那日隔帘，半面[3]曾记。

西窗夜凉雨霁，叹幽欢未足，何事轻弃？问后约、空指蔷薇[4]，算如此溪山，甚时重至。水驿灯昏，又见在、曲屏近底。念唯❶有、夜来皓月，照伊自睡。

【注】

1　雁啼：弹古筝。古筝有承弦之柱斜列如雁行，故云。

2　柳怯云松：腰肢柔软，发髻松乱。

3　半面：指初次见面。

4　指蔷薇：谓指蔷薇花以为期。用杜牧《留赠》中"不用镜前空有泪，蔷薇花谢即归来"句诗意。

八归　湘中送胡德华

芳莲坠粉，疏桐吹绿，庭院暗雨乍歇。无端抱影销❷魂处，还见篠墙[1]萤暗，藓阶蛩切。送客重寻西去路，问水面、琵琶谁拨？最可惜、一片江山，总付与啼鴂。

长恨相从未款[2]，而今何事，又对西风离别？渚寒烟淡，棹移人远，缥缈[3]行舟如叶。想文君[4]望久，倚竹愁生步罗袜。归来后，翠尊双饮，下了珠帘，玲珑闲看月。

❶　手稿为"惟"，据《全宋词》作"唯"。
❷　手稿为"消"，据《全宋词》作"销"。

【注】

1　篠墙：竹篱院墙。篠，细竹。
2　未款：交情尚不太深（就匆匆作别）。款，款曲叙情。
3　缥缈：一作"飘渺"。
4　文君：此处借指友人之妻。

翠楼吟　武昌安远楼成

月冷龙沙[1]，尘清虎落[2]，今年汉酺初赐[3]。新翻胡部曲，听毡幕、元戎[4]歌吹。层楼高峙，看槛曲萦红，檐牙飞翠。人姝丽，粉香吹下，夜寒风细。

此地宜有词仙，拥素云[5]黄鹤，与君游戏。玉梯[6]凝望久，叹芳草萋萋千里。天涯情味。仗酒祓[7]清愁，花销❶英气。西山外，晚来还卷，一帘秋霁。

【注】

1　龙沙：泛指塞外之地。
2　虎落：遮护城堡或营寨的竹篱。
3　汉酺（pú）初赐：汉律，三人以上无故不得聚饮，违者罚金四两。朝廷有庆祝之事，特许臣民会聚欢饮，称"赐酺"。酺，合聚饮食。
4　元戎：主将，军事长官。
5　素云：指白云楼。
6　玉梯：指玉楼。
7　祓（fú）：原指古代为除灾祛邪而举行仪式的习俗。此处指消除。

❶ 手稿为"消"，据《全宋词》作"销"。

暗香

旧时月色,算几番照我,梅边吹笛?唤起玉人,不管清寒与攀摘。何逊[1]而今渐老,都忘却春风词笔。但怪得[2]、竹外疏花,香冷入瑶席。

江国,正寂寂,叹寄与路遥,夜雪初积。翠尊❶易泣,红萼无言耿[3]相忆。长记曾携手处,千树压、西湖寒碧。又片片吹尽也,几时见得?

【注】

1 何逊:南朝诗人,早年曾任南平王萧伟记室。

2 但怪得:惊异。

3 耿:耿然于心,不能忘怀。

疏影

苔枝缀玉[1],有翠禽小小,枝上同宿。客里相逢,篱角黄昏,无言自倚修竹。昭君不惯胡沙远,但暗忆、江南江北。想佩环、月夜归来,化作此花幽独。

犹记深宫旧事,那人正睡里,飞近蛾绿。莫似春风,不管盈盈,早与安排金屋。还教一片随波去,又却怨、玉龙哀曲[2]。等恁时[3]、重❷觅幽香,已入小窗横幅。

❶ 手稿为"樽",据《全宋词》作"尊"。
❷ 手稿为"再",据《全宋词》作"重"。

【注】

1 缀玉：梅花像美玉一般缀满枝头。
2 玉龙：即玉笛，笛名。哀曲：指笛曲《梅花落》。此曲是古代流行的乐曲，使人听了悲伤。
3 恁（nèn）时：那时候。

齐天乐 蟋蟀

庾郎[1]先自吟愁赋，凄凄更闻私语。露湿铜铺[2]，苔侵石井，都是曾听伊处。哀音似诉。正思妇无眠，起寻机杼。曲曲屏山，夜凉独自甚情绪？

西窗又吹暗雨。为谁频断续，相和砧杵？候馆吟秋，离宫吊月，别有伤心无数。豳诗[3]漫与。笑篱落呼灯，世间儿女。写入琴丝，一声声更苦。

【注】

1 庾郎：指北朝诗人庾信，曾作《愁赋》，今唯存残句。
2 铜铺：装在大门上用来衔环的铜制零件。
3 豳（bīn）诗：指《诗·豳风·七月》，其中有"七月在野，八月在宇，九月在户，十月蟋蟀入我床下"句。

姜夔

點絳唇 過吳松

燕雁無心太湖西畔隨雲去數峰清苦商略黃昏雨 第四橋邊擬共天隨住今何許凭闌懷古殘柳參差舞

少年游 戲張平甫

雙螺未合雙蛾先斂家在碧雲西別母情懷隨郎滋味桃葉渡江時 扁舟載了匆匆歸去今夜泊前溪楊柳津頭梨花牆外心事兩人知

鷓鴣天 正月十一日觀燈

巷陌風光縱賞時籠紗未出馬先嘶白頭居士無呵殿只有乘肩小女隨 花滿市月侵衣少年情事老來悲沙河塘上春寒淺看了遊人緩緩歸

又 元夕不出

憶昨天街預賞時柳慳梅小未教知而今正是歡遊夕卻怕春寒自掩扉 簾寂寂月低低舊情惟有絳都詞芙蓉影暗三更後臥聽鄰娃笑語歸

又 元夕有所夢

肥水東流無盡期當初不合種相思夢中未比丹青見暗裏忽驚山鳥啼 春未綠鬢先絲人間別久不成悲誰教歲歲紅蓮夜兩處沉吟各自知

淩黃柳 姜今尼

空城曉角吹入垂楊陌馬上單衣寒惻惻看盡鵝黃嫩綠都是江南舊相識 正岑寂明朝又寒食強攜酒小喬宅怕梨花落盡成秋色燕燕飛來問春何在唯有池塘自碧

惜紅衣 吳興荷花

枕簞邀涼琴書換日睡餘無力細灑冰泉并刀破甘碧牆頭喚酒誰問訊城南詩客岑寂高樹晚蟬說西風消息 虹梁水陌魚浪吹香紅衣半狼籍舟試望故國渺天北可惜渚邊沙外不共美人遊歷問甚時同賦三十六陂秋色

念奴嬌 吳興荷花

鬧紅一舸記來時嘗與鴛鴦為侶三十六陂人未到水佩風裳無數翠葉吹涼玉容消酒更灑菰蒲雨嫣然搖動冷香飛上詩句 日暮青蓋亭亭情人不見爭忍凌波去祗恐舞衣寒易落愁入西風南浦高柳垂陰老魚吹浪留我花間住田田多少幾回沙際歸路

又十六夜出

輦路珠簾雨衍垂千枝銀燭舞徽徽東風歷歷紅樓下誰識三生杜牧之 歡正好夜何其明朝春過小桃枝鼓聲漸遠遊人散惆悵歸來有月知

踏莎行 金陵感夢

燕燕輕盈鶯鶯嬌輭分明又向華胥見夜長爭得薄情知春初早被相思染 別後書詞別時鍼線離魂暗逐郎行遠淮南曉月冷千山冥冥歸去無人管

小重山 潭州紅梅

人繞湘皋月墜時斜橫花樹小浸愁漪一春幽事有誰知東風冷香染裙歸 驂去昔游非遙悵花可可夢依依九疑雲杳斷魂啼相思血都沁綠筠枝

玉梅令 石湖畏寒不出作此戲之

疏疏雪片散入溪南苑春寒鎖舊家亭館有玉梅幾樹背立怨東風高花未吐暗香已遠 公來領客梅花能勸花長好願公更健便攜春為酒翦雪作新詩拌一日繞花千轉

淒涼犯 合肥秋夕

綠楊巷陌秋風起邊城一片離索馬嘶漸遠人歸甚處戍樓吹角
情懷正惡更裹草寒煙澹薄似當時將軍部曲迤邐度沙漠追
念西湖上小舫攜歌行樂誰遊在否想如今翠凋紅落漫寫
羊裙等新雁來時繫著怕匆匆不肯寄與誤後約

揚州慢 過維揚

淮左名都竹西佳處解鞍少駐初程過春風十里盡薺麥青青
自胡馬窺江去後廢池喬木猶厭言兵漸黃昏清角吹寒都在空
城杜郎俊賞算而今重到須驚縱荳蔻詞工青樓夢好難賦深
情二十四橋仍在波心蕩冷月無聲念橋邊紅藥年年知為誰生

玲瓏四犯 越中歲暮聞簫鼓感懷

疊鼓夜寒垂燈春淺匆匆時事如許倦遊歡意少俯仰悲今古江
淹又吟恨賦記當時送君南浦萬里乾坤百年身世惟有此情苦
揚州柳垂官路有輕盈換馬端正窺戶酒醒明月下夢逐潮聲
去文章信美知何用但贏得天涯羈旅教說與春來夢尋花伴侶

湘月 秋泛湘江

五湖舊約問經年底事長負清景暝入西山漸喚我一葉夷猶乘興倦網都收歸禽時度月上汀洲中流容與畫橈不點明鏡誰解喚起湘靈煙鬟霧鬢理哀絃清聽玉塵談玄數坐客多少風流名勝增柳蕭蕭飛星冉冉夜久知秋信鱸魚應好舊家樂事誰省

慶宮春 冬夜過垂虹

雙槳蓴波一蓑松雨暮愁漸滿空潤呼我盟鷗翩翩欲下背人還壓采香徑裏春寒老子婆娑自歌誰答垂虹西望飄然引去此興平生難過酒鱸波遠正凝想明璫素襪如今安在唯有闌干伴人一靈過木末那回歸去蕩雲雪孤舟夜發傷心重見依約眉山黛痕低

法曲獻仙音 張彥功官舍

虛閣籠寒小簾通月暮色偏憐高處樹隔離鴛水平馳道湖山盡入尊俎奈楚客淹留久砧聲帶愁去 屢回顧過秋風未成歸計 誰念我重見冷楓紅舞喚起淡妝人間道仙今在何許甚而今不道秀句怕平生幽恨化作沙邊煙雨

琵琶仙

雙槳來時有人似舊曲桃根桃葉歌扇輕約飛花蛾眉正奇絕春漸遠汀洲自綠更添了幾聲啼鴂十里揚州三生杜牧前事休說又還是官燭分煙奈愁裏匆匆換時節都把一襟芳思與空階

別

榆英千萬縷藏鴉細柳為玉尊起舞回雪想見西出陽關故人初

解連環

玉鞭重倚郤沈吟未上又縈離思為大喬能撥春風小喬妙移箏雁啼秋水柳怯雲鬆更何必十分梳洗道郎攜羽扇那日隔簾半面曾記西窗夜涼雨霏嘆幽歡未足何事輕棄閉後釣空指薔薇算如此溪山甚特重至水驛燈昏又見在曲屏近底念惟有夜來皓月照伊自睡

八歸 湖中送胡德華

芳蓮墜粉疏桐吹綠庭院暗雨乍歇無端抱影消魂處還見篠牆螢暗蘚階蛩切送客重尋西去路問水面琵琶誰撥最可惜一片江山總付與啼鴂 長恨相從未欵而今何事又對西風離別渚

探春慢過 苕雲

一萼紅 人日長沙登定王臺

亂春夜

老去不堪遊冶無奈舊溪月又喚我扁舟東下甚日歸來梅花零
情話 長恨離多會少漫重訪問竹邊珠破盎把雁磧波平魚汀人散
臺走馬誰念飄零久漫贏得幽懷難寫故人清呖難逢小窗閒共
襄草愁烟亂鴉送日風沙回旋平野拂雪金鞭歎寒苔帽還記章

得歸鞍到時只怕春深
鹽籟燕空嘆時序侵尋記曾共西樓雅集想垂楊還繫馬萬絲金待
呼喚登臨 南去北來何事薦湘雲楚水目極傷心失戶黏難金
沈沉翠藤共閉穿徑竹漸笑語驚起卧沙禽野老林泉故王臺樹
古城陰有官梅幾許紅萼未宜簪池面冰牆腰雪老雲意還又

長亭怨慢

是早早歸來怕紅萼無人為主算只有并刀難翦離愁千縷
暮望高城不見只見亂山無數芳郎去也怎忘得玉環分付第一
許閒人矣誰得似長亭樹樹若有情時不會得青青如此日
漸吹盡枝頭香絮是處人家綠深門戶遠浦縈迴暮帆零亂向何

疏影

苔枝綴玉有翠禽小小枝上同宿客裡相逢籬角黃昏無言自倚
修竹昭君不慣胡沙遠但暗憶江南江北想佩環月夜歸來化作
此花幽獨　猶記深宮舊事那人正睡裏飛近蛾綠莫似春風不
管盈盈早與安排金屋還教一片隨波去又卻怨玉龍哀曲等恁
時再覓幽香已入小窗橫幅

齊天樂蟋蟀

庾郎先自吟愁賦淒淒更聞私語露濕銅鋪苔侵石井都是曾聽
伊處哀音似許正思婦無眠起尋機杼曲曲屏山夜涼獨自甚情
緒　西窗又吹暗雨為誰頻斷續相和砧杵候館吟秋離宮弔月
別有傷心無數豳詩漫與笑籬落呼燈世間兒女寫入琴絲一聲
聲更苦

寒烟淡槳移人遠縹緲行舟如葉想文君望久倚竹愁生步羅襪
歸来後翠尊雙飲下了珠簾玲瓏閒看月

翠樓吟　武昌安遠樓成

月冷龍沙塵清虎落今年漢酺初賜新翻胡部曲聽氈幕元戎歌
吹層樓高峙看檻曲縈紅檐牙飛翠人姝麗粉香吹下夜寒風細
此地宜有詞仙擁素雲黃鶴與君遊戲玉梯凝望久歎芳草萋
萋千里天涯情味仗酒祓清愁花消英氣西山外晚来還捲一簾
秋雲薺

暗香

舊時月色算幾番照我梅邊吹笛喚起玉人不管清寒與攀摘何
遜而今漸老都忘卻春風詞筆但怪得竹外疏花香冷入瑤席
江國正寂寂歎寄與路遙夜雪初積翠樽易泣紅萼無言耿相憶
長記曾攜手處千樹壓西湖寒碧又片片吹盡也幾時見得

史达祖

史达祖(1163—1220?),字邦卿,号梅溪,汴京(今河南开封)人。屡试不第,依附韩侂胄,为韩倚重;韩败后受株连,穷困而死。其词以咏物逼真著称,亦有抒写闲情逸致和感慨国事之作。姜夔称其词"奇秀清逸,有李长吉之韵,盖能融情景于一家,会句意于两得"。有《梅溪词》传世。

西江月

　　西月淡窥楼角,东风暗落檐牙[1]。一灯初见影窗纱,又是重帘不下。
　　幽思屡随芳草,闲愁多似杨花。杨花芳草遍天涯,绣被春寒夜夜。

【注】
1　檐牙:檐边翘出如牙的一种建筑装饰。

杏花天

　　软波拖碧蒲芽短。画桥外、花晴柳暖。今年自是清明晚。便觉芳情较懒。
　　春衫瘦、东风剪剪[1]。过花坞、香吹醉面。归来立马斜阳岸。隔岸歌声一片。

【注】

1　剪剪：风吹面的样子。

夜行船

　　不剪春衫愁意态。过收灯[1]、有些寒在。小雨空帘，无人深巷，已早杏花先卖。

　　白发潘郎宽沈带[2]。怕看山、忆他眉黛。草色拖裙，烟光染鬓，长记故园挑菜[3]。

【注】

1　过收灯：指过了收花灯的时间。收灯，宋代习俗。正月十五日元宵节前后数日燃灯纵赏，赏毕收灯，市人争先出城探春。

2　白发潘郎：潘岳中年鬓发斑白。潘郎，借指妇女所爱慕的男子，此处作者自指。宽沈带：指沈约因瘦损而衣带宽，此处为自指。

3　挑菜：唐代风俗，农历二月初二曲江拾菜，士民观游其间，谓之挑菜节。

玉楼春

　　游人等得春晴也。处处旗亭闲[1]系马。雨前红[2]杏尚娉婷，风里[3]残梅无顾藉。

　　忌拈针指[4]还逢社。斗草[5]赢多裙欲卸。明朝新[6]燕定归来，叮嘱重帘休放下。

【注】

1　闲：一作"堪"。

2　红：一作"秾"。

3　里：一作"后"。

4　忌拈针指：古时风俗，社日前一日妇女停针线。指：一作"线"。

5　斗草：古时民间流行的一种以草名相斗定输赢的游戏。

6　新：一作"双"。

又　赋梨花❶

玉容¹寂寞谁为主？寒食心情愁几许？前身清澹❷似梅妆，遥夜依微留月住。

香迷蝴蝶飞时路。雪在秋千来往处。黄昏著了素衣裳，深闭重门听夜雨。

【注】

1　玉容：本指女子容貌，此处比喻梨花。

临江仙

草脚青回细腻，柳梢绿转苗条¹。旧游重到合魂销。棹横春水渡，人凭赤阑桥。

归梦有时曾见，新愁未肯相饶。酒香红被夜迢迢。莫教²无用月，来照可怜宵³。

---

❶ 手稿为"梨花"，据《全宋词》作"赋梨花"。

❷ 手稿为"淡"，据《全宋词》作"澹"。

【注】

1　苗条：一作"条苗"。

2　教：一作"交"

3　可怜宵：化用苏轼《临江仙》中"徘徊花上月，空度可怜宵"句。

又

倦客如今老矣，旧游不奈春何。几曾湖上不经过。看花南陌[1]醉，驻马翠楼[2]歌。

远眼愁随芳草，湘裙忆著春罗[3]。枉教装得旧时多。向来箫鼓地，犹见柳婆娑。

【注】

1　南陌：游乐之地。

2　翠楼：指妓馆歌楼。

3　春罗：罗裙。

钗头凤

春愁远，春梦乱。凤钗一股[1]轻尘满。江烟白，江波碧。柳户清明，燕帘寒食。忆，忆，忆。

莺声暖，箫声短。落花不许春拘管[2]。新相识，休相失。翠陌吹衣，画桥横笛。得，得，得。

【注】

1　凤钗一股：凤钗原为两股，此处指分一股钗与情人。

2　拘管：限制，拘束。

蝶恋花

二月东风吹客袂。苏小[1]门前,杨柳如腰细。胡❶蝶识人游冶地,旧曾来处花开未?

几夜湖山生梦寐。评❷泊寻芳,只怕春寒里。今[2]岁清明逢[3]上巳[4],相思先到溅裙[5]水!

【注】

1 苏小:南齐钱塘名妓苏小小。此处借指所恋之歌伎。
2 今:一作"令"。
3 逢:一作"连"。
4 上巳(sì):旧历三月上旬之巳日,此日自古有修禊风俗。
5 溅裙:古俗元日至月底,士女酹酒洗衣于水边,以被除不样。后成为一种娱乐活动。

青玉案

蕙花[1]老尽离骚句,绿染遍,江头树。日午酒消听骤雨。青榆钱小[2],碧苔钱古[3],难买东君住。

官河不碍遗鞭[4]路,被芳草,将愁去。多定红楼帘影暮。兰灯初上,夜香初炷,犹是[5]听鹦鹉。

【注】

1 蕙花:香草。

---

❶ 手稿为"蝴",据《全宋词》作"胡"。
❷ 手稿为"萍",据《全宋词》作"评"。

2 青榆钱小：榆树未生叶前先生荚，榆荚形似钱而小，连缀成串，也称榆钱。
3 碧苔钱古：碧苔斑驳，形圆如钱，又称苔钱。
4 遗鞭：留下马鞭，意为留人，不让人离去。
5 是：一作"自"。

双双燕

过春社了，度帘幕¹中间，去年尘冷。差池²欲住，试入旧巢相并。还相雕梁藻井³，又软语、商量不定。飘然快拂花梢，翠尾分开红影。

芳径，芹泥雨润。爱贴地争飞，竞夸轻俊。红楼归晚，看足柳昏花暝。应自栖香正稳，便忘了、天涯芳信。愁损翠黛双蛾，日日画阑独凭。

【注】
1 帘幕：门窗处的帘子与帷幕。
2 差池：燕子飞行时有先有后、尾翼舒张的样子。
3 相：端看、仔细看。藻井：用彩色图案装饰的天花板，形状似井栏，故称。

三姝媚

烟光摇缥瓦¹。望晴檐多风，柳花如洒。锦瑟横床，想泪痕尘影，凤弦²常❶下。倦出犀帷，频梦见、王孙³骄马。讳道相思，

❶ 手稿为"长"，据《全宋词》作"常"。

偷理绡裙，自惊腰衩。

　　惆怅南楼遥夜。记翠箔张灯，枕肩歌罢。又入铜驼[4]，遍旧家门巷，首询声价。可惜东风，将恨与、闲花俱谢。记取崔徽[5]模样，归来暗写。

【注】

1　缥瓦：即琉璃瓦。

2　凤弦：琴上的丝弦。

3　王孙：指贵族子孙，此处指所盼归来之人。

4　铜驼：洛阳街道名，这里借指临安。

5　崔徽：唐代歌伎。元稹《崔徽歌》并序载，崔徽与裴敬中相恋，别后崔徽请画家丘夏为自己画像，寄裴敬中，不久相思而殁。

万年欢

　　两袖梅风，谢桥[1]边、岸痕犹带阴雪。过了匆匆灯市，草根青发。燕子春愁未醒，误几处、芳音辽绝。烟溪上、采绿[2]人归，定应愁沁花骨。

　　非干厚情易歇。奈燕台句老，难道离别。小径吹衣，曾记故里风物。多少惊心旧事，第一是、侵阶罗袜。如今但、柳发晞春，夜来和露梳月。

【注】

1　谢桥：即谢娘桥，此处指意中人所站之桥。

2　绿（lù）：通"菉"，植物名，又名王刍。见《诗经·采绿》。

东风第一枝 咏春雪 ❶

巧沁兰心,偷黏草甲[1],东风欲障新暖。谩❷凝碧瓦难留,信知暮寒较[2]浅。行天入镜[3],做弄出,轻松纤软。料故园,不卷重帘,误了乍来双燕。

青未了,柳回白眼。红欲断,杏开素面。旧游忆著山阴[4],后[5]盟遂妨上苑[6]。熏[7]炉重熨,便放慢,春衫针线。怕[8]凤靴,挑菜归来,万一灞桥相见。

【注】

1 草甲:草木萌芽时所带的种皮。

2 较:一作"轻"。

3 行天入镜:以镜和天来喻地面、桥面积雪的明净。

4 旧游忆著山阴:晋王子猷居山阴,曾雪夜泛舟访戴安道,至其门,未入即返,人问其故,曰:"乘兴而来,兴尽而去,何必见戴?"

5 后:一作"厚"。

6 后盟遂妨上苑:西汉司马相如参加梁王兔园之宴,因下雪而迟到。上苑,即兔园。

7 熏:一作"寒"。

8 怕:一作"恐"。

又 立春

草脚愁苏,花心梦醒,鞭香拂散牛土[1]。旧歌空忆珠帘,彩

❶ 手稿为"春雪",据《全宋词》作"咏春雪"。

❷ 手稿为"漫",据《全宋词》作"谩"。

笔倦题绣户。黏鸡贴燕[2]，想占[3]断、东风来处。暗惹起、一掬相思，乱若翠盘红缕。

今夜觅、梦池秀句[4]。明日动、探花芳绪。寄声沽酒人家，预约俊游[5]伴侣。怜它❶梅柳，怎忍润[6]、天街酥雨。待过了一月灯期，日日醉扶归去。

【注】

1. 鞭香拂散牛土：宋时，州府县官于立春前一日迎接用泥土做成的春牛，置于衙门前，立春日用红绿鞭抽打。此喻立春。
2. 贴燕：亦作"剪燕"，古人的一种头饰。
3. 占：一作"立"。
4. 梦池秀句：钟嵘《诗品》引《谢氏家录》："康乐每对惠连，辄得佳语。后在永嘉西堂，思诗竟日不就，寤寐间，忽见惠连，即成'池塘生春草'。故常云：'此语有神助，非我语也。'"
5. 俊游：高明的朋友。
6. 怎忍润：一作"乍忍俊"。

又 灯夕

酒馆歌云，灯街舞绣，笑声喧似箫鼓。太平京国多欢，大酺绮罗几处。东风不动，照花影、一天春聚。耀翠光、金缕相交[1]，苒苒细吹香雾。

羞❷醉玉[2]、少年丰度。怀艳雪[3]、旧家伴侣。闭门明月关心，

❶ 手稿为"他"，据《全宋词》作"它"。
❷ 手稿为"嗟"，据《全宋词》作"羞"。

倚窗小梅索句。吟情欲断,念娇俊、知人无据。想袖寒、珠络[4]藏香,夜久带愁归去。

【注】

1 耀翠光、金缕相交:形容灯市上女子着装金银珠翠,交相辉映的热闹情景。金缕:金缕衣,金线绣成的衣物。杜秋娘《金缕衣》诗:"劝君莫惜金缕衣,劝君惜取少年时。花开堪折直须折,莫待无花空折枝。"

2 羞醉玉:指酒醉后的风采。

3 艳雪:美艳的雪,此处指美丽的情人。

4 珠络:缀珠而成的网络。头饰之一种。

瑞鹤仙

杏烟娇湿鬓。过杜若汀洲,楚衣香润。回头翠楼近。指鸳鸯沙上,暗藏春恨。归鞭隐隐。便不念、芳盟未稳。自箫声[1]、吹落云东,再数故园花信[2]。

谁问。听歌窗罅[3],倚月阑边,旧家轻俊。芳心一寸。相思后,总灰尽。奈春风多事,吹花摇柳,也把幽情暗引。对南溪、桃萼翻红,又成瘦损。

【注】

1 箫声:典出萧史弄玉。《词谱》卷二十五引《列仙传拾遗》:"萧史善吹箫,作鸾凤之响。秦穆公有女弄玉,善吹箫,公以妻之,遂教弄玉作凤鸣。居十数年,凤凰来止。公为作凤台,夫妇止其上。数年,弄玉乘凤,萧史乘龙去。"

2　花信：指花信风，即花开时吹过的风，一种带有开花音讯的风候。
3　窗罅（xià）：窗户缝隙间。

又　赋红梅❶

馆娃[1]春睡起。为助妆酒[2]暖，脸霞轻腻。冰霜一生里。厌从来冷澹❷，粉腮重洗。胭脂暗试。便无限、芳秾[3]气味。向黄昏、竹外寒深，醉里为谁偷倚。

娇媚。春风模样，凉月心肠，瘦来肌体。孤香细细。吹梦到，杏花底。被高楼横管[4]，一声惊断，却对南枝洒泪。谩❸相思、桃叶桃根，旧家姊妹。

【注】

1　馆娃：宫名，遗址在今苏州灵岩山上，吴王夫差为西施建造。
2　助妆酒：早起化妆时所饮之酒。亦作"发妆酒"。
3　芳秾（nóng）：浓香。
4　横管：笛，亦称羌管。

喜迁莺　元夕

月波疑滴，望天近玉壶[1]，了无尘隔[2]。翠眼圈花[3]，冰丝[4]织练，黄道宝光相直[5]。自怜诗酒瘦，难应接、许多春色。最无赖，是

❶　手稿题目为"红梅"，据《全宋词》作"赋红梅"。
❷　手稿为"淡"，据《全宋词》作"澹"。
❸　手稿为"漫"，据《全宋词》作"谩"。

随香趁烛，曾伴狂客。

踪迹。漫记忆，老了杜郎，忍听东风笛。柳院灯疏，梅厅雪在，谁与细倾春碧[6]？旧情拘未定，犹自学、当年游历。怕万一，误玉人寒夜[7]，窗际帘隙。

【注】

1　天近玉壶：一作"玉壶天近"。
2　尘隔：尘埃。
3　翠眼圈花：指各种花灯。
4　冰丝：指冰蚕所吐的丝。常用作蚕丝的美称。
5　黄道宝光相直：指灯光与月光交相辉映。黄道，原指太阳在天空周年运行的轨道，此处指月光。
6　春碧：酒名。
7　寒夜：一作"夜寒"。

绮罗香　咏春雨[❶]

做冷欺花[1]，将烟困柳，千里偷催春暮。尽日冥迷，愁里欲飞难住。惊粉重[2]、蝶宿西园，喜泥润、燕归南浦。最妨它[❷]、佳约风流，钿车不到杜陵[3]路。

沉沉江上望极，还被春潮晚急，难寻官渡[4]。隐约遥峰，和泪谢娘眉妩。临断岸、新绿生时，是落红、带愁流处。记当日、门掩梨花，剪灯深夜语。

❶　手稿为"春雨"，据《全宋词》作"咏春雨"。
❷　手稿为"他"，据《全宋词》作"它"。

【注】

1 做冷欺花：春天寒冷，妨碍了花儿的开放。

2 粉重：蝴蝶因身上的花粉经春雨淋湿，翅重难飞。

3 杜陵：地名，在陕西长安东南，汉宣帝陵墓所在地，附近多住富贵人家。此处借指都市里的繁华街道。

4 官渡：官府所设的渡口。

史達祖

　西江月

西月淡寬樓角東風暗落簹牙一燈初見影窗紗又是重簾不下　幽恩屢隨芳草閑愁多似楊花楊花芳草徧天涯繡被春寒夜

　又

輕波拖碧蒲芽短畫橋花外晴柳暖今年自是清胡曉便覺止芳情　較嬾春衫瘦東風翦過花塢香吹醉面歸來立馬斜陽岸隔岸歌聲一丰

　夜行船

不耐春衫愁意態過收燈有些寒在小雨空簾無人深巷已早杏花先賣　白髮潘郎寬沈帶怕看山憶他眉黛草色拖裙煙光染鬢長記故園桃菜

　玉樓春

遊人等得春晴也處處旗亭聞繫馬前紅杏尚娉婷風裏殘梅　無顧藉忌拈針指還逢社門草贏多祗欲卻明朝新燕定歸來叮囑重簾休放下

蝶戀花

二月東風吹客袂蘇小門前楊柳如腰細蝴蝶識人游冶地舊曾來處花開未　幾夜湖山生夢寐萍泊尋芳只怕春寒裏今歲清明逢上巳相思先到襯裙水

青玉案

蕙花老盡離騷句綠鬢偏江頭樹日午酒清聽驪雨青榆錢小碧苔錢古難買東君住　官河不礙遺鞭路被芳草將愁去多定紅樓簾影暮闌燈初上夜香初炷猶是聽鸚鵡

雙雙燕

過春社了度廉中間去年塵冷差池欲住試入舊巢相並還相雕梁藻井又輒語商量不定飄然快拂花梢翠尾分開紅影　芳徑芹泥雨潤愛貼地爭飛競誇輕俊紅樓歸晚看足柳昏花暝應自棲香正穩便忘了天涯芳信愁損翠黛雙蛾日日畫闌獨憑

三姝媚

煙光搖縹瓦望晴簷多風柳花如灑錦瑟橫牀想淚痕塵影鳳絃長下卷出犀帷頻夢見王孫驕馬諱道相思偷理綃裙自驚腰衩　惆悵南樓遙夜記翠箔張燈枕肩歌罷又入銅駝徧舊家門巷首詢聲價可惜東風將恨與閑花俱謝記取鵲徽模樣歸來暗寫

又 梨花

玉容寂寞誰為主 寒食心情愁幾許 前身清瘦似梅妝 遮夜依微留月住 香迷蝴蝶飛時路 雪在鞦韆來往處 黃昏著了素衣裳 深閉重門聽夜雨

臨江仙

草腳青回細膩柳梢綠轉夭嬌 重到舍鎖魂橋 橫春水渡 人倚畫闌橋 歸夢有時曾見 新愁未肯相饒 酒香紅被夜迢迢 莫教無用月 來照可憐宵

又

倦客如今老矣 舊遊不余春何幾 曾湖上不經過 看花南陌醉 駐馬翠樓歌 遠眼愁隨芳草 湘裙憶著春羅 枉教恍惚得蹉跎 來簫鼓地 猶見柳婆娑

釵頭鳳

春愁遠 春夢亂 鳳釵一股輕塵滿 江煙白 江波碧 柳戶清明 燕簾寒食 憶憶憶 驚鵲殘枝蕭瑟 落花不許春拘管 新相識 休相失 翠陌吹衣 畫橋橫笛 得得得

今夜覓夢池塘句明日動搖花芳緒寄聲話酒人家預韵俊遊伴侶憐他梅柳怎忍瀾天街酥雨待過了一月燈期日日扶醉歸去

又燈夕

酒館歌雲燈街舞繡笑戲聲喧似簫鼓太平京國多歡大酺綺羅幾

處東風不動照花影一天春聚耀翠老金縷相交茸茸細吹香霧嗟醉玉少年年度懷艷雪舊家伴侶閉門明月關心倚窗小梅索句吟情欲斷念嬌俊知人無據想袖寒珠絡藏香夜久帶愁歸去

瑞鶴仙

杏煙嬌溼鬢過杜若汀洲楚衣香潤回頭翠樓近指鴛鴦沙上暗藏春恨歸鞭隱隱便不念芳盟未穩自筝簫聲吹落雲東再數故園花信誰問聽歌窗醉倚月闌邊舊家輕俊芳心一寸相思後總灰盡奈春風多事吹花搖柳也把幽情暗引對南溪桃夢翻紅又成瘦損

萬年歡

雨袖梅風謝橋邊岸痕猶帶陰雪過了匆匆燈市草根青發燕子春愁未醒誤幾處芳音遼絕煙溪上柔條人歸定慈沁花骨非干厚情易歇綠燕臺句老難道離別小徑吹衣曾記故里風物多少驚心舊事第一是侵階羅襪如今但柳髮篩春夜來和露

東風第一枝 春雪

巧沁蘭心偷黏草甲東風欲障新暖漫凝碧瓦難留信知暮寒較淺行天入鏡做弄輕鬆纖頓料故園不卷重簾誤了下來雙燕青未了柳回白眼紅欲斷杏開素面舊曾遊憶著山陰後盟遂訪上苑熏爐重熨便放慢春衫鍼線怕鳳靴桃葉歸來萬一灞橋相見

又 立春

草腳愁蘇花心夢醒戰香拂散牛土舊心歌空憶珠簾彩筆倦題繡户黏離貼燕想占斷東風來暗惹起一掬相思亂若翠盤紅縷

又紅梅

館娃春睡起為助妝酣酒暖臉霞輕膩冰霜一生裏厭從來冷淡粉
題重洗臙脂暗試便無限芳穠氣味向黃昏竹外寒深醉裏為誰
偷倚嬌媚春風模樣涼月心腸瘦來肌體孤香細細吹夢到杏
花底被高樓橫笛一聲驚斷卻對南枝灑淚漫相思桃葉桃根驚
家姊妹

喜遷鶯 元夕

月波疑滴望天近玉壺了無塵隔翠眼圈花冰絲織練黃道寶光
相直自憐詩酒瘦難應揩許多春色最無賴是隨香趁燭曾伴狂
客蹤跡漫記憶老了杜郎忍聽東風笛柳院燈疏梅廳雪在誰
與細傾春醑名韁情拘未定猶自夢當年遊歷怕萬一誤玉人寒夜
寶際簾隙

綺羅香 春雨

做冷欺花將煙困柳千里偷催春暮盡日冥迷愁裏欲飛難住驚
粉重蝶宿西園喜泥潤燕歸南浦最妨他佳約風流鈿車不到杜
陵路沈沈江上望極還被春潮晚急難尋官渡隱約遙峰和淚
謝娘眉嫵臨斷岸新綠生時是落紅帶愁流處記當日門掩梨花
剪燈深夜語

吴文英

吴文英（约1212—约1272），字君特，号梦窗，晚号觉翁，四明（今浙江宁波）人。本姓翁，入继吴氏。南宋绍定年间入苏州仓幕，任浙东安抚使吴潜幕僚，复为荣王赵与芮府门客。因出入贾似道、史宅之（史弥远之子）等权奸之门，为人不齿。精通音律，能自度曲，于词苦心经营，别开生面。其词音律和谐，以绵丽为尚，但用典繁富，词意晦涩，张炎称"如七宝楼台，炫人眼目，碎拆下来，不成片段"。有《梦窗词》传世。

如梦令

春在绿窗杨柳。人与流莺俱瘦。眉低暮寒生，帘额[1]时翻波皱。风骤。风骤。花径啼红[2]满袖。

【注】
1　帘额：帘的上端，此处泛指帘。
2　啼红：此处指落花。

生查子

暮云千万重，寒梦家乡远。愁见越溪娘[1]，镜里梅花面。醉情啼枕冰，往事分钗燕[2]。三月灞陵桥，心剪东风乱[3]。

【注】

1. 越溪娘：即越女，越国的美女。娘，少女。
2. 钗燕：即燕钗。钗形如燕尾。
3. 东风乱：指柳枝。唐贺知章《咏柳》："不知细叶谁裁出？二月春风似剪刀。"

点绛唇 试灯夜初晴

卷尽愁云，素娥[1]临夜新梳洗。暗尘不起，酥润凌波地[2]。辇路重来，仿佛灯前事。情如水。画楼熏被，春梦笙歌里。

【注】

1. 素娥：嫦娥的别称，代指月亮。
2. 凌波地：舞女行经的街道。凌波，比喻美人步履轻盈。典出三国曹植《洛神赋》："凌波微步，罗袜生尘。"

又 有怀苏州

明月茫茫，夜来应照南桥[1]路。梦游熟处。一枕啼秋雨。可惜人生，不向吴城[2]住。心期误。雁将[3]秋去。天远青山暮。

【注】

1. 南桥：苏州城内古桥，位于词人旧居附近。
2. 吴城：即苏州。
3. 将：携带。

浣溪沙

门隔花深梦旧游,夕阳无语燕归愁。玉纤[1]香动小帘钩。

落絮无声春堕泪,行云有影月含羞。东风临夜冷于秋。

【注】

1 玉纤:指女子的纤纤玉手。

菩萨蛮

绿波碧草长堤色。东风不管春狼藉。鱼沫[1]细痕圆。燕泥[2]花睡干。

无情牵怨抑。画舸红楼侧。斜日起凭阑。垂杨舞晓❶寒。

【注】

1 鱼沫:鱼所吐之水沫。李贺《古悠悠行》:"海沙变成石,鱼沫吹秦桥。"
2 燕泥:燕子衔泥筑巢。

阮郎归 赠卢长笛

沙河塘上旧游嬉。卢郎年少时。一声长笛月中吹。和云和雁飞。

惊物换,叹星移[1]。相看两鬓丝。断肠吴苑[2]草凄凄。倚楼人未归。

---

❶ 手稿为"暮",据《全宋词》作"晓"。

【注】

1. 物换、星移：景物改换，星度推移。谓时序变迁，岁月流逝。王勃《滕王阁诗》："物换星移几度秋。"
2. 吴苑：指苏州。

又 会饮丰乐楼

翠阴浓合晓莺堤❶。春如日坠西。画图新展远山齐。花深十二梯¹。

风絮晚，醉魂迷。隔城闻马嘶。落红微沁绣鸳❷²泥。秋千教放低。

【注】

1. 十二梯：此似作"十二楼"解，传说中神仙的居处。刘禹锡《楼上》诗："江上楼高十二梯，梯梯通遍与云齐。"
2. 绣鸳（yuān）：绣有鸳雏图案的鞋。

恋绣衾

频摩书眼怯细文。小窗阴、天气似昏。兽炉¹暖、慵添困，带茶烟、微润宝❸薰。

少年骄马西风冷，旧春衫、犹浣酒痕。梦不到、梨花路，断长桥、无限暮云。

❶ 手稿为"啼"，据《全宋词》作"堤"。
❷ 手稿为"鹓"，据《全宋词》作"鸳"。
❸ 手稿为"麝"，据《全宋词》作"宝"。

【注】

1　兽炉：古时铜制的兽形香炉。又作"香兽"。

杏花天

　　幽欢一梦成炊黍[1]。知绿暗、汀菰几度。竹西歌断芳尘去。宽尽经年臂缕。

　　梅黄后、林梢更雨。小池面、啼红怨暮。当时明月重生处。楼上宫眉在否。

【注】

1　幽欢一梦成炊黍：用黄粱一梦典故。唐沈既济《枕中记》载："卢生于邯郸客店中遇道者吕翁，生自叹穷困，翁乃授之枕，使入梦。生梦中历尽富贵荣华。及醒，主人炊黄粱尚未熟。"后以喻虚幻的事和欲望的破灭。黍，饭食。

浪淘沙

　　灯火雨中船，客思绵绵，离亭[1]春草又秋烟。似与轻鸥盟[2]未了，来去年年。

　　往事一潸然，莫过西园，凌波香断绿苔钱。燕子不知春事改，时立秋千。

【注】

1　离亭：路边驿亭，供人歇息与送别之处。

2　鸥盟：与鸥为盟，指隐居江湖。

鹧鸪天 赋❶半面女髑髅¹

钗燕拢❷云睡起时,隔墙折得杏花枝。青春半面妆如画,细雨三更花又飞。

轻爱别,旧相知,断肠青冢²几斜晖。断红❸一任风吹起,结习空时不点衣。

【注】

1　髑髅(dú lóu):即骷髅。
2　青冢(zhǒng):本指王昭君墓,后用以代指不幸女子的坟墓。

玉楼春 京市舞女

茸茸狸帽遮梅额¹,金蝉罗剪胡衫窄²。乘肩争看小腰身,倦态强随闲鼓笛。

问称家住城东陌,欲买千斤应不惜。归来困顿䐢³春眠,犹梦婆娑斜趁拍。

【注】

1　狸帽:狐狸皮做的帽子。梅额:额上画着梅花的形状,即所谓的梅花妆。
2　金蝉罗:薄如蝉翼的金色绫罗。胡衫:指北方少数民族的服装。
3　䐢:困倦。

---

❶ 手稿无"赋"字,据《全宋词》补全。
❷ 手稿为"栊",据《全宋词》作"拢"。
❸ 手稿为"乱红",据《全宋词》作"断红"。

夜行船

逗晓[1]阑干沾露水。归期杳、画檐鹊喜[2]。粉汗余香,伤秋中酒,月落桂花影里。

屏曲巫山❶和梦倚。行云重、梦飞不起。红叶中庭,绿尘斜挂,应是宝筝慵理。

【注】

1　逗晓：犹破晓。

2　鹊喜：喜鹊的鸣叫声。古代有鹊噪兆喜之说,认为喜鹊鸣叫是行人将归的喜兆。

夜游宫

竹窗听雨,坐久隐几就睡,既觉,见水仙娟娟于灯影中

窗外捎溪雨响。映窗里、嚼花[1]灯冷。浑似潇湘系孤艇。见幽仙[2],步凌波,月边影。

香苦欺寒劲。牵梦绕、沧涛千顷。梦觉新愁旧风景。绀云[3]欹,玉搔[4]斜,酒初醒。

【注】

1　嚼花：《花史》载："铁脚道人常嚼梅花满口,和雪咽之,曰:'吾欲寒香冷人肺腑。'"

2　幽仙：指湘君。

❶ 手稿为"几曲屏山",据《全宋词》作"屏曲巫山"。

3　绀(gàn)云：形容女性秀发蓬松且富有光泽。

4　玉搔：玉簪。

踏莎行

润玉笼绡，檀樱[1]倚扇。绣圈犹带脂香浅。榴心空叠舞裙红，艾枝[2]应压愁鬟乱。

午梦千山，窗阴一箭[3]。香瘢新褪红丝腕[4]。隔江人在雨声中，晚风菰叶生秋怨。

【注】

1　檀(tán)樱：浅红色的樱桃小口。檀，浅红色。

2　艾枝：端午节的一种特色风俗，用艾叶做成虎形，或剪彩为小虎，粘艾叶以戴头上。

3　一箭：指刻漏。

4　香瘢(bān)：指手腕斑痕。红丝腕：端午节以五色丝系在腕臂上以驱鬼祛邪。

唐多令

何处合成愁？离人心上秋[1]。纵芭蕉、不雨也飕飕。都道晚凉天气好，有明月、怕登楼。

年事[2]梦中休，花空烟水流。燕辞归、客尚淹❶留[3]。垂柳不萦[4]裙带住，漫长是、系行舟。

❶　手稿为"揜"，据《全宋词》作"淹"。

【注】

1　心上秋:"心"字上加"秋"字,即合成"愁"字。
2　年事:指岁月。
3　淹留:停留,久留。
4　萦:旋绕,系住。

青玉案

短亭芳草长亭柳。记桃叶¹、烟江口。今日江村重载酒。残杯不到,乱红青冢,满地闲春绣。

翠阴曾摘梅枝嗅²。还忆秋千玉葱手。红索倦将春去后。蔷薇花落,故园胡❶蝶,粉薄残香瘦。

【注】

1　桃叶:晋王献之爱妾名。此处代指作者亡妻。
2　梅枝嗅:喻亡姬生前的活泼情态。典出李清照《点绛唇》:"和羞走,倚门回首,却把青梅嗅。"

又

新腔一唱双金斗¹。正霜落、分柑手²。已是红窗³人倦绣。春词裁烛⁴,夜香温被,怕减银河⁵漏。

吴天雁晓❷云飞⁶后。百感情怀顿疏酒。彩扇何时翻翠袖?

❶ 手稿为"蝴",据《全宋词》作"胡"。
❷ 手稿为"晓雁",据《全宋词》作"雁晓"。

歌边拌①取，醉魂和梦，化作梅边瘦。

【注】

1 新腔：新创作的曲调。金斗：即金勺，一种酒器。
2 柑手：果名，橘属。
3 红窗：闺房中的窗子。
4 春词裁烛：烛下吟诗。春词，指情诗。裁烛，剪去余烬的烛心。
5 银河：银制的漏壶，古代计时器。
6 云飞：喻情人分离。

风入松

听风听雨过清明，愁草瘗花铭[1]。楼前绿暗分携路，一丝柳、一寸柔情。料峭春寒中酒[2]，交加晓梦啼莺。

西园日日扫林亭，依旧赏新晴。黄蜂频扑秋千索，有当时、纤手香凝。惆怅双鸳[3]不到，幽阶一夜苔生。

【注】

1 愁草：没有心情写。草，起草，拟写。瘗（yì）花铭：庾信作有《瘗花铭》。瘗，埋葬。铭，古代的一种文体，刻在墓碑或器物上。
2 中酒：醉酒。
3 双鸳：指女子的绣花鞋，这里借指女子本人。

---

❶ 手稿为"拼"，据《全宋词》作"拌"。

八声甘州 灵岩

渺空烟四远,是何年、青天坠长星。幻苍崖云树,名娃金屋[1],残霸[2]宫城。箭径[3]酸风射眼,腻❶水[4]染花腥。时靸[5]双鸳响,廊叶秋声。

宫里吴王沉醉,倩五湖倦客[6],独钓醒醒。问苍波无语,华发奈山青。水涵空、阑干高处❷,送乱鸦斜日落渔汀。连呼酒,上琴台[7]去,秋与云平。

【注】

1 名娃金屋:名娃,此指西施。金屋,典出汉武帝金屋藏娇的故事,此处借指吴王在灵岩山上为西施修建的馆娃宫。
2 残霸:指吴王夫差。他曾先后破越败齐,争霸中原,后为越王勾践所败,身死国灭,霸业有始无终。
3 箭径:吴王夫差开凿的采香径,在灵岩山下。因其笔直如箭,故名。
4 腻水:宫女濯妆的脂粉水。
5 靸(sǎ):一种草制的拖鞋。此作动词,指穿着拖鞋。
6 五湖倦客:指范蠡。范蠡辅佐越王勾践灭吴后,功成身退,泛舟五湖(太湖)。
7 琴台:在灵岩山上,吴国遗迹。

❶ 手稿为"剑",据《全宋词》作"腻"。
❷ 手稿为"阁凭高处",据《全宋词》作"阑干高处"。

声声慢　闰重九饮郭园

　　檀栾[1]金碧，婀娜蓬莱，游云不蘸芳洲。露柳霜莲，十分点缀成❶秋。新弯画眉未稳，似含羞、低护❷墙头。愁送远，驻西台车马，共惜临流。

　　知道池亭多宴，掩庭花长是、惊落秦讴[2]。腻粉阑干，犹闻凭袖香留。输他翠涟拍甃，瞰新妆、时浸明眸❸[3]。帘半卷，带❹黄花、人在小楼。

【注】

1　檀栾：形容美好的样子，此处用以指竹子。

2　秦讴（ōu）：指秦青，秦国之善歌者，相传其歌声"响遏行云"。此处借指动听的歌声。

3　明眸：明媚的眼波，即"明眸善睐"。

三姝媚　过都城旧居有感

　　湖山经醉惯。渍[1]春衫、啼痕酒痕无限。又客长安，叹断衿零袂[2]，浣尘谁浣❺？紫曲[3]门荒，沿败井、风摇青蔓。对语东邻，犹是曾巢，谢堂双燕。

　　春梦人间须断。但怪得、当年梦缘能[4]短。绣屋秦筝，傍海

---

❶　手稿为"残"，据《全宋词》作"成"。
❷　手稿为"度"，据《全宋词》作"护"。
❸　手稿为"终日凝眸"，据《全宋词》作"时浸明眸"。
❹　手稿为"戴"，据《全宋词》作"带"。
❺　手稿为"污尘难浣"，据《全宋词》作"浣尘谁浣"。

棠偏爱，夜深开宴。舞歇歌沉，花未减、红颜先变。伫久河桥欲去，斜阳泪满。

【注】

1 渍：沾染。
2 断衿（jīn）零袂：指衣服破碎。衿，衣领。
3 紫曲：指妓女所居的街巷。
4 能：通"恁"，这么。

高阳台 丰乐楼

修竹凝妆¹，垂杨驻马，凭阑浅画成图。山色谁题？楼前有雁斜书。东风紧送斜阳下，弄旧寒、晚酒醒余。自销凝，能几花前，顿老相如²。

伤春不在高楼上，在灯前欹枕，雨外熏炉。怕舣游船，临流可奈清癯❶³？飞红若到西湖底，搅翠澜、总是愁鱼。莫重来，吹尽香绵，泪满平芜。

【注】

1 凝妆：盛妆，浓妆。王昌龄《闺怨》诗："闺中少妇不知愁，春日凝妆上翠楼。"
2 相如：西汉文学家司马相如。此处作者自指。
3 清癯（qú）：清瘦。

---

❶ 手稿为"癯"，据《全宋词》作"癯"。

又 过种山，即越文种墓

帆落回潮，人归故国，山椒[1]感慨重游。弓折霜寒，机心已堕沙鸥[2]。灯前宝剑清风断，正五湖、雨笠扁舟。最无情，岩上闲花，腥染春愁。

当时白石苍松路，解勒回玉辇，雾掩山羞。木客[3]歌阑，青春一梦荒丘❶。年年古苑西风到，雁怨啼、绿水溁[4]秋。莫登临，几树残烟，西北高楼。

【注】

1 山椒：山顶。

2 机心已堕沙鸥：用《列子·黄帝》中"鸥鹭忘机"之典。传说从前海边有一人，常与鸥鸟嬉戏。后来他父亲要他捉住鸥鸟，这种动机一产生，鸥鸟见了他就不再飞下来了。此处喻文种遇害。

3 木客：伐木者。一说为山鬼。据《吴越春秋》，越有木客山，离山阴二十七里。相传吴王作宫室时，越使木工三千人入山伐木进献，一年无成。一夕，天生神木，长五十余寻，使大夫种献于吴，于时越工歌木客之吟。

4 溁（hóng）：亦作"茳"，水草名。

齐天乐 齐云楼

凌朝一片阳台影，飞来太空不去。栋与参[1]横，帘钩斗曲，西北城高几许？天声似语[2]。便闻阊[3]轻排，虹河平溯。问几阴晴，

---

❶ 手稿为"坵"，据《全宋词》作"丘"。

霸吴平地漫今古。

西山横黛瞰碧,眼明应不到,烟际沉鹭。卧笛长吟,层霾乍裂,寒月溟蒙⁴千里❶。凭虚⁵醉舞。梦凝白阑干,化为飞雾。净洗青红,骤飞沧海雨。

【注】

1　参(shēn):星宿名,二十八宿之一。

2　天声:天上自然的音响,如雷霆声。语:指天语,即上天的垂训。

3　阊(chāng)阖(hé):传说中的天门。屈原《离骚》:"吾令帝阍开关兮,倚阊阖而望予。"

4　溟(míng)蒙:模糊迷蒙的样子。

5　凭虚:即凭虚御风,凌空飞行。虚,指太虚。凭,本作"冯"。

又 登禹陵

三千年事¹残鸦外,无言倦凭秋树。逝❷水移川,高陵变谷,那识当时神禹。幽云怪雨。翠萍湿空梁,夜深飞去。雁起青天,数行书似旧藏处²。

寂寥西窗坐久,故人悭³会遇,同剪灯⁴语。积❸藓残碑,零圭断璧⁵,重拂人间尘土。霜红罢舞。漫山色青青,雾朝烟暮。岸锁春船,画旗喧赛鼓⁶。

❶　手稿为"树",据《全宋词》作"里"。
❷　手稿为"近",据《全宋词》作"逝"。
❸　手稿为"败",据《全宋词》作"积"。

【注】

1. 三千年事：夏禹公元前2205至公元前2297年在位，至吴文英在世之时已三千三四百年之久，故曰三千年事。
2. 旧藏处：指大禹治水后藏书之处。
3. 悭（qiān）：稀少。
4. 剪灯：剪去油灯烧残的灯芯，使灯焰明亮。
5. 零圭（guī）断璧：指禹庙发现的古文物。"圭"即"珪"古字，古代帝王、贵族朝会祭祀时所用。
6. 赛鼓：祭神赛会的鼓乐声。此指祭祀夏禹的盛会活动。

忆旧游 别黄澹翁

送人犹未苦，苦送春、随人去天涯。片红都飞尽，正阴阴润绿，暗里啼鸦。赋情顿雪双鬓，飞梦逐尘沙。叹病渴[1]凄凉，分香瘦减，两地看花。

西湖断桥路，想系马垂杨，依旧敧斜。葵麦[2]迷烟处，问离巢孤燕，飞过谁家。故人为写深怨，空壁扫秋蛇[3]。但醉上吴台[4]，残阳草色归思赊[5]。

【注】

1. 病渴：指患糖尿病。典出《史记·司马相如传》，司马相如"口吃而善著书，常有消渴疾"。
2. 葵麦：即"兔葵燕麦"。
3. 空壁扫秋蛇：指挥毫题壁，笔势如龙蛇飞舞。秋蛇，形容字迹盘曲。
4. 吴台：即姑苏台。

5　归思赊（shē）：形容归思十分强烈。赊，远、甚。

解连环　留别姜石帚[1]

思和云结❶。断江楼望睫[2]，雁飞无极。正岸柳、衰不堪攀，忍持赠[3]故人，送秋行色。岁晚来时，暗香乱、石桥南北。又长亭暮雪，点点泪痕，总成相忆。

杯前寸阴似掷。几酬花唱月，连夜浮白[4]。省听风、听雨笙箫，向别枕倦醒，絮扬[5]空碧。片叶愁红，趁一舸、西风潮汐。叹沧波、路长梦短，甚时到得。

【注】

1　姜石帚：宋末杭州士子，事迹未详。《四库全书》提要误作姜夔。
2　望睫：望眼，目不交睫。睫，眼睫毛。
3　忍持赠：不忍持赠。
4　浮白：将酒注满酒杯。白，大白，酒盏名。
5　絮扬：柳絮飘扬，喻雪。

霜花腴　重阳前一日泛石湖

翠微路窄，醉晚风，凭谁为整欹冠？霜饱花腴[1]，烛消人瘦，秋光作❷也都难。病怀强宽，恨雁声、偏落歌前。记年时、旧宿凄凉，暮烟秋雨野桥寒。

妆靥[2]鬓英争艳，度清商[3]一曲，暗坠金蝉[4]。芳节多阴，

❶　手稿为"积"，据《全宋词》作"结"。
❷　手稿为"做"，据《全宋词》作"作"。

兰情稀会，晴晖称拂吟笺。更移画船，引珮环、邀下婵娟。算明朝、未了重阳，紫荚应耐看。

【注】

1　花腴：形容花开灿烂，饱满可人。腴，丰满。
2　妆靥：妆扮过的脸容。此处指歌女。
3　清商：指哀怨悲切的曲调。
4　暗坠金蝉：鬓暗自偏坠。金蝉，指髻鬟。

霜叶飞 重九

断烟离绪。关心事，斜阳红隐霜树。半壶秋水荐黄花，香噀¹西风雨。纵玉勒²、轻飞迅羽。凄凉谁吊荒台古？记醉踏南屏，彩扇咽、寒蝉倦梦，不知蛮❶素³。

聊对旧节传杯，尘笺蠹❷管⁴，断阕经岁慵赋。小蟾⁵斜影转东篱，夜冷残蛩语⁶。早白发、缘愁万缕。惊飙从卷乌纱去。漫细将、茱萸看，但约明年，翠微高处。

【注】

1　噀（xùn）：含在口中而喷出。
2　玉勒：马络头。代指马。
3　蛮素：指歌舞伎。
4　尘笺蠹（jiān dù）管：信笺积尘，笛管生虫。

---

❶ 手稿为"樊"，据《全宋词》作"蛮"。
❷ 手稿为"蠧"，据《全宋词》作"蠹"。

5 小蟾：未圆之月。

6 残蛩（qióng）语：指蟋蟀发出的悲啼。

莺啼序

残寒正❶欺病酒，掩沉❷香绣户。燕来晚、飞入西城，似说春事迟暮。画船载、清明过却，晴烟冉冉吴宫¹树。念羁情、游荡随风，化为轻絮。

十载西湖，傍柳系马，趁娇尘软雾²。溯红❸渐、招入仙溪，锦儿偷寄幽素³。倚银屏、春宽梦窄，断红湿、歌纨金缕。暝堤空，轻把斜阳，总还鸥鹭。

幽兰旋老，杜若还生，水乡尚寄旅。别后访、六桥无信，事往花委❹，瘗玉埋香，几番风雨？长波⁴妒盼，遥山羞黛，渔灯分影春江宿，记当时、短楫桃根渡。青楼仿佛，临分败壁题诗，泪墨惨淡尘土。

危亭望极，草色天涯，叹鬓侵半苧❺⁵。暗点检❻、离痕欢唾，尚染鲛绡⁶，䗖凤⁷迷归，破鸾慵舞。殷勤待写，书中长恨，蓝霞辽海沉过雁，漫相思、弹入哀筝柱。伤心千里江南，怨曲重招，断魂在否？

❶ 手稿为"政"，据《全宋词》作"正"。
❷ 手稿为"沈"，据《全宋词》作"沉"。
❸ 手稿为"洄"，据《全宋词》作"红"。
❹ 手稿为"萎"，据《全宋词》作"委"。
❺ 手稿为"苧"，据《全宋词》确认无误，与"苎"是异体字。
❻ 手稿为"暗检点"，据《全宋词》作"暗点检"。

【注】

1. 吴宫：泛指南宋宫苑。临安旧属吴地，故云。
2. 娇尘软雾：形容西湖的热闹情景。
3. 锦儿：洪遂《侍儿小名录》载，锦儿是钱塘名妓杨爱爱的侍女，此指亡妾的使女。幽素：深晦的真情。这里指书信。
4. 长波：指美人的眼睛。
5. 苎（zhù）：苎麻，色白，可用于纺织、造纸、制绳。这里形容鬓发半白。
6. 鲛绡（jiāo xiāo）：传说中鲛人所制的绡。借指薄绢、轻纱。
7. 軃（duǒ）凤：指受到伤害而翅翼下垂的凤鸟。此处指梦窗的亡妾。軃，下垂貌。

吳文英

如夢令

春在綠窗楊柳人與流鶯俱瘦眉底暮寒生簾額時翻波皺風驟風驟花徑啼紅滿袖

生查子

暮雲千萬重寒夢家鄉遠愁見越溪娘鏡裏梅花面
冰往事分釵燕三月灞陵橋心劈東風亂
點絳唇 試燈夜初晴
卷盡愁雲素城臨夜新梳洗暗塵不起酥潤陵波地
彷彿燈前事情如水畫一樓薰被春夢笙歌裏 輦路重來
又有懷蘇州
明月茫茫夜來應照南橋路夢遊熟處一枕啼秋雨 可惜人生
不向吳城住心期誤雁將秋去天遠青山暮

浣溪沙

門隔花深夢舊遊夕陽無語燕歸愁玉纖香動小簾鈎 落絮無聲春墮淚行雲有影月含羞東風臨夜冷於秋

杏花天

幽歡一夢成炊黍　知絲暗汀蘋幾度　竹西歌斷芳塵去　寬盡經年臂縷　梅黃後林精更雨　小池面啼紅怨暮　當時明月重生處　樓上寫眉在否

浪淘沙

燈火雨中船　客思綿綿　離亭春草又秋烟　似興輕盟未了　來去年年　往事一潸然　莫過西園　凌波香斷幾莟錢　燕子不知春事改　時立秋千

鷓鴣天　半蜀女髖髓

釵燕攏雲睡起時　隔牆折得杏花枝　青春半面妝如畫　細雨三更花又飛　輕愛別　驚相知　斷腸青家幾斜暉　亂紅一任風吹起　結習空時不點衣

玉樓春　京市舞女

茸茸狸帽遮梅額　金蟬羅翦胡衫窄　乘肩爭看小腰身　倦態強隨閒鼓笛　問稱家住城東陌　欲買千金應不惜　歸來困頓彌春眠　猶夢婆娑斜趁拍

菩薩蠻

綠珀坡草長堤色東風不管春狼藉魚沫鮰痕燕泥花唾乾　無情惱抑畫阿紅樓側斜日起憑闌要楊舞暮寒〇

阮郎歸 贈盧長笛

沙河塘上舊遊嬉盧郎年少時　一聲長笛月中吹和雲和雁飛
驚物換嘆星移相看有雨鬢鬖鬖斷腸吳苑草淒淒倚樓人未歸　又會飲豐樂樓

戀繡衾

翠陰濃合曉鶯啼春如日墮西畫圖新展遠山齊花深十二梯
風紫晚醉魂迷隔城聞馬嘶落紅微沁繡鵪泥秋千敎放低

戀繡衾

頻摩書眼怯細文小窗陰天氣似昏獸爐暖慵塗困帶茶煙微潤
麝射薰　少年騎馬西風冷舊春衫猶瀲灑酒痕夢不到梨花路斷長
橋無限暮雲

青玉案

短亭芳草長亭柳記桃葉烟江口今日江村重載酒殘盃不到亂紅青塚滿地閒春繡　翠陰曾摘梅枝嗅還憶愁千玉葱手紅索倦春去後薔薇花落故園蝴蝶粉薄殘香瘦

又

新腔一唱雙金斗正霜落分柑手已是紅窗人倦繡春詞裁燭夜香溫被怕減銀河漏　吳天曉雁飛後百感情懷頓疏酒味何時翻翠袖歌邊拼取醉魂和夢化作梅邊瘦

風入松

聽風聽雨過淸明愁草瘞花銘樓前綠暗分攜路一絲柳一寸柔情料峭春寒中酒交加曉夢啼鶯　西園日日掃林亭依舊賞新情黃蜂頻撲秋千索有當時纖手香凝惆悵雙鴛不到幽階一夜苔生

八聲甘州 靈巖

渺空烟四遠是何年青天墜長星幻蒼崖雲樹名娃金屋殘霸宮城箭徑酸風射眼膩水染花腥時報雙鴛響廊葉秋聲　宮裏吳王沈醉倩五湖倦客獨釣醒醒間蒼波無語華髮柰山青水涵空闌憑高處送亂鴉斜日落漁汀連呼酒上琴臺去秋與雲平

夜行船

逗曉闌干露露水歸期畫鼓鵾弦粉汗餘香傷秋中酒月落桂花影裏 幾曲屏山 和夢倚行雲重夢飛不起紅葉中庭礙塵斜桂應是寶箏慵理

夜遊宮

窗外捎谿雨響映窗裏嚼花燈冷潭似瀟湘繫孤艇見幽仙步凌波月邊影 香苦欺寒勁章夢遠滄濤千頃夢覺新愁舊風景紺雲欹玉搔斜酒初醒

踏莎行

潤玉籠綃檀櫻倚扇繡圈猶帶脂香淺榴心空疊舞裙紅艾枝應壓愁鬢亂 午夢千山窗陰一箭香癡新襯紅絲腕隔江人在雨聲中晚風菰葉生秋怨

唐多令

何處合成愁離人心上秋縱芭蕉不雨也颼颼都道晚涼天氣好有明月怕登樓 年事夢中休花空煙水流燕辭歸客尚淹留垂柳不縈裙帶住漫長是繫行舟

又過種山即越文種墓

帆落迴潮人歸故國山椒感慨重遊弓折霜寒機心已隨沙鷗燈
前寶劍凄風斷正五湖雨笠扁舟最無情岩上閒花腥染春愁
當時白石茗松路解勒回玉輦霧掩山羞木客歌闐青春一夢荒
埋年年古苑西風到雁啼愁緣水蓣秋莫登臨幾樹殘煙兩北高樓
齊天樂登雲樓

凌朝一片陽臺影飛來太空不去棟與參橫簾斗曲西北城高幾
許天聲似語便閶闔輕排虹河平遡問幾陰晴霸氣平地漫今古
西山橫黛瞰碧眼明應不到烟際沉鶯卧笛長吟層靄乍裂寒
月澳漾千樹憑虛醉舞夢凝白闌干化爲飛霧淨洗青紅驟飛滄
海雨

又登禹陵

三千年事殘鴉外無言倦憑秋樹近水移川高陵憂谷那識當時
神禹遶雲怪雨翠莾濕空梁夜深飛古雁起青天數行書似舊藏
處寂寞雨窗坐久故人悵會遇同翦燈語敧蘇殘碑棗主斷壁
重拂人間塵土霜紅罷舞漫山色青青霧朝烟暮岸鎖春船畫旗
喧賽鼓

聲聲慢 閏重九飲郭園

檀欒金碧婀娜蓮萊遊雲不蘸芳洲 露柳霜蓮十分點綴殘秋新
釀畫眉未穩似令昔低度牆頭穩送遠駐西臺車馬共惜臨流
知道池亭多宴檻庭花長是鶯燕蓉秦誦膩粉闌干猶閒憑袖香留
翰他翠蓮拍徧嫩新妝終日凝眸簾半載黃花人在小樓

三姝媚 過都城舊居有感

湖山經醉惜殘春韶啼痕酒痕無限又客長安歎斷衿零袂污塵
誰浣紫曲門荒沿敗井風搖青蕪對語束鄰猶是曾巢謝堂傍燕
春夢人間須斷但怪得當年夢緣能短繡屋秦箏傍海棠偏愛
夜深開宴舞歇歌沈花未減紅顏先變竚久河橋欲去斜陽淚滿

高陽臺 豐樂樓

修竹凝妝垂楊駐馬憑闌淺畫成圖山色誰題樓前有雁斜書東
風繫送斜陽下舊氈寒晚酒醒餘自銷凝能幾花前頓老相如
傷春不在高樓上在燈前欹枕雨外薰鑪怕艤遊船臨流可奈清
癯飛紅若到西湖底攪翠瀾總是愁魚莫重來吹盡香綿淚滿平
蕪

霜葉飛 重九

斷煙離緒關心事斜陽紅隱霜樹半壺秋水薦黃花香嗅雨風
縱玉勒輕飛迅羽淒涼誰弔荒臺古記醉踏南屏彩扇咽寒蟬倦
夢不知樊素
聊對舊節傳杯塵箋蠹管斷闋經歲慵賦小蟾斜
影轉東籬夜冷殘蛩語早白髮緣愁萬縷驚飈從卷烏紗去漫細
將茱萸看但約明年翠微高處

鶯啼序

殘寒政欺病酒掩沈香繡戶燕來晚飛入西城似說春事遲暮畫
船載清明過卻晴煙冉冉吳宮樹念羈情遊蕩隨風化為輕絮
十載西湖傍柳繫馬趁嬌塵軟霧遡紅漸招入仙谿錦兒偷寄幽
素倚銀屏春寬夢窄斷紅濕歌紈金縷暝隄空輕把斜陽總還鷗
鷺 幽蘭旋老杜若還生水鄉尚寄旅別後訪六橋無信事往花
委當時短檝桃根渡青樓彷彿臨分敗壁題詩淚墨慘淡塵土
亭望極草色天涯歎鬢侵半苧暗點檢離痕歡唾尚染鮫綃鞞鳳
迷歸破鸞慵舞殷勤待寫書中長恨藍霞遼海沉過雁邊相思彈
入哀箏柱傷心千里江南怨曲重招斷魂在否

憶舊遊 別黃藥翁

送人猶未苦苦送春隨人去天涯片紅都飛盡正陰陰潤綠瞑裏啼鴉賦情頓雪雙又鬢飛夢逐塵沙歎摘贈遠分香瘦減雨地看花西湖斷橋路想繫馬垂楊依舊敧槳參送烟處問離巢孤燕飛過誰家故人為寫深怨空壁掃秋蛇但醉上吳臺殘陽草色歸思賒

解連環 留別姜石帚

思和雲積斷江樓詔玉睫雁飛無極正岸柳裏不堪攀忍持贈故人送秋行色歲晚來時暗香亂石橋南北又長亭暮雪點點淚痕總成相憶杯前寸陰似擲幾酹花唱月連夜浮白省聽風雨笙簫向別枕倦醒槃魆空碧厅葉愁紅趁一舸兩風潮汐嘆滄波路長夢怨甚時到得

霜花腴 重陽前一日泛石湖

翠微路窄醉晚風憑誰為整歌冠霜飽花腴燭清人瘦秋光傲也都難病懷強寬雁聲偏落歌前記年時舊宿淒涼暮烟秋雨野橋寒 妝靨賸英爭艷度清商一曲瘖墜金蟬芳節又陰蘭情稀會晴暉稱拂吟牋史移畫船引珮環邀下嬋娟箏朔朝未了重陽紫萸應耐看

王沂孙

王沂孙（？—1290？），字圣与，号碧山，又号中仙、玉笥山人，会稽（今浙江绍兴）人。与周密、唐珏等相唱和。入元，任庆元路（今浙江宁波一带）学正。词多咏物，寄寓家国之恸、身世之感。周济《宋四家词选·序论》云："碧山胸次恬淡，故《黍离》《麦秀》之感，只以唱叹出之，无剑拔弩张习气。"有《花外集》，又名《碧山乐府》。

法曲献仙音　聚景亭梅

　　层绿峨峨，纤琼[1]皎皎，倒压波痕清浅。过眼年华，动人幽意，相逢几番春换。记唤酒寻芳处，盈盈褪妆[2]晚。

　　已销黯。况凄凉、近来离思，应忘却、明月夜深归辇[3]。荏苒[4]一枝春，恨东风、人似天远。纵有残花，洒征衣、铅泪[5]都满。但殷勤折取，自遣一襟幽怨。

【注】

1　纤琼：纤细娇弱的梅蕊。

2　褪妆：以美人卸妆喻指梅花凋谢。

3　归辇（niǎn）：游园归来的銮驾。此处暗指南宋盛时帝王临幸而归。

4　荏苒（rěn rǎn）：指柔弱的样子。

5　铅泪：眼泪。典出李贺《金铜仙人辞汉歌》"忆君清泪如铅水"句。

一萼红 石屋探梅

　　思飘飘[1]。拥仙姝独步，明月照苍翘[2]。花候犹迟，庭阴不扫，门掩山意萧条。抱芳恨、佳人分薄[3]，似未许、芳魄化春娇。雨涩风悭，雾轻波细，湘梦[4]迢迢。

　　谁伴碧樽雕俎，笑❷琼肌皎皎，绿鬓❸萧萧。青凤啼空，玉龙舞夜，遥睇河汉光摇[5]。未须赋、疏香淡影，且同倚、枯藓❹听吹箫。听久余音欲绝，寒透鲛绡。

【注】

1. 飘飘：形容驰思高远。
2. 苍翘：苍劲的梅枝。翘，本指鸟尾上的长羽，此指梅树伸展的枝干。
3. 分薄：缘分浅薄，机遇不佳。
4. 湘梦：原指对湘水女神的追慕。此指对梅花的思念。
5. 遥睇（dì）河汉光摇：远望银河的光芒在晃动。睇，斜视，泛指看。河汉，银河。

又 赤城山中题花光❺卷

　　玉婵娟。甚春余雪尽❻，犹未跨青鸾[1]。疏萼无香，柔条独秀，

---

❶ 手稿为"飘飘"，据《全宋词》作"飘飘"。
❷ 手稿为"唤"，据《全宋词》作"笑"。
❸ 手稿为"发"，据《全宋词》作"鬓"。
❹ 手稿为"树"，据《全宋词》作"藓"。
❺ 手稿为"梅花"，据《全宋词》作"花光"。
❻ 手稿为"在"，据《全宋词》作"尽"。

应恨流落人间。记曾照、黄昏淡月,渐瘦影、移上小栏❶干。一点清魂,半枝空❷色,芳意班班❸。

　　重省嫩寒清晓,过断桥流水,问信❹孤山²。冰粟❺微销,尘衣不浣,相见还误轻攀。未须讶、东南倦客,掩铅泪、看了又重看。故国吴天树老³,雨过风残。

【注】

1　青鸾(luán):凤属之类,多赤者为凤,多青者为鸾。此喻梅之青枝。

2　孤山:在西湖里外湖之间,林逋曾隐居于此。

3　树老:意本桓温"木犹如此,人何以堪"之叹。事见《世说新语·言语》。

醉蓬莱　归故山

　　扫西风门径,黄叶凋零,白云萧散。柳换枯阴,赋归来¹何晚。爽气霏霏,翠蛾眉妩,聊慰登临眼。故国如尘,故人如梦,登高还懒。

　　数点寒英,为谁零落,楚魄难招²,暮寒堪揽。步屟❻³荒篱,谁念幽芳远。一室秋灯,一庭秋雨,更一声秋雁。试引芳樽,不知消得,几多依黯⁴。

❶　手稿为"阑",据《全宋词》作"栏"。
❷　手稿为"寒",据《全宋词》作"空"。
❸　手稿为"斑斑",据《全宋词》作"班班"。
❹　手稿为"讯",据《全宋词》作"信"。
❺　手稿为"骨",据《全宋词》作"粟"。
❻　手稿为"屐",据《全宋词》作"屟"。

【注】

1　赋归来：指辞官归乡。东晋陶渊明有《归去来兮辞》。
2　楚魄难招：《楚辞》有《招魂》一篇，是屈原为招楚王魂归而作。
3　屟（xiè）：木板拖鞋。
4　依黯：复杂而隐微的愁绪。

长亭怨　重过中庵故园

　　泛❶孤艇、东皋¹过遍。尚记当日，绿阴门掩。屐齿²莓阶❷，酒痕罗袖事何限。欲寻前迹，空惆怅、成秋苑。自约赏花人，别后总、风流云散。

　　水远。怎知流水外，却是乱山尤远。天涯梦短，想忘了、绮疏雕槛³。望不尽、苒苒⁴斜阳，抚乔木、年华将晚。但数点红英，犹识西园凄婉。

【注】

1　东皋（gāo）：指中庵寓居之地，泛指田野或高地。皋，水边的高地。
2　屐（jī）齿：木屐底部前后各二齿，可踏雪踏泥，会留下齿印。
3　绮疏雕槛（jiàn）：指窗户上雕饰的花纹，代指精美的楼观。绮疏，窗户上的镂空花纹。雕槛，雕栏。
4　苒苒：一作"冉冉"。

❶　手稿为"泠"，据《全宋词》作"泛"。
❷　手稿为"苔"，据《全宋词》作"阶"。

庆清朝 榴花

玉局[1]歌残,金陵[2]句绝,年年负却薰风。西邻窈窕,独怜入户飞红。前度绿阴载酒,枝头色比舞❶裙同。何须拟,蜡珠作蒂,缃彩[3]成丛。

谁在旧家殿阁?自太真[4]仙去,扫地春空。朱幡❷护取,如今应误花工[5]。颠倒绛英满径,想无车马到山中。西风后,尚余数点,还[6]胜春浓❸。

【注】

1 玉局:指苏轼。《宋史·苏轼传》载,苏轼曾提举玉局观,故称苏玉局。其有《贺新郎》《南歌子·暮春》等词咏榴花。

2 金陵:指王安石。王安石晚年退居金陵,故称。其作有《石榴》诗。

3 缃(xiāng)彩:浅黄色的丝织物,缃锦中的一种。缃,浅黄色。

4 太真:即杨贵妃。陈景沂《全芳备祖》后集卷五引《洪氏杂俎》云:"温阳朝元阁七圣殿石榴皆太真所植。"此处用此典咏榴花,言自太真仙逝,遍植石榴的旧家宫殿再无春日迹象。

5 朱幡(fān)护取,如今应误花工:化用崔玄微事,言时至今日,再无像崔玄微一样的花工设朱幡护花了。

6 还:一作"犹"。

❶ 手稿为"似",据《全宋词》作"舞"。
❷ 手稿为"旙","旙"的异体字。
❸ 手稿为"红",据《全宋词》作"浓"。

庆宫春 水仙花❶

明玉擎金，纤罗飘带，为君起舞回雪。柔影参差，幽芳❷零乱，翠围腰瘦一捻[1]。岁华相误，记前度、湘皋怨别[2]。哀弦[3]重听，都是凄凉，未须弹彻。

国香[4]到此谁怜？烟冷沙昏，顿成愁绝。花恼难禁，酒销欲尽，门外冰澌初结。试招仙魄，怕今夜、瑶簪[5]冻折。携盘独出，空想咸阳，故宫冷月[6]。

【注】

1 一捻（niǎn）：一点点，可捻在手指间。形容小或纤细。
2 湘皋怨别：以湘水女神怨啼湘岸事，言水仙辞离故地心生幽怨。湘皋，湘水岸边。
3 哀弦：古琴曲有《水仙操》，其调幽怨，被人称为"哀弦"。
4 国香：国色天香，此指水仙花。
5 瑶簪（zān）：玉簪。因水仙绽放的花朵似女子的发簪，故此处代指水仙花朵。
6 携盘独出，空想咸阳，故宫冷月：用金铜仙人辞汉事及李贺"衰兰送客咸阳道，天若有情天亦老""携盘独出月荒凉，渭城已远波声小"的诗意，表达辞家去国的痛楚与故国之思。

❶ 手稿为"水仙"，据《全宋词》作"水仙花"。
❷ 手稿为"香"，据《全宋词》作"芳"。

水龙吟 落叶

晓霜初著青林，望中故国凄凉早。萧萧渐积，纷纷犹坠，门荒径悄。渭水风生，洞庭波起，几番秋杪[1]。想重厓半没，千峰尽出，山中路，无人到。

前度题红杳杳，溯宫❶沟[2]、暗流空绕。啼螿[3]未歇，飞鸿欲过，此时怀抱。乱影翻窗，碎声[4]敲砌，愁人多少。望吾庐甚处，只应今夜，满庭谁扫。

【注】

1　秋杪（miǎo）：暮秋，秋末。引申为时月的末尾。杪，树梢。

2　宫沟：皇宫之逆沟。

3　螿（jiāng）：蝉的一种。

4　碎声：此指落叶之声。

齐天乐 萤

碧痕[1]初化池塘草，荧荧野光相趁。扇薄星流，盘明露滴，零落秋原飞磷[2]。练裳暗近[3]。记穿柳生凉，度荷分暝。误我残编[4]，翠囊[5]空叹梦无准。

楼阴时过数点，倚阑人未睡，曾赋幽恨。汉苑飘苔，秦陵坠叶，千古凄凉不尽。何人为省？但隔水余晖❷，傍林残影。已觉萧疏，更堪秋夜永。

❶　手稿为"空"，据《全宋词》作"宫"。
❷　手稿为"辉"，据《全宋词》作"晖"。

【注】

1 碧痕：萤火划动的光痕，代指萤。古人认为萤火虫为腐草所化，故云。
2 飞磷：古时指代鬼火，实为动物骨骸中所含磷氧化时发出的淡绿色光芒。这里指萤光。
3 练裳暗近：即"暗近练裳"，指萤在暗中飞近读书之人。练裳，素色罗衣，代指着衣之人。
4 残编：指读书太用功而把书翻烂。编，竹简编成的书籍或文章。
5 翠囊：用车胤囊萤夜读典。据《晋书·车胤传》，车胤"家贫不能得油，夏月则用练囊盛数十萤火以照书，以夜继日焉"。

又 蝉

一襟余恨宫魂断[1]，年年翠阴庭树。乍咽凉柯[2]，还移暗叶，重把离愁深诉。西窗过雨。怪瑶珮[3]流空，玉筝调柱。镜暗妆残，为谁娇鬓尚如许？

铜仙[4]铅泪似洗，叹移盘去远，难贮零露。病翼惊秋，枯形阅世，消得斜阳几度？余音更苦。甚独抱清商[5]，顿成凄楚？漫想薰风，柳丝千万缕。

【注】

1 宫魂断：用齐后化蝉典。据《古今注》记载，齐后怨齐王而死，死后尸化为蝉。宫魂，即齐后之魂。
2 凉柯：秋天的树枝。
3 瑶珮：以玉声喻蝉鸣声美妙，下"玉筝"同。

4 铜仙：用汉武帝金铜仙人典。汉武帝时用铜铸造了以手托盘承露的仙人像，后魏明帝遣人拆走此像，铜人潸然泪下。

5 清商：指清商曲，古乐府之一种，曲调凄楚。

眉妩 新月

渐新痕[1]悬柳，淡彩穿花，依约破初暝。便有团圆意，深深拜[2]，相逢谁在香径？画眉未稳，料素娥、犹带离恨。最堪爱，一曲银钩小，宝帘❶挂秋冷。

千古盈亏休问。叹慢❷磨玉斧[3]，难补金镜。太液池[4]犹在，凄凉处，何人重赋清景？故山夜永，试待他、窥户端正[5]。看云外山河，还老尽、桂花影❸[6]。

【注】

1 新痕：指初露的新月。

2 深深拜：拜月。古代有拜新月之风俗，以祈求团圆。

3 慢磨玉斧：用玉斧修月典。慢，通"谩"，徒劳之意。

4 太液池：汉唐宫中池名，此处代指宋朝宫苑。

5 端正：圆月。

6 桂花影：月影。桂花影，传说月中有桂，此处指地上的月光。

---

❶ 手稿为"奁"，据《全宋词》作"帘"。

❷ 手稿为"漫"，据《全宋词》作"慢"。

❸ 手稿为"还老桂花旧影"，据《全宋词》作"还老尽、桂花影"。

南浦 春水

　　柳下碧粼粼，认曲尘[1]乍生、色嫩如染。清溜满银塘，东风细、参差縠纹[2]初遍。别君南浦，翠眉曾照波痕浅。再来涨绿迷旧处，添却残红几片。

　　葡萄[①3]过雨新痕，正拍拍轻鸥，翩翩小燕。帘影蘸楼阴，芳流去、应有泪珠千点。沧浪一舸，断魂重唱蘋花怨。采香幽径鸳鸯睡，谁道湔[②]裙[4]人远。

【注】

1　曲尘：酒曲上所生菌，色淡黄如尘，因用以形容色泽。
2　縠（hú）纹：绉纱似的皱纹，常以之喻水的波纹。縠，一种轻纱。
3　葡萄：指碧绿的葡萄酒色，形容江水碧绿。
4　湔（jiān）裙：洗裙。古俗三月三日洗裙裳，作祓除。湔，洗涤。

高阳台

　　残雪庭阴，轻寒帘影，霏霏玉管春葭[1]。小帖金泥[2]，不知春在[③]谁家。相思一夜窗前梦，奈个人、水隔天[④]遮。但凄然，满树幽香，满地横斜。

① 手稿为"蒲萄"，据《全宋词》作"葡萄"。
② 手稿为"洗"，据《全宋词》作"湔"。
③ 手稿为"是"，据《全宋词》作"在"。
④ 手稿为"云"，据《全宋词》作"天"。

江南自是离愁苦，况游骢³古道，归雁平沙。怎得银笺，殷勤与说年华。如今处处生芳草，纵凭高、不见天涯。更消他，几度东风，几度飞花。

【注】

1 玉管春葭（jiā）：《后汉书·律历志》载，古时候验节气的器具叫作"灰琯"，将芦苇茎中的薄膜制成灰，置于十二乐律的玉管内，放于特设的木案之上，每到某一节气，相应律管内的灰就会自行飞出。玉管，指管乐器。葭，芦苇，此处指芦灰。

2 小帖金泥：宋代风俗，立春日宫中命大臣为皇帝、后妃所居殿阁撰写宜春帖子词，字用金泥书写。士大夫之间也彼此书写互送。

3 游骢：旅途中的马。

又

残萼梅酸，新沟水绿，初晴❶节序暄妍¹。独立雕栏，谁怜枉度华年。朝朝准拟²清明近，料燕翎³、须寄银笺。又争知、一字相思，不到吟边。

双蛾不拂青鸾⁴冷，任花阴寂寂，掩户闲眠。屡卜佳期，无凭却恨❷金钱⁵。何人寄与天涯信，趁东风、急整归船。纵飘零、满院杨花，犹是春前。

---

❶ 手稿为"东风"，据《全宋词》作"初晴"。
❷ 手稿为"怨"，据《全宋词》作"恨"。

【注】

1 暄妍：天气温暖，景物明媚。

2 准拟：事先算定，料定。

3 燕翎：燕羽，此指以燕传书。

4 青鸾（luán）：此指镜子。

5 无凭却怨金钱：民间有用金钱占卜亲人归期的风俗，此指由于自己不归，闺中人埋怨金钱占卜不灵。

衣不浣相見還誤輕攀未須訝東南倦客梅鈿淚看了又重看故國吳天樹老雨過風殘

醉蓬萊 歸故山

掃西風門徑黃葉潤零白雲蕭散柳換枯陰賦歸來何晚爽氣罪
霏翠蛾眉嫌聊慰登臨眼故國如塵故人如夢登高還嬾 數點
寒英為誰零落楚魄難招暮寒堪攬步屧荒籬誰念幽芳遠一室
秋燈一庭秋雨更一聲秋雁試引芳樽不知消得幾多依黯

長亭怨 重過中菴故園

冷孤艇東皋過遍尚記當日綠陰門掩屐遠莓苔酒痕羅袖事何
限欲尋前迹空悵成秋苑自酌賞花人別後總風流雲散水
遠怎知流水外却是亂山尤遠天涯夢短想忘了綺疏雕檻望不
盡苒苒斜陽撫喬木年華將晚但數點紅英猶識西園淒婉

慶清朝 榴花

玉局歌殘金陵句絕年年負却薰風西鄰窈窕獨憐入戶飛紅前
度綠陰戴酒枝頭色比似裙間何須擬蠟珠作蒂鮫綃成叢誰
在舊家殿閣自太真仙去掃地春空朱欐護取如今鶯誤花之顫
倒餘英滿徑想無車馬到山中西風後尚餘數點還勝春紅

王沂孫

法曲獻仙音　聚景亭梅

層綠峨峨，纖瓊皎皎，倒壓波痕清淺。過眼年華，動人幽意，相逢幾番春換。記喚酒尋芳處，盈盈褪妝晚。
已銷黯。況凄涼、近來離思，應忘卻、明月夜深歸輦。荏苒一枝春，恨東風、人似天遠。縱有殘花，灑征衣、鉛淚都滿。但殷勤折取，自遺一襟幽怨。

一萼紅　石屋探梅

思飄飄，擁仙姝獨步，明月照苍花。翹候猶遲，庭陰不掃，門掩山意蕭條。抱芳恨、佳人分薴，似未許、芳魄化春嬌。雨澀風悭，霧輕波細，湘夢迢迢。
誰伴碧樽雕俎，喚瓊肌皎皎，鬢鬟蕭蕭，青鳳啼空玉龍，舞夜邊、䁖河漢光搖。未須賦疏香澹影，且同倚枯樹聽吹簫。聽久，餘音欲絕，寒透鮫綃。

又　赤城山中題梅花卷

玉嬋娟，甚春餘雪在，猶未跨青鸞。無奈柔條，獨秀應恨流落人間。記曾照、黃昏淡月，漸瘦影、移上小闌干。一點清魂，半枝寒色，芳意斑斑。
重有撚寒清曉，過斷橋流水，問訊孤山。冰骨微銷塵

秋夜永

樓陰特過數點倚闌人未睡曾賦幽恨漢苑飄蓉秦陵隧葉千古淒涼不盡何人為省但隔水餘輝傍林殘影已覺蕭疏更堪

又蟬

一襟餘恨宮魂斷年年翠陰庭樹乍咽涼柯還移暗葉重把離愁深訴西窗過雨怪瑤珮流空玉箏調柱鏡暗妝殘為誰嬌鬢尚如許銅仙鉛淚似洗歎移盤去遠難貯零露病翼驚秋枯形閱世清得斜陽幾度餘音更苦甚獨抱清喬頓成淒楚漫想薰風柳絲千萬縷

眉嫵新月

漸新痕懸柳淡彩穿花依約破初暝便有團圓意深深拜相逢誰在香徑畫眉未穩料素娥猶帶離恨最堪愛一曲銀鈎小寶簾高掛秋冷 千古盈虧休問嘆謾磨玉斧難補金鏡太液池猶在淒涼處何人重賦清景故山夜永試待他窺戶端正看雲外山河還老桂花驚影

慶宮春 水仙

明玉擎金纖羅飄帶褰君起舞迴雪柔影黲差逝香零亂翠圍腰瘦一捻歲華相誤記前度湘皋怨別哀絃重聽都是淒涼未須彈徹國香到此誰憐煙吟沙昏頓成愁絕花惱難禁酒銷欲盡門外冰澌初結試招仙魄怕今夜瑤簪凍折攜盤獨出空想咸陽故宮冷月

水龍吟 橋葉

曉霜初著青林望中故國淒涼早蕭蕭漸積紛紛猶隆門荒徑情渭水風生洞庭波起幾番秋杪想重崖半沒千峯盡出山中路無人到前度題紅杳溯空壖流空繞啼螢未歇飛鴻欲過此時懷抱亂影翻窗碎聲敲砌愁人多少望吾廬甚處只應今夜滿庭誰掃

齊天樂 螢

碧痕初化池塘草熒熒野光相趁扇薄星流盤明露滴零落秋原飛燐練裏暗近記穿柳生涼度荷分暝誤我殘編翠囊空嘆夢無

南浦春水

柳下汀洲鶒鶒認麴塵乍生色嫩如染清溜滿銀塘東風細縐差殺紋初編別君南浦曾照波痕淺再來漲膩迷鴛處潑卻殘紅幾片蒲萄過雨新痕正拍拍輕鷗翩翩小燕簾影蘸樓陰芳流去應有淚珠千點滄浪一舸銷魂重唱蘋花怨柔香逕鴛鴦睡誰道浣裙人遠

高陽臺

殘雪庭陰輕寒簾影霏霏玉管春葭小帖金泥不知春是誰家相思一夜窗前夢奈個人水隔雲遮但邊然滿樹幽香滿地橫斜江南自是離愁菩況遊驄古道歸雁平沙怎得銀箋殷勤與說年華如今處處生芳草縱憑高不見天涯更消他幾度東風幾度飛花

又

殘夢亭橋酸新溝水綠東風節序喧妍獨立雕欄誰憐柱倚華年朝朝準擬清明近料燕翩須寄銀箋又爭知一字相思不到吟邊雙蛾不拂青鸞慵冷任花陰寂寂捲戶閒眠屢卜佳期無憑卻怨金錢何人寄與天涯信趁東風急整歸船縱飄零滿院楊花猶是春前

张炎

张炎(1248—约1314),字叔夏,号玉田,又号乐笑翁,先世成纪(今甘肃秦安)人,寓居临安(今浙江杭州)。张俊六世孙,张枢之子。宋亡,其家亦破,北游失意后南归,晚年漫游浙东、苏州一带,与周密、王沂孙过从甚密。其词宗姜夔,注重音律,用字工巧,崇尚典雅。早年多写贵族公子的优游生活,宋亡后多寄托家国之殇。致力于词学研究,对词的音律、技巧、风格及词人得失论述精到。著有《词源》、《山中白云词》(又名《玉田词》)。

梅子黄时雨 病后别罗江诸友 [1]

流水孤村,爱尘事顿消,来访深隐。向醉里谁扶,满身花影。鸥鹭向看如瘦,近来不是伤春病。嗟流景[1]。竹外野桥,犹系烟艇。

谁引。斜川归兴[2]。便啼鹃纵少,无奈时听。待棹击空明,烟波千顷。弹到琵琶留不住,最愁人是黄昏近。江风紧。一行柳阴吹暝。

【注】

1 流景:形容光阴逝去如流水。
2 斜川归兴:晋陶渊明归隐田园后,有《游斜川诗》。此借指作者的故园之思。

---

[1] 手稿为"病中怀归",据《全宋词》作"病后别罗江诸友"。

扫花游　赋高疏寮东墅园[1]

烟霞万壑,记曲径寻幽,霁痕初晓。绿窗窈窕。看随[2]花毵石,就泉通沼。几日不来,一片苍云¹未扫。自长啸。怅乔木荒[3]凉,都是残照。

碧天秋浩渺。听虚籁泠泠²,飞下孤峭。山空翠老,步仙风,怕有采芝人到。野色闲门,芳草不除更好。境深悄。比斜川,又清多少?

【注】

1　苍云:落叶和尘土。

2　虚籁泠(líng)泠:空寂无声、清冷的样子。

征招　听袁伯彦长太古琴

秋风[4]吹碎江南树,石床自听流水。别鹤¹不[5]归来,引悲风千里。余音犹在耳,有谁识、醉翁²深意。去国情怀,草枯天远,尚鸣山鬼。

客里。可消忧,人间世、寥寥几年无此。杏老古坛³荒,把

---

[1]　手稿为"高疏寮东野园",据《全宋词》作"赋高疏寮东墅园"。
[2]　手稿为"垂",据《全宋词》作"随"。
[3]　手稿为"苍",据《全宋词》作"荒"。
[4]　手稿为"声",据《全宋词》作"风"。
[5]　手稿为"夜",据《全宋词》作"不"。

凄凉空指。心尘聊更洗。傍何处、竹边❶松底。共良夜，白月纷纷❷，领一天清❸气。

【注】

1　别鹤：《别鹤操》，乐府琴曲名。相传商陵牧子娶妻五年无子，父兄逼其休妻改娶。牧子悲伤作歌，后人为之谱曲，名《别鹤操》。常用以喻夫妻分离。

2　醉翁：《醉翁操》，苏轼为追悼欧阳修而作。

3　杏老古坛：杏坛，传说为孔子讲学之处，也泛指授徒讲学处。

声声慢

晴光转树，晓气分岚，何人野渡横舟。断柳枯蝉，凉意正满西州。匆匆载花载酒，便无情、也自风流。芳昼短，奈不堪深夜，秉烛来游。

谁识山中朝暮，向白云一笑，今古无愁。散发吟商[1]，此兴万里悠悠。清狂未应似我，倚高寒❹、隔水呼鸥。须待月，许多清、都付与秋。

【注】

1　吟商：即吟秋。姜夔《湖上寓居杂咏》："荷叶披披一浦凉，青芦奕奕夜吟商。"

---

❶ 手稿为"间"，据《全宋词》作"边"。
❷ 手稿为"娟娟"，据《全宋词》作"纷纷"。
❸ 手稿为"秋"，据《全宋词》作"清"。
❹ 手稿为"南窗"，据《全宋词》作"高寒"。

又

百花洲[1]畔，十里湖边，沙鸥未许盟寒。旧隐琴书，犹记渭水长安[2]。苍云数千万叠，却依然、一笑人间。似梦里，对清尊❶白发，秉烛更阑。

渺渺烟波无际，唤扁舟欲去，且与凭阑。此别何如，能消几度阳关[3]。江南又听夜雨，怕梅花、零落孤山。归最好，甚闲人[4]、犹自❷未闲。

【注】

1 百花洲：地名，在今江西南昌市东。此处泛指。
2 渭水长安：典出贾岛《忆江上吴处士》："秋风吹渭水，落叶满长安。"
3 阳关：指王维《送元二使安西》诗，饯别的宴席上常奏此曲。
4 闲人：指闲适将隐之人。

八声甘州

记玉关、踏雪事清游，寒气脆貂裘。傍枯林古道，长河饮马，此意悠悠。短梦依然江表[1]，老泪洒西州[2]。一字无题处，落叶都愁。

载取白云归去，问谁留楚佩❸[3]，弄影中洲？折芦花赠远，零落一身秋。向寻常野桥流水，待招来，不是旧沙鸥[4]。空怀感，有斜阳处，却怕登楼[5]。

❶ 手稿为"青樽"，据《全宋词》作"清尊"。
❷ 手稿为"是"，据《全宋词》作"自"。
❸ 手稿为"珮"，据《全宋词》作"佩"。

【注】

1 江表：江外。指长江以南的地区。

2 西州：古城名，在今南京市西。据《晋书·谢安传》记载，谢安死后，羊昙醉至西州门，恸哭而去，即此处。此代指故国旧都，用以寄寓家国之愁。

3 楚佩：《楚辞》中有湘夫人因湘君失约而捐玦遗佩于江边的描写，后因用"楚佩"作为咏深切之情谊的典故。

4 旧沙鸥：沙鸥本指栖息于沙滩、沙洲上的鸥鸟，此处指志同道合的朋友。

5 登楼：指汉末王粲避乱客荆州，思归，作《登楼赋》之事。

又

望涓涓❶、一水隐芙蓉，几被暮云遮。正凭高送目，西风断雁，残月平沙。未觉丹枫尽老，摇落已堪嗟。无避秋声处，愁满天涯。

一自盟鸥别后，甚酒瓢诗锦，轻误年华。料荷衣[1]初暖，不忍负烟霞。记前度剪灯一笑，再相逢、知在那人家。空山远、白云休赠[2]，只赠梅花[3]。

【注】

1 荷衣：传说中用荷叶制成的衣裳，指隐者的服装。屈原《九歌·少司命》："荷衣兮蕙带，倏而来兮忽而逝。"

2 空山远、白云休赠：典出陶弘景《诏问山中何所有赋诗以答》："山

---

❶ 手稿为"娟娟"，据《全宋词》作"涓涓"。

中何所有？岭上多白云。只可自怡悦，不堪持赠君。"
3 只赠梅花：典出陆凯《赠范晔》："折梅逢驿使，寄与陇头人。江南无所有，聊赠一枝春。"

长亭怨 旧居有感❶

望花外、小桥流水，门巷愔愔[1]，玉箫[2]声绝。鹤去台空，佩❷环[3]何处弄明月？十年前事，愁千折、心情顿别。露粉风香谁为主，都成消歇。

凄咽。晓窗分袂处，同把带鸳亲结[4]。江空岁晚，便❸忘了、尊前曾说。恨西风不庇寒蝉，便扫尽、一林残叶。谢杨柳多情，还有绿荫时节。

【注】

1. 愔（yīn）愔：寂静无声貌。
2. 玉箫：人名。唐人韦皋，少游江夏，馆于姜氏，与侍婢玉箫有情。皋归，一别七年，玉箫遂绝食死。此处借指爱恋之人。
3. 佩环：女子衣上的饰物，代指女子，化用杜甫《咏怀古迹》中"环佩空归月夜魂"的诗句，表达词人对爱妻的思念。
4. 同把带鸳亲结：一同将衣带结在一起，表示永不分离。带鸳，衣带之成双者。

---

❶ 手稿为"有感故居"，据《全宋词》作"旧居有感"。
❷ 手稿为"珮"，据《全宋词》作"佩"。
❸ 手稿为"肯"，据《全宋词》作"便"。

月下笛　孤游万竹山中

　　万里孤云❶，清游渐远，故人何处？寒窗梦里，犹记经行旧时路。连昌[1]约略无多柳，第一是、难听夜雨。谩惊回凄悄，相看烛❷影，拥衾谁语？

　　张绪[2]归何暮。半零落，依依断桥鸥鹭。天涯倦旅，此时心事良苦。只愁重洒西州泪。问杜曲[3]、人家在否？恐翠袖[4]、正天寒❸，犹❹倚梅花那树。

【注】

1. 连昌：唐宫名，高宗所置，在河南宜阳县西，多植柳。这里借指宋时宫阙。
2. 张绪：南齐时才士。此处作者自比。
3. 杜曲：地名，唐时望族杜氏世居于此，故名。这里借指故都。
4. 翠袖：化用杜甫《佳人》"天寒翠袖薄，日暮倚修竹"诗句比拟故人，称赞其洁身自持，保持气节，与梅花品格相似。

琐窗寒　为钱塘故人韩竹间[1]问

　　乱雨敲春，深烟带晚，水窗慵凭。空帘谩❺卷，数日更无花影。怕依然、旧时燕归，定应未识江南冷。最怜他、树底蔫红，

---

❶ 手稿为"孤云万里"，据《全宋词》作"万里孤云"。
❷ 手稿为"竹"，据《全宋词》作"烛"。
❸ 手稿为"正翠袖天寒"，据《全宋词》作"恐翠袖、正天寒"。
❹ 手稿为"又"，据《全宋词》作"犹"。
❺ 手稿为"漫"，据《全宋词》作"谩"。

不语背人吹尽。

清润,通幽境。待移灯剪韭❶,试香温鼎²。分明醉里,过了几番风信。想竹间、高阁半开❷,小车未来犹自等。傍新晴、隔柳呼船,待教潮信❸稳³。

【注】

1 韩竹间:韩铸,字亦颜,号竹间,作者友人。
2 鼎:炊具,烹饪器具。
3 待教:将使,但愿。潮信:本指潮水上涨的时间,此处代指客船顺水开行的时间。

高阳台 西湖春感

接叶巢莺¹,平波卷絮,断桥斜日归船。能几番游?看花又是明年。东风且伴蔷薇住,到蔷薇、春已堪怜。更凄然,万绿西泠²,一抹荒烟。

当年燕子知何处?但苔深韦曲³,草暗斜川。见说新愁,如今也到鸥边。无心再续笙歌梦,掩重门、浅醉闲眠。莫开帘,怕见飞花,怕听啼鹃。

【注】

1 接叶巢莺:密接的树叶遮住了莺儿的巢。典出杜甫《陪郑广文游

---

❶ 手稿为"剪韭移灯",据《全宋词》作"移灯剪韭"。
❷ 手稿为"闲",据《全宋词》作"开"。
❸ 手稿为"汛",据《全宋词》作"信"。

何将军山林》诗:"卑枝低结子,接叶暗巢莺。"
2 西泠(líng):西湖桥名。
3 韦曲:在长安南皇子陂西,唐代韦氏世居此地,因名韦曲。

又 过庆承园

古木迷鸦,虚堂起燕,欢游转眼惊心。南圃❶¹东窗,酸风扫尽芳尘²。鬓貂飞入平原草,最可怜、浑是秋阴。夜沉沉。不信归魂,不到花深。

吹箫踏叶幽寻❷去,任船依断石,袖裹寒云。老桂悬香³,珊瑚碎击❸无声⁴。故园已是愁如许,抚残碑、却又伤今。更关情。秋水人家,斜照西泠❹。

【注】

1 南圃:泛指园林。圃,种植蔬菜、花果或苗木的园地。
2 芳尘:带有落花香气的尘土,此处指往昔的繁华。
3 老桂悬香:形容园中荒凉的景象。李贺《金铜仙人辞汉歌》:"画栏桂树悬秋香,三十六宫土花碧。"
4 珊瑚碎击无声:指荣华富贵一去不返。碎击珊瑚,用《晋书·石崇传》所载石崇与王恺斗富一事。

❶ 手稿为"浦",据《全宋词》作"圃"。
❷ 手稿为"寻幽",据《全宋词》作"幽寻"。
❸ 手稿为"击碎",据《全宋词》作"碎击"。
❹ 手稿为"林",据《全宋词》作"泠"。

壶中天　养拙园夜饮

瘦筇[1]访隐，正繁阴闲锁，一壶幽绿。乔木苍寒图画古，窈窕行人❶韦曲。鹤响天高，水流花净，笑语通华屋。虚堂松外，夜深凉气吹烛。

乐事杨柳楼心[2]，瑶台月下，有生香堪掬。谁理商声[3]帘外❷悄，萧瑟悬珰鸣玉。一笑难逢，《四愁》[4]休赋，任我云边宿。倚阑歌罢，露萤飞上❸秋竹。

【注】

1. 瘦筇（qióng）：细竹手杖。
2. 杨柳楼心：谓听歌伎弹唱。典出晏幾道《鹧鸪天》："舞低杨柳楼心月，歌尽桃花扇影风。"
3. 商声：秋声。
4. 《四愁》：东汉张衡所作《四愁诗》。

又　夜泛黄河

扬舲[1]万里，笑当年底事，中分南北。须信平生无梦到，却向而今游历。老柳官❹河，斜阳古道，风定波犹直。野人[2]惊问：泛槎[3]何处狂客？

迎面落叶萧萧，水流沙共远，都无行迹。衰草凄迷秋更绿，

❶ 手稿为"人行"，据《全宋词》作"行人"。
❷ 手稿为"户"，据《全宋词》作"外"。
❸ 手稿为"下"，据《全宋词》作"上"。
❹ 手稿为"关"，据《全宋词》作"官"。

惟有闲鸥独立。浪挟天浮，山邀云去，银浦[4]横空碧。扣舷歌断，海蟾[5]飞上孤白。

【注】

1 舲（líng）：有窗的小船。

2 野人：原指山村里朴野之人，这里借指河边的土著居民。

3 泛槎（chá）：古代传说天河与大海相通，曾经有人从海上乘着木筏到过天河。槎，木筏。

4 银浦：银汉，即天河。

5 海蟾：指月亮。古人认为月亮是从海底升起的，所以又叫海蟾。

渡江云

山空天入海，倚楼望极，风急暮潮初。一帘鸠外雨，几处闲田，隔水动春锄。新烟禁柳，想如今、绿到西湖。犹记得、当年深隐，门掩两三株。

愁余❶！荒洲古溆[1]，断梗疏萍[2]，更漂流何处？空自觉、围羞带减，影怯灯孤。长疑即见桃花面[3]，甚近来、翻笑无书？书纵远，如何梦也都无？

【注】

1 溆（xù）：浦，水边。

2 断梗疏萍：比喻自己像断梗浮萍那样无家可归，到处漂流。

3 桃花面：指佳人。典出崔护《题都城南庄》"人面桃花相映红"句。

---

❶ 手稿为"予"，据《全宋词》作"余"。

又

　　锦香缭绕地,凉灯挂壁,帘影浪花斜。酒船归去后,转首河桥,那处认纹纱[1]?重盟镜约,还记得、前度秦嘉[2]。惟只有、叶题堪寄,流不到天涯。

　　惊嗟!十年心事,几曲阑干,想萧娘[3]声价。闲过了、黄昏时候,疏柳啼鸦。浦潮夜涌平沙白,问断鸿、知落谁家?书又远,空江片月芦花。

【注】

1. 纹纱:行船激起的水面波纹。
2. 秦嘉:据《琅琊代醉编》,后汉人秦嘉为郡上掾,其妻徐淑以重病还娘家,未得面别,乃赠以诗。秦嘉以诗答之。后秦嘉寄书,兼赠明镜、宝钗、妙香、索琴。徐淑复作书报之,词意凄丽,为后人所艳称。
3. 萧娘:女子的泛称。

台城路　送周云芳游[❶]吴

　　朗吟未了西湖酒,惊心又歌南浦。折柳官桥,呼船野渡,还忆五湖风雨。漂流最苦。况如此江山,此时情绪。怕有鸱夷[1],笑人何事载诗去。

❶ 手稿为"之",据《全宋词》作"游"。

荒台只今在否,登临休望远,都是愁处。暗草埋沙,明波洗月,谁念天涯羁旅。荷阴未暑。快料理归程,再盟鸥鹭。只恐空山,近来无杜宇[2]。

【注】

1 鸱(chī)夷:指范蠡。据《史记·货殖列传》,春秋时越国大夫范蠡灭吴后,"乃乘扁舟,浮于江湖,变名易姓,适齐为鸱夷子皮,之陶为朱公"。

2 杜宇:即杜鹃鸟,又名子规。相传为古时蜀望帝杜宇死后所化,故名。此处化用李白《蜀道难》中"又闻子规啼夜月,愁空山"句。

又 会汪菊坡于蓟北

十年前事翻疑梦,重逢可怜俱老。水国春空,山城岁晚,无语相看一笑。荷衣换了。任京洛[1]尘沙,冷凝风帽。见说吟情,近来不到谢池草[2]。

欢游曾步翠窈[3],乱红迷紫曲,芳意今❶少。舞扇招香,歌桡[4]唤玉,犹忆钱塘苏小。无端暗恼。又几度留连,燕昏莺晓。回首妆楼,甚时重去好。

【注】

1 京洛:原指洛阳,此指大都,今北京。谢朓《酬王晋安诗》:"谁能久京洛,缁尘染素衣。"

2 谢池草:典出谢灵运《登池上楼》中名句"池塘生春草,园柳变鸣禽"。后多以"谢池草"为怀念弟弟之典。

❶ 手稿为"多",据《全宋词》作"今"。

3　翠窈：园林深处。

4　歌桡（ráo）：即歌板，用以定歌曲节奏。

忆旧游　大都长春宫❶

看方壶¹拥翠，太极垂光，积雪初晴。阊阖开黄道，正绿章封事²，飞上层青。古台半压琪树，引袖拂寒星。见玉冷闲坡，金明邃宇，人住深清。

幽寻。自来去，对华表千年，天籁无声。别有长生路，看花开花落，何处无春。露台深锁丹气，隔水唤青禽。尚记得归时，鹤衣散影都是云。

【注】

1　方壶：古时传说中的仙山，即方丈山。

2　绿章封事：道士祈天时用青藤纸朱书密封的奏章，又叫青词。

又　登蓬莱阁❷

问蓬莱¹何处，风月依然，万里江清。休说神仙事，便神仙纵有，即是闲人。笑我几番醉醒，石磴²扫松阴。任❸狂客³难招，采芳难❹赠，且自微吟。

---

❶　手稿为"都下长春宫"，据《全宋词》作"大都长春宫"。

❷　手稿为"越中蓬莱阁"，据《全宋词》作"登蓬莱阁"，别本"登"下有"越州"二字。

❸　手稿为"甚"，据《全宋词》作"任"。

❹　手稿为"谁"，据《全宋词》作"难"。

俯仰成陈迹，叹百年谁在，阑槛孤凭。海日生残夜，看卧龙和梦，飞入秋冥❶。还听水声东去，山冷不生云。正极目空寒，萧萧汉柏愁茂陵[4]。

【注】

1　蓬莱：本指神话中渤海里仙人居住的神山。此处指浙江绍兴蓬莱阁。
2　石磴（dèng）：山路上的石级。磴，台阶或楼梯的层级。
3　狂客：指唐诗人贺知章，晚年自号四明狂客，隐居于绍兴镜湖之滨。
4　茂陵：汉武帝的陵墓，在今陕西兴平东南。此处指南宋帝王陵墓。

庆宫春　都下寒食

波荡兰舸，邻分杏酪[1]，昼辉❷冉冉烘晴。胃[2]索飞仙，戏船移景。薄游也自忺[3]人。短桥虚市，听隔柳、谁家卖饧[4]。❸月题争系[5]，油壁[6]相连，笑语逢迎。

池亭小队秦筝。就地围香，临水渱❹裙。冶态飘云，醉妆扶玉，未应闲了芳情。旅怀无限，忍不住、低低问春。梨花落尽，一点新愁，曾到西泠。

【注】

1　杏酪：唐宋时习俗，寒食节吃饧粥，即研杏仁为酪，再浇上糖稀。

---

❶ 手稿为"暝"，据《全宋词》作"冥"。
❷ 手稿为"晖"，据《全宋词》作"辉"。
❸ 手稿为"薰风来处，听隔水、人家卖饧。"据《全宋词》作"短桥虚市，听隔柳、谁家卖饧。"
❹ 手稿为"洗"，据《全宋词》作"渱"。

2　罥（juàn）：挂。

3　忺（xiān）：适意，高兴。

4　饧（xíng）：糖稀。寒食节多卖饧者。

5　月题争系：宋时习俗，男女于寒食举行成年礼，故说月老争系红线。

6　油壁：古代妇女乘坐的一种轻便小车。因以油漆涂饰车壁，故名。

水龙吟 白莲

仙人掌[1]上芙蓉，涓涓犹滴金盘露。轻妆照水，纤裳玉立，飘飘似舞。几度销凝[2]，满湖烟月，一汀鸥鹭。记小舟夜悄，波明香远，浑不见、花开处。

应是浣纱人妒。褪红衣❶、被谁轻误？闲情淡雅❷，冶姿清润，凭娇待语。隔浦相逢，偶然倾盖[3]，似传心素。怕湘皋佩❸解[4]，绿云十里，卷西风去。

【注】

1　仙人掌：指汉武帝为求"长生不死"而建的承露盘。《史记·孝武本纪》："其后则又作柏梁、铜柱，承露仙人掌之属矣。"

2　销凝：徘徊凝望。

3　倾盖：古人相遇于道，倾盖而语，形容一见如故。典出《孔子家语·致思》："孔子之郯，遭程子于涂，倾盖而语终日，甚相亲。"

4　湘皋（gāo）佩解：据《韩诗外传》，郑交甫将要南行去楚，在汉

❶ 手稿为"裳"，据《全宋词》作"衣"。
❷ 手稿为"雅淡"，据《全宋词》作"淡雅"。
❸ 手稿为"珮"，据《全宋词》作"佩"。

皋台下遇见两个女子。两女子身上都有珮珠，郑交甫请求相赠，两女解珮给他，转瞬却不见两女。此借用以说荷花解瓣谢落。

探春慢 雪霁

银浦流云，绿房[1]迎晓，一抹墙腰月淡。暖玉生烟，悬冰解冻，碎滴瑶阶如霰[2]。才放些晴意，早瘦了、梅花一半。也知不做❶花看，东风何事吹散。

摇落似成秋苑。甚酿得春来，怕教春见。野渡舟回，前村门掩，应是❷不胜清怨。次第寻芳去，灞桥外、蕙香波暖。犹妒❸檐声，看灯人在深院。

【注】

1 绿房：花苞，苞房。花未开前，花苞呈绿色。
2 霰（xiàn）：雪珠，白色的小冰粒。

绮罗香 红叶

万里飞霜，千林❹落木，寒艳不招春妒。枫冷吴江[1]，独客又吟愁句。正船舣、流水孤村，似花绕、斜阳归路❺。甚荒沟、一片凄凉，载情不去载愁去。

❶ 手稿为"作"，据《全宋词》作"做"。
❷ 手稿为"自"，据《全宋词》作"是"。
❸ 手稿为"听"，据《全宋词》作"妒"。
❹ 手稿为"山"，据《全宋词》作"林"。
❺ 手稿为"芳树"，据《全宋词》作"归路"。

长安谁问倦旅[2]，羞见衰颜借酒，飘零如许。谩❶倚新妆，不入洛阳花谱。为回风[3]、起舞尊❷前，尽化作、断霞千缕。记阴阴、绿遍江南，夜窗听暗雨。

【注】

1. 吴江：即吴淞江，太湖最大的支流，俗名苏州河。
2. 倦旅：疲倦的旅人，作者自指。
3. 回风：旋风。

南浦 春水

波暖绿粼粼，燕飞来、好是苏堤[1]才晓。鱼没浪痕圆，流红去、翻笑[2]东风难扫。荒桥断浦，柳阴撑出扁舟小。回首池塘青欲遍，绝似梦中芳草。

和云流出空山，甚年年净洗，花香不了。新绿乍生时，孤村路、犹忆那回曾到。余情渺渺，茂林觞咏[3]如今悄。前度刘郎[4]归❸去后，溪上碧桃多少！

【注】

1. 苏堤：在今杭州西湖中，乃北宋苏轼知杭州时，疏浚西湖，堆泥成堤。
2. 翻笑：反笑。

---

❶ 手稿为"漫"，据《全宋词》作"谩"。
❷ 手稿为"樽"，据《全宋词》作"尊"。
❸ 手稿为"从"，据《全宋词》作"归"。

3 茂林觞咏：据晋王羲之《兰亭集序》，王羲之曾与诸名士在溪边会集，饮酒赋诗，其中有"茂林修竹""一觞一咏"之语。

4 前度刘郎：典出刘禹锡《再游玄都观》"种桃道士归何处，前度刘郎今又来"句。

解连环 孤雁

楚江空晚。怅离群万里，恍然惊散。自顾影、欲下寒塘，正沙净草枯，水平天远。写不成书，只寄得、相思一点[1]。料❶因循误了，残毡拥雪[2]，故人心眼。

谁怜旅愁荏苒。谩❷长门夜悄，锦筝[3]弹怨。想伴侣、犹宿芦花，也曾念春前，去程应转。暮雨相呼，怕蓦地、玉关重见。未羞他❸、双燕归来，画帘半卷。

【注】

1 写不成书，只寄得、相思一点：雁飞行时行列整齐如字，孤雁则不成字，只像笔画中的"一点"，故云。

2 残毡（zhān）拥雪：用苏武事。据《汉书》，苏武被匈奴强留，毡毛合雪而吞食，幸免于死。此处喻指有气节的人物。

3 锦筝：筝的美称。

---

❶ 手稿为"叹"，据《全宋词》作"料"。
❷ 手稿为"漫"，据《全宋词》作"谩"。
❸ 手稿为"它"，据《全宋词》作"他"。

疏影 梅影

　　黄昏片月。似碎阴满地❶，还更清绝。枝北枝南，疑有疑无，几度背灯难折。依稀倩女离魂[1]处，缓步出、前村时节。看夜深、竹外横斜，应妒过云明灭。

　　窥镜蛾眉淡抹❷，为容不在貌，独抱孤洁。莫是[2]花光，描取春痕，不怕丽谯吹彻。还惊海上燃犀[3]去，照水底、珊瑚如❸活。做弄[4]得、酒醒天寒，空对一庭香雪。

【注】

1. 倩女离魂：典出唐陈玄祐传奇小说《离魂记》，常用以指少女之死。此处以倩女之"魂"比疏梅之影。
2. 莫是：莫非是。
3. 燃犀：《晋书·温峤传》载，晋温峤至牛渚矶，闻水中有怪物，尝燃犀角，照见水底奇形异状的水族。
4. 做弄：作弄，指被梅影引起了前面各种想象与幻觉。

绿意❹

　　碧圆自洁。向浅州远渚，亭亭清绝。犹有遗簪[1]，不展秋心，能卷几多炎热？鸳鸯密语同倾盖，且莫与、浣纱人说。恐怨歌[2]、忽断花风，碎却翠云千叠。

---

❶ 手稿为"满地碎阴"，据《全宋词》作"碎阴满地"。
❷ 手稿为"扫"，据《全宋词》作"抹"。
❸ 手稿为"疑"，据《全宋词》作"如"。
❹ 手稿原题为"荷叶"，据《全宋词》删去标题。

回首当年汉舞,怕飞去、谩皱❶留仙裙折³。恋恋青衫,犹染枯香,还叹鬟丝飘雪。盘心清露如铅水,又一夜、西风吹折。喜净看、匹练秋光,倒泻半湖明月。

【注】

1　遗簪(zān):指刚出水面尚未展开的嫩荷叶。因未展叶之荷叶芽尖,似绿簪,故称。
2　怨歌:喻秋声。
3　回首当年汉舞、怕飞去、谩皱(zhòu)留仙裙折:据《飞燕外传》,赵飞燕善舞,酒酣风起,似欲仙去。汉成帝急令宫女拉住她的裙子,裙为之皱褶。留仙裙,有褶皱的裙子,此指荷叶多皱褶。

声声慢　题梦窗自度曲《霜花腴》卷后

烟堤小舫,雨屋深灯,春衫惯染京尘。舞柳❷歌桃¹,心事暗恼东邻²。浑疑夜窗梦蝶³,到如今、犹宿花阴❸。待唤起,甚江蓠⁴摇落,化作秋声。

回首曲终人远❹,黯消魂、忍看朵朵芳云。润墨空题,惆怅醉魄难醒。独怜水楼赋笔,有斜阳、还怕登临。愁未了,听残莺、啼过柳阴。

---

❶ 手稿为"漫绉",据《全宋词》作"谩皱"。
❷ 手稿为"竹",据《全宋词》作"柳"。
❸ 手稿为"深",据《全宋词》作"阴"。
❹ 手稿为"去",据《全宋词》作"远"。

【注】

1　舞柳歌桃：指歌女。亦指灯红酒绿的闲适生活。
2　东邻：指美女。宋玉《登徒子好色赋》与司马相如《美人赋》中均言东邻女子之美。
3　夜窗梦蝶：用庄周梦中化蝶事。《庄子·齐物论》："昔者庄周梦为蝴蝶。栩栩然蝴蝶也，自喻适志与，不知周也。"此处亦嵌入吴文英之号"梦窗"二字。
4　江蓠（lí）：香草名。

琐窗寒　悼王碧山

断碧分山[1]，空帘剩月，故人天外。香留酒斝。蝴蝶一生花里。想如今、醉魂未醒，夜台[2]梦语秋声碎。自中仙去后，词笺赋笔，便无情致。

都是。凄凉意。怅玉笥埋云[3]，锦袍[4]归水，形容憔悴。料应也、孤吟山鬼。那知人、弹折素弦，黄金铸出相思泪。但柳枝、门掩枯阴，候蛩❶愁暗苇。

【注】

1　断碧分山：嵌入王沂孙之号"碧山"，喻其逝世。
2　夜台：指坟墓。
3　玉笥（sì）埋云：王沂孙又号玉笥山人。玉笥埋入云中，喻其逝世。
4　锦袍：古时进士及第后披皇上所赐宫锦袍以示荣宠。此句也喻指王沂孙之逝世。

❶　手稿为"虫"，据《全宋词》作"蛩"。

張炎

梅子黃時雨 病中懷舊

流水孤村，愛塵事頓消，來訪深隱。向醉裏誰扶，滿身花影。鶗鴂聲中，看如瘦、近來不是傷春病。嗟流景，竹外野橋，猶繫煙艇。　誰引，川歸與便啼鴂，縱無奈、時聽待櫂空明煙波，千頃彈到琵琶，留不住最愁人是黃昏近。江風緊，一行柳陰吹暝。

掃花游 高蹤蜜東野園

煙寰萬壑，記曲徑尋幽，舊痕初曉。綠窗窈窕。看垂花凳石，就泉通沼。幾日不來，一片蒼雲未掃。自長嘯，悵喬木蒼涼，都是殘照。　碧雲天秋浩渺。聽虛籟泠泠飛下，孤峭山空翠老，步仙風怕有來芝人到。野色閒門，芳草不除，更好境深情比斜川，又清多少。

徵招 聽袁伯彥長太古琴

秋聲吹碎江南樹。石琳自聽流水。別鶴夜歸來，引悲風千里餘音。猶在耳，有誰識醉翁深意。杳國情懷，草枯天遠，尚鳴山鬼。客裏　可消憂、人間世寧寥幾年，無此杳老古壇，荒把淒涼空指。心塵聊更洗，儂何處，竹間松底，共良夜白月娟娟，領一天秋氣。

又

望娟娟一水隱芙蓉幾被暮雲遮正憑高送目西風斷雁殘月平沙未覺丹楓盡老搖落已堪嗟無避秋聲滿天涯一自盟鷗別後甚酒飄詩錦輕誤年華料荷衣初暖不忍負煙霞記前度蒻燈一笑再相逢知在那人家空山遠白雲休贈只贈梅花

長亭怨 有感故居

望花外小橋流水門巷惜惜玉簫聲絕鶴去臺空珮環何處寺明月十年前事愁千折心情頓別露粉風香誰為主都成消歇嗚咽曉窗分袂處同把帶鴛親結江空歲晚肯忘了尊前曾說恨兩風不庇寒蟬便掃盡一林殘葉謝他楊柳多情還有絲陰時節

月下笛 砂遊萬竹山中

孤雲萬里清游漸遠故人何處寒窗夢裏猶記經行舊時路連昌約略無多柳第一是難聽夜雨謾驚回邊悄相看竹影擁衾誰語張緒歸何暮半零落依依斷橋鷗鷺天涯倦旅此時心事良苦只愁重灑西州淚問杜曲人家在否正翠袖天寒又倚梅花那樹

聲聲慢

曙光轉樹曉氣分嵐何人野渡橫舟斷柳枯蟬涼意正滿西州忽忽載花載酒便無情也自風流芳盡短奈不堪深夜東燭來遊誰識山中朝暮向白雲一笑今古無愁散髮吟高此興萬里悠悠清狂未應似我倚南窗隔水呼鷗須待月許多清都付與秋

又

百花洲畔十里湖邊沙鷗未許盟寒舊隱琴書猶記渭水長安蒼雲數千萬疊卻依然一笑人間似夢裏對青樽白髮未燼更闌渺渺煙波無際扁舟欲去且興憑闌此別何如能消幾度陽關江南又聽夜雨怕梅花零落孤山歸最好甚閒人猶是未閒

八聲甘州

記玉關踏雪事清游寒氣脆貂裘衰傍枯林古道長河飲馬此意悠悠短夢依然江表老渡灑西州一字無題處蓉葉都愁載取白雲歸去問誰留楚珮弄影中洲折蘆花贈遠零落一身秋而尋常野橋流水待招來不是舊沙鷗空懷感有斜陽處卻怕登樓

壺中天 養拙園夜飲

瘦節訪隱正繁陰閑鎖一壺幽綠喬木蒼寒圖畫古窗櫳人行草
曲鶴響天高水流花淨笑語通華屋虛堂松外夜深涼氣吹燭
樂事楊柳樓心瑤臺月下有生香堪掬誰理商聲箏簾戶情蕭瑟
瑲鳴玉一笑難逢迎愁休賦任我雲邊客倚闌歌罷露螢飛下秋
竹

又 夜泛黃河

揚舲萬里笑當年底事中分南北須信平生無夢到卻向而今游
歷老柳關河斜陽古道風定波猶直野人驚問泛槎何處狂客
迎面落葉蕭蕭水流沙共遠都無行跡裏草露迷秋更緣惟有閑
鷗獨立浪挾天浮山邊雲杳銀浦橫空扣舷歌斷海蟾飛上孤
白

渡江雲

山空天入海倚樓望極風急暮潮初一簾鳩外雨幾處閑田隔水
動春勤新烟禁柳想如今綠到西湖猶記得當年深隱門掩雨三

瑣窗寒 為錢塘故人韓竹閒問

亂雨敲春深烟帶晚水窗慵憑空簾漫捲數日更無花影怕依然驚時燕歸定應末識江南冷最憐他樹底蔫紅不語背人吹盡清潤通幽境待蔫匙移燈試香鼎分明醉裡過了幾番風信想竹閒高閣半開小車未來猶自等傍新晴隔柳呼船待教潮汛穩

高陽臺 西湖春感

接葉巢鶯平波卷絮斷橋斜日歸船能幾番遊香花又是明年東風且伴薔薇住到薔薇春已堪憐更悽然萬綠西冷一抹荒煙當年燕子知何處但苔深韋曲草暗斜川見說新愁如今也到鷗邊無心再續笙歌夢掩重門淺醉閒眠莫剔簾怕見飛花怕聽啼鵑

又過變承園

古木迷鴉虛堂起燕歡遊轉眼驚心南浦東窗酸風掃盡芳塵鉛飛入平原草最可憐渾是秋陰夜沉沉不信歸魂不到花深吹簫蘭踏葉尋幽去任船依斷石袖裏寒雲老桂懸香珊瑚擊碎無聲故園已是愁如許撫殘碑却又傷今更關情秋水人家斜照西林

又會汪菊坡于菊北

十年前事翻疑夢重逢可憐俱老水國春空山城歲晚無語相看一笑荷衣換了汪京洛塵沙冷凝風帽見說吟情近來不到謝池草歡遊曾步幻翠鸮亂紅迷紫曲芳意多少舞扇招香歌橈喚玉猶憶錢塘蘇小無端暗惱又幾度留連燕尾鶯曉回首妝樓甚時重去好

憶舊遊 都下長春宮

看方壺擁翠太極垂光積雪初晴閶闔開黃道正緣章封事飛上層青古臺半壓琪樹引袖拂寒星見玉冷闕坡金明遶宇人住深清幽尋自來古對華表千年天籟無聲別有長生路看花開花落何處無春露臺漂鎖丹氣隔水喚青禽尚記得歸時鶴衣散影都是雲

又 越中蓬萊閣

問蓬萊何處風月依然萬里舡清休說神仙事便神仙縱有卿是閒人笑我幾番醉聽石磴掃松陰甚狂客難招芳誰贈目微吟俯仰成陳迹嘆百年誰在闌檻孤憑海日生殘夜看卧龍和夢飛入秋暝還聽水聲東去山冷不生雲正極目空寒蕭蕭漢柏愁茂陵

株愁予荒洲古徑斷梗疏葦更飄流何處空自覺團羞帶減影悵燈孤長疑即見桃花面甚近來翻笑無書書縱遠如何夢也都無

又

花柳咮鴉浦潮皮碕平沙白問斷鴻知落誰家書又遠空江片月蘆
涯驚嗟十年心事幾曲闌干想蕭娘聲價闌過了黃昏時候疏
認紋紗重盟鏡約還記得前度秦嘉惟只有葉題堪寄流不到天
錦香繪繞地涼燈掛壁簾影浪花斜酒船歸去後轉首河橋那處

臺城路 送周之芳之吳

朗吟未了西湖酒驚心又歌南浦折柳官橋呼船野渡還憶五湖
風雨漂流最苦況如此江山此時情緒怕有鷗羣笑人何事載詩
去荒臺祇今在否登臨休望遠都是愁處暗草埋沙明波洗月
誰念天涯羇旅荷陰未暑快料理歸程再盟鷗鷺只恐空山近來
無杜宇

吹散 搖落似成秋苑甚釀得春來怕教春見野渡舟迴前村門掩應自不勝清怨次第尋芳去灞橋外蕙香波暖猶聽鶯聲摩看燈人在深院

綺羅香 紅葉

萬里飛霜千山落木寒艷不拈春妒楓冷吳江獨客又吟愁句正船艤流水孤村似花饒斜陽芳樹甚蕭瑟一片淒涼載情不去載愁去長安誰問倦旅羞見衰顏借酒飄零如許漫倚新妝不入洛陽花譜為迴風起舞樽前盡化作斷霞千縷記陰陰綠遍江南夜窗聽暗雨

南浦 春水

波暖綠鱗鱗燕飛來好是蘇堤才曉魚沒浪痕圓流紅去翻笑東風難掃荒橋斷浦柳陰撐出扁舟小回首池塘青欲遍鮑似夢中芳草 和雲流出空山甚年年淨洗花香不了新綠怎生時孤村路猶憶那回曾到餘情渺渺茂林觴詠如今情前度劉郎從去後溪上碧桃多少

慶宮春 都下寒食

波蕩蘭艭鄰分杏酪畫暉冉冉烘晴冒索飛仙戲船移景蕩游也自吹人薰風來處聽隔水人家賣餳月題爭繫油壁相連笑語逢迎池亭小隊秦箏就地圍香臨水洗裙冶態飄雲鮮妝扶玉未應閒了芳情振懷無限忍不住低低悶春梨花落盡一點新愁曾到西泠

水龍吟 白蓮

仙人掌上芙蓉涓涓猶滴金盤露輕妝照水纖裳玉立飄飄似舞幾度鋪凝滿湖煙月一汀鷗鷺記小舟夜悄波明春遠渾不見花閒處應是浣紗人炉衵紅裳被誰誤閒情雅談冶姿清閟憑嬌待語隔浦相逢偶然傾蓋似傳心素怕湘皋珮解綠雲十里卷西風去

探春慢 雪霽

銀浦流雲絲房迎曉一林牆腰月淡暖玉生煙懸冰解凍碎滴瑤階如叢才放些晴意早瘦了梅花一半也知不作花看東風何事

染枯香還歎鬢絲飄雪盤心清露如鉛水又一夜西風吹折喜淨香

匹練秋光倒瀉半湖明月

声声慢 題夢窗自度曲霜花腴卷後

烟隄小舫雨屋深燈春衫慣染京塵舞竹歌桃心事暗懺束鄰渾

疑夜窗夢蝶到如今猶宿花深待喚起甚江蘺搖落化作秋聲

回首曲終人去黯消魂忍看朵朵芳雲潤墨空題惆悵醉魄難醒

獨憐水樓賦筆有斜陽還怕登臨愁未了聽殘鶯啼過柳陰

瑣寒窗 悼玉碧山

斷碧分山空簾剩月故人天外香留酒㵸蝴蝶一生花裏想如今

醉魂未醒夜臺夢語秋聲碎自中仙去後詞箋賦筆便無情致

都是淒涼意悵玉笥埋雲錦袍歸水形容憔悴料應也孤吟山鬼

那知人彈折素絃黄金鑄出相思淚但柳枝門掩枯陰候蛩愁暗

葦

解連環 孤雁

楚江空晚悵離羣萬里悵然驚散自顧影欲下寒塘正沙淨草枯水平天遠寫不成書只寄得相思一點數因循誤了殘氈擁雪故人心眼 誰憐旅愁荏苒漫長門夜悄錦箏彈怨想伴侶猶宿蘆花也曾念春前去程應轉暮雨相呼怕驀地玉關重見未羞它雙燕歸來畫簾半捲

疏影 梅影

黃昏片月似滿地碎陰還更清絕枝北枝南疑有疑無幾度背燈難折依稀倩女離魂處緩步出前村時節看夜深竹外橫斜應妒過雲明滅 窺鏡蛾眉淡掃為容不在貌獨抱孤潔莫是花光描取春痕不怕麗譙吹徹還驚海上燃犀去照水底珊瑚疑唔做弄得酒醒天寒空對一庭香雪

綠意 荷葉

碧圓自潔向淺洲遠渚亭亭清絕猶有遺簪不展秋心能卷幾多炎熱駕鴦密語同傾蓋且莫與浣紗人說恐怨歌忽斷花風碎卻翠雲千疊 回首當年漢舞怕飛去漫綃留仙裙摺戀戀青衫猶

附卷

皇甫松

皇甫松，一名嵩，生卒年不详，字子奇，自号檀栾子。睦州新安（今浙江淳安）人。皇甫湜之子，牛僧孺之甥。唐昭宗光化三年（900），于其身后由韦庄奏请与李贺、赵光远等被追赠为进士及第。工诗词，尤擅竹枝小令。清人陈廷焯评曰："唐人皇甫子奇词，宏丽不及飞卿，而措辞闲雅，犹存古诗遗意。"著有《醉乡日月》，已佚。

忆江南[1]

兰烬[2]落，屏上暗红蕉[3]。闲梦江南梅熟日，夜船吹笛雨萧萧❶。人语驿边桥。

【注】

1 《忆江南》：又名《梦江南》。
2 兰烬：指烛的余烬。兰，烛光，因烛光与兰花相似，故名。
3 暗红蕉：谓更深烛尽，画屏上的美人蕉模糊莫辨。

又

楼上寝，残月下帘旌[1]。梦见秣陵[2]惆怅事，桃花柳絮满江城。双髻坐吹笙。

【注】

1 帘旌（jīng）：帘额，即帘上所缀软帘。
2 秣（mò）陵：即金陵，今江苏南京。

---

❶ 手稿为"潇潇"，据《全唐五代词》作"萧萧"。（萧萧：象声词，状雨声。）

李存勖

李存勖（885—926），即后唐庄宗，五代时期后唐政权的创立者。唐末河东节度使、晋王李克用的长子，本姓朱邪氏，小名亚子。应州金城（今山西应县）人。在位四年，死于兵变。以勇猛著称，但晓音律，能度曲，《尊前集》辑其词四首。

一叶落

一叶落，褰❶朱箔❷1。此时景物正萧索。画楼月影寒，西风吹罗幕。吹罗幕，往事思量著❸。

【注】

1　褰（qiān）：揭起。朱箔（bó）：红色的竹帘子。

如梦令

曾宴桃源1深洞，一曲舞鸾歌凤2。长记欲别❹时，和泪出门相送。如梦！如梦！残月落花烟重。

【注】

1　桃源：理想的世外桃源。
2　一曲舞鸾歌凤：亦作"一曲清歌舞凤"。

---

❶ 手稿写为"搴"，据《全唐五代词》作"褰"。
❷ 手稿写为"珠箔"，据《全唐五代词》作"朱箔"。
❸ 手稿为"着"，据《全唐五代词》作"著"。
❹ 手稿为"别伊"，据《全唐五代词》作"欲别"。

张泌

张泌,一作张佖,生卒年不详,淮南(今江苏扬州)人。南唐后主时登进士第,授句容尉。入宋后历官监察御史、内史舍人。所作多为艳词,《花间集》收其词二十七首,《全唐诗》存诗一卷。

浣溪沙 ❶

枕障熏❷炉隔绣帏[1],二年❸终日两相思。杏花明月[3]始应知。天上人间何处去,旧欢新梦觉来时。黄昏微雨画帘垂。

【注】

1 枕障:枕头和屏障。绣帏(wéi):锦绣的屏幔、帐幕。
2 杏花明月:杏花每年春天盛开,月亮每月一度圆缺,故以之拟指岁月与时间。

❶ 孔范今编《全唐五代词》将这首《浣溪沙》归为唐代词人张曙所作。
❷ 手稿为"香",据《全唐五代词》作"熏"。
❸ 手稿为"年年",据《全唐五代词》作"二年"。

薛昭蕴

薛昭蕴,生卒年不详,河中宝鼎(今山西荣河)人。登进士第,五代前蜀时官至侍郎,后被贬。其词多写思妇幽思与离愁别绪,《花间集》收其词十九首。

谒金门

春满院,叠损罗衣金线。睡觉水精帘未卷,檐前双语燕。

斜掩金铺¹一扇,满地落花千片。早是相思肠❶欲断,忍交❷频梦见。

【注】

1. 金铺:金饰铺首。铺首,门上的衔环兽面。常作虎、螭、龟、蛇等形,多为金属铸成。此处为门户之美称。

---

❶ 手稿为"魂",据《全唐五代词》作"肠"。
❷ 手稿为"教",据《全唐五代词》作"交"。(交:犹教。)

毛熙震

毛熙震,生卒、籍贯不详。五代后蜀时,官至秘书监。通音律,工诗词。《栩庄漫记》谓其词"浓丽处,似学飞卿,然亦有清淡者,要当在毛文锡上,欧阳炯、牛松卿间耳"。《花间集》收其词二十九首。

清平乐

春光欲暮,寂寞闲庭户。粉蝶双双穿槛舞,帘卷晚天疏雨。

含愁独倚闺帏[1],玉炉烟断香微。正是销魂[2]时节,东风满院[3]花飞。

【注】

1 闺帏(wéi):此指闺房。
2 销魂:形容极其哀愁。
3 院:一作"树"。

牛峤

牛峤,生卒年不详,字松卿,一字延峰。狄道(今甘肃临洮)人。牛僧孺之孙,唐乾符五年(878)进士。历官拾遗、补阙、校书郎及前蜀给事中等职。博学工词,词风近于温庭筠,以描写男女情事为能事。有《歌诗集》三卷,久佚。《花间集》录其词三十二首。王国维辑有《牛给事词》。

菩萨蛮

玉炉[1]冰簟[2]鸳鸯锦,粉融香汗流山枕[3]。帘外辘轳声,敛眉含笑惊。

柳阴烟漠漠,低鬓蝉钗落。须作一生拚,尽君今日欢。

【注】

1 炉:一作"楼"

2 冰簟:竹凉席。

3 山枕:指两端突起似山的凹形枕头。

牛希济

牛希济，生卒年不详。狄道（今甘肃临洮）人。牛峤之侄。前蜀时为王建赏识，任起居郎，累官至翰林学士、御史中丞。文学繁赡，超于时辈。尤工于词，词风与牛峤相近，清淡自然。《花间集》称其为"牛学士"。其《生查子》词被俞陛云称作"五代词中希见之品"。

生查子

春山烟欲收[1]，天澹[2]星稀小。残月脸边明，别泪临清晓。
语已多，情未了❶，回首犹❷重道[3]。记得绿罗裙，处处怜芳草。

【注】

1 烟欲收：山上的雾气正开始收敛。

2 澹（dàn）：恬静。一作"淡"。

3 重道：再次说。

❶ 手稿为"语多情未了"，据《全唐五代词》作"语已多，情未了"。
❷ 手稿为"又"，据《全唐五代词》作"犹"。

顾敻

顾敻（xiòng），生卒、籍贯不详。前蜀时作诗讽时，几被杀害。后蜀时官至太尉。工词，风格似温庭筠，多质朴语。《花间集》录其词五十五首，多为艳情之作。后人辑有《顾太尉词》。

诉衷情

永夜[1]抛人何处去？绝来音。香阁掩，眉敛，月将沉。

争忍不相寻？怨孤衾[2]。换我心，为你心，始知相忆深。

【注】

1 永夜：长夜。

2 孤衾（qīn）：喻独眠。衾，被子。

欧阳炯

欧阳炯(896—971),益州华阳(今四川成都)人。前蜀时官中书舍人,后蜀时官拜宰相。降宋后授左散骑侍郎。为人坦率,善长笛,工于诗文。其词多写男女情事,但词意清新,婉约轻和。曾为《花间集》作序。《花间集》录其词十七首,《尊前集》录三十一首。

巫山一段云

春去秋来也,愁心似醉醺。去时邀❶约早回❷轮,及去又何曾。歌扇花光黦[1],衣珠泪滴新。恨身翻[2]不作车尘,万里得随君。

【注】

1. 黦(yuè):污迹。
2. 翻:反而。

❶ 手稿为"要",据《全唐五代词》作"邀"。
❷ 手稿为"还",据《全唐五代词》作"回"。

鹿虔扆

鹿虔扆(yǐ),生卒、籍贯不详。五代后蜀时,登进士第,曾任永泰军节度使,进检校太尉,加太保,人称"鹿太保"。工于词,与李煜词风相近。《乐府纪闻》说他"国亡不仕,词多感慨之音"。《花间集》录其词六首。王国维辑有《鹿太保词》一卷。

临江仙

　　金锁重门荒苑静,绮窗愁对秋空。翠华[1]一去寂无踪。玉楼歌吹,声断已随风。

　　烟月不知人事改,夜阑还照深宫。藕花[2]相向野塘中。暗伤亡国,清露泣香红。

【注】

1　翠华:"翠羽华盖"的省语,皇帝仪仗所用的以翠鸟羽毛装饰的宫旗,此用以代指皇帝。
2　藕花:荷花。

范仲淹

范仲淹(989—1052),字希文。吴县(今江苏苏州)人。北宋大中祥符八年(1015)进士。官至枢密副使、参知政事,推行"庆历新政",力图改革。文韬武略,曾与韩琦同任陕西经略安抚副使,兼知延州,抵御西夏。戍边多年,西夏称他"胸中自有数万甲兵"。卒谥"文正"。诗词文均有名篇佳作,词仅存五首,风格、题材多样,均脍炙人口。著有《范文正公集》。

渔家傲

塞下秋来风景异,衡阳雁去[1]无留意。四面边声[2]连角起,千嶂里,长烟落日孤城闭。

浊酒一杯家万里,燕然未勒[3]归无计。羌管悠悠霜满地,人不寐,将军白发征夫泪。

【注】

1 衡阳雁去:传说秋天北雁南飞,至湖南衡阳回雁峰而止。
2 边声:边塞特有的声音,如大风、号角、羌笛、马啸的声音。
3 燕然未勒:指战事未平,功名未立。燕然,即燕然山,今名杭爱山,今在蒙古国境内。据《后汉书·窦宪传》记载,东汉窦宪率兵追击匈奴单于,去塞三千余里,登燕然山,刻石记功而还。勒,刻石记功。

苏幕遮

碧云天,黄叶地。秋色连波,波上寒烟翠。山映斜阳天接水。芳草无情,更在斜阳外。

黯乡魂,追旅思[1]。夜夜除非、好梦留人睡。明月楼高休独倚。酒入愁肠,化作相思泪。

【注】

1. 追旅思:撇不开羁旅的愁思。追,追随,此处有缠住不放之意。旅思,旅居在外的愁思。

御街行

纷纷坠叶飘香砌[1]。夜寂静,寒声碎。真珠帘卷玉楼空,天淡银河垂地。年年今夜,月华如练[2],长是人千里。

愁肠已断无由醉。酒未到,先成泪。残灯明灭枕头欹,谙尽[3]孤眠滋味。都来[4]此事,眉间心上,无计相回避。

【注】

1. 香砌:有落花的台阶。
2. 练:白色的丝绸。
3. 谙(ān)尽:尝尽。谙,熟悉。
4. 都来:算来。

浣溪沙　　　　張泌

枕障香爐隔繡幃　年年終日兩相思　杏花明月始應知　天上人間何處去　舊歡新夢覺來時　黃昏微雨畫簾垂

謁金門　　　　薛昭蘊

春滿院　疊損羅衣金線　睡覺水精簾未卷　簾前雙燕語　斜掩金鋪一扇　滿地落花千片　早是相思魂欲斷　忍教頻夢見

清平樂　　　　毛熙震

春光欲暮　寂寞閒庭戶　粉蝶雙雙穿檻舞　簾捲晚天疏雨　含愁獨倚閨幃　玉爐烟斷香微　正是銷魂時節　東風滿院花飛

菩薩蠻　　　　牛嶠

玉爐冰簟鴛鴦錦　粉融香汗流山枕　簾外轆轤聲　斂眉含笑驚　柳陰烟漠漠　低鬢蟬釵落　須作一生拼　盡君今日歡

憶江南　　皇甫松

蘭燼落屏上暗紅蕉閒夢江南梅熟日夜船吹笛雨瀟瀟人語驛邊橋

又

樓上寢殘月下簾旌夢見秣陵惆悵事桃花柳絮滿江城雙髻坐吹笙

一葉落　　李存勗

一葉落翦珠箔此時景物正蕭索畫樓月影寒西風吹羅幕吹羅幕往事思量着

如夢令

曾宴桃源深洞一曲舞鸞歌鳳長記別伊時和淚出門相送如夢如夢殘月落花烟重

漁家傲　　　　　范仲淹

塞下秋來風景異　衡陽雁去無留意　四面邊聲連角起　千嶂裏　長煙落日孤城閉　　濁酒一杯家萬里　燕然未勒歸無計　羌管悠悠霜滿地　人不寐　將軍白髮征夫淚

蘇幕遮

碧雲天　黃葉地　秋色連波　波上寒煙翠　山映斜陽天接水　芳草無情　更在斜陽外　　黯鄉魂　追旅思　夜夜除非　好夢留人睡　明月樓高休獨倚　酒入愁腸　化作相思淚

御街行

紛紛墜葉飄香砌　夜寂靜　寒聲碎　真珠簾卷玉樓空　天淡銀河垂地　年年今夜　月華如練　長是人千里　　愁腸已斷無由醉　酒未到　先成淚　殘燈明滅枕頭欹　諳盡孤眠滋味　都來此事　眉間心上　無計相迴避

生查子　　　　牛希濟

春山烟欲收　天澹星稀小　殘月臉邊明　別淚臨清曉　語多情未了　回首又重道　記得綠羅裙　處處憐芳草

訴衷情　　　　顧　夐

永夜拋人何處去　絕來音　香閣掩　眉歛月將沉　爭忍不相尋　怨孤衾　換我心　為你心　始知相憶深

巫山一段雲　　　　歐陽烱

春去秋來也　愁心似醉醺　去時些約早還輪　及去又何曾　歌扇花光黦　衣珠滴淚新　恨身翻不作車塵　萬里得隨君

臨江仙　　　　鹿虔扆

金鎖重門荒苑靜　綺窗愁對秋空　翠華一去寂無蹤　玉樓歌吹聲斷　已隨風　烟月不知人事改　夜闌還照深宮　藕花相向野塘中　暗傷亡國　清露泣香紅

张先

张先(990—1078),字子野,乌程(今浙江湖州)人。北宋天圣八年(1030)进士,官至尚书都官郎中。晚年退居乡里,往来于湖、杭之间。善作慢词,与柳永齐名,多写诗酒生活和男女爱情。语言工巧,因三处巧用"影"字,人称"张三影"。有《张子野词》(一名《安陆词》)传世。

青门引

　　乍暖还轻冷,风雨晚来定。庭轩寂寞近清明,残花中酒,又是去年病。

　　楼头画角[1]风吹醒,入夜重门[2]静。那堪更被明月,隔墙送过秋千影。

【注】

1. 楼头画角:指谯楼(城门上的望楼)上的画角。画角,绘有彩画的军中号角,多以竹木或皮革制成。
2. 重门:一道道门户。

玉楼春[1]

　　龙头舴艋[1]吴儿竞,笋柱秋千游女并。芳洲拾翠[2]暮忘归,

---

[1] 《全宋词》录此词牌名为"木兰花"。

秀❶野踏青来不定。

行云³去后遥山暝,已放⁴笙歌池院静。中庭月色正清明,无数杨花过无影。

【注】

1 舴艋(zé měng):状如蚱蜢的小船。

2 拾翠:古时妇女春游,采集百草,叫作拾翠。

3 行云:指如云的游人。

4 放:停止。

天仙子

《水调》¹数声持酒听,午醉醒来愁未醒。送春春去几时回?临晚镜,伤流景²,往事后期空记省³。

沙上并禽⁴池上暝,云破月来花弄影。重重帘幕密遮灯,风不定,人初静,明日落红应满径。

【注】

1 《水调》:曲调名。

2 流景:像流水一样逝去的光阴。景,日光。

3 记:思念。省:省悟。

4 并禽:成对的鸟儿。一般指鸳鸯。

---

❶ 手稿为"露",据《全宋词》作"秀"。

宋祁

宋祁(998—1061),字子京。安州安陆(今湖北安陆)人,后迁居开封雍丘(今河南杞县)。北宋天圣二年(1024)进士。历官国子监直讲、太常博士、知制诰、翰林学士承旨等。卒谥"景文"。与欧阳修合修《新唐书》,与兄宋庠时称"二宋"。诗词多写优游生活,语言工丽,描写绘声绘色。有集,已佚,今有清辑本《宋景文集》,词有《宋景文公长短句》。

玉楼春

东城渐觉风光好,縠皱❶1波纹迎客棹。绿杨烟外晓寒❷轻,红杏枝头春意闹²。

浮生³长恨欢娱少,肯爱⁴千斤轻一笑?为君持酒劝斜阳,且向花间留晚照。

【注】

1 縠(hú)皱:即皱纱,有皱褶的纱。

2 闹:浓盛。

3 浮生:指漂泊无定的短暂人生。

4 肯爱:岂肯吝惜。

❶ 手稿为"皱縠",据《全宋词》作"縠皱"。
❷ 手稿为"云",据《全宋词》作"寒"。

贺铸

贺铸（1052—1125），字方回，号庆湖遗老。卫州（今河南卫辉）人。初以恩授武职，后转文官，徽宗时任泗州、太平州通判。为人尚气，以致仕途不顺，晚年退居苏州。博闻强识，以词闻名。其词风格多样，皆深情款款。曾作《青玉案》，有"一川烟草，满城风絮，梅子黄时雨"句，世称"贺梅子"。有《庆湖遗老集》、《东山词》（又称《东山寓声乐府》）。

青玉案

凌波不过横塘路，但目送，芳尘去。锦瑟年华谁与度？月桥❶花院，琐❷窗朱户，只❸有春知处。

碧[1]云冉冉蘅皋[2]暮，彩笔新题断肠句[3]，试问闲愁[4]都几许？一川烟草，满城风絮，梅子黄时雨[5]。

【注】

1　碧：一作"飞"。

2　蘅皋（héng gāo）：长着香草的沼泽中的高地。蘅，香草名。皋，

---

❶ 手稿为"楼"，据《全宋词》作"桥"。
❷ 手稿为"绮"，据《全宋词》作"琐"。
❸ 手稿为"惟"，据《全宋词》作"只"。

水边高地。

3　彩笔：典出《南史·江淹传》，比喻有写作的才华。断肠句：伤感的诗句。

4　试问闲愁：一作"若问闲情"。

5　梅子黄时雨：江南一带初夏时节梅子熟时多雨天，俗称"梅雨"。

陈与义

陈与义（1090—1139），字去非，号简斋，洛阳（今属河南）人。北宋政和三年（1113），登上舍甲科，授开德府教授。绍兴中，历官至参知政事。诗宗杜甫，为"江西诗派"代表诗人之一，位列"三宗"。南渡后，诗词多伤时感愤之作，风格愈加悲壮沉郁。有《无住词》，存词十八首。宋人黄昇称其"词是不多，语意超绝，识者谓可摩坡仙之垒"。另著有《简斋集》。

临江仙

　　忆昔午桥[1]桥上饮，坐中多是豪英。长沟流月[2]去无声。杏花疏影里，吹笛到天明。

　　二十余年如一梦，此身虽在堪惊。闲登小阁看新晴[3]。古今多少事，渔唱起三更[4]。

【注】

1　午桥：在洛阳南面。

2　长沟流月：月光随着流水悄悄地消逝，比喻时光如流水般逝去。

3　新晴：雨后初晴。

4　渔唱：打鱼人编的歌儿。三更：古时自黄昏至拂晓分作五刻，即五更。三更正是午夜。

王安石

王安石（1021—1086），字介甫，号半山，抚州临川（今江西抚州）人。北宋庆历二年（1042）进士，由签书淮南判官历官至执政。神宗朝两度为相，实行变法，晚年退居江宁。封荆国公，卒谥"文"，世称王荆公、王文公。笔力雄健，诗、词、文皆有成就，为"唐宋八大家"之一。词虽不多，但"瘦削雅素，一洗五代旧习"（刘熙载《艺概》）。著有《王文公文集》《临川先生文集》。

桂枝香 金陵怀古

登临送❶目。正故国晚秋，天气初肃。千里澄江似练，翠峰如簇。征帆[1]去棹残阳里，背西风、酒旗斜矗。彩舟云淡，星河[2]鹭起，画图难足。

念往昔❷、豪华竞逐。叹门外楼头，悲恨相续。千古凭高，对此谩嗟[3]荣辱。六朝旧事随流水，但寒烟衰草[4]凝绿。至今商女，时时犹唱，《后庭》遗曲[5]。

【注】

1 征帆：一作"归帆"。
2 星河：原指银河，此处指长江。

---

❶ 手稿为"纵"，据《全宋词》作"送"。
❷ 手稿为"自昔"，据《全宋词》作"往昔"。

3　谩嗟：空叹。

4　衰草：一作"芳草"。

5　《后庭》遗曲：指歌曲《玉树后庭花》，传为陈后主所作。后人视之为亡国之音。

黄庭坚

黄庭坚（1045—1105），字鲁直，号山谷道人、涪翁。洪州分宁（今江西修水）人。北宋治平四年（1067）进士，历国子监教授、著作佐郎、秘书丞等职。先后两次遭贬，卒于宜州。"苏门四学士"之一，诗与苏轼齐名，世称"苏黄"。为"江西诗派"之宗主，影响深远。词与秦观齐名，号"秦七黄九"。词风豪放疏宕，俚俗处似柳永。著有《豫章集》《山谷词》。

水调歌头

瑶草[1]一何碧，春入武陵溪[2]。溪上桃花无数，枝上有黄鹂。我欲穿花寻路，直入白云深处，浩气展虹霓。只恐花深里，红露❶湿人衣。

坐玉石，倚玉枕，拂金徽[3]。谪仙何处，无人伴我白螺杯[4]。我为灵芝仙草，不为朱❷唇丹脸，长啸亦何为？醉舞下山去，明月逐人归。

【注】

1 瑶草：仙草，此处指山里的香草。

2 武陵溪：指代幽美清净、远离尘嚣的地方。武陵，在今湖南常德

---

❶ 手稿为"雾"，据《全宋词》作"露"。
❷ 手稿为"绛"，据《全宋词》作"朱"。

一带。

3 金徽：金饰的琴徽，此处指琴。徽，琴上系琴弦的丝线。

4 螺杯：螺壳所做的酒杯，引申为酒杯的美称。

李玉

李玉,生平不详,约生活于两宋之际,只存词一首。

贺新郎

篆缕销金鼎。醉❶沉沉、庭阴转午,画堂人静。芳草王孙知何处?惟有杨花糁径。渐玉枕、腾❷腾¹春醒。帘外残红春已透,镇²无聊、㸒酒厌厌❸³病。云鬟乱,未忺整。

江南旧事休重省。遍天涯寻消问息,断鸿难倩。月满西楼凭阑久,依旧归期未定。又只恐、瓶沉金井³。嘶骑不来银烛暗,枉教人、立尽梧桐影。谁伴我,对鸾镜。

【注】

1 腾腾:昏沉迷糊的样子。

2 镇:整日,长久。

3 瓶沉金井:指彻底断绝,希望破灭。

❶ 手稿为"翠",据《全宋词》作"醉"。
❷ 手稿为"瞢",据《全宋词》作"腾"。
❸ 手稿为"恹恹",据《全宋词》作"厌厌"。

徐伸

徐伸,生卒年不详,字干臣,三衢(今浙江衢州)人。北宋政和初,以知音律为太常典乐,后出知常州。有《青山乐府》,不传。仅存词一首。

二郎神

闷来弹鹊,又搅碎[1]、一帘花影。漫[2]试著春衫,还思纤手,熏彻金猊烬冷[3]。动是愁端[4]如何向❶,但怪得、新来多病。嗟[5]旧日沈腰,如[6]今潘鬓,怎[7]堪临镜?

重省。别时泪湿[8],罗衣犹凝。料为我厌厌,日高慵起,长托春酲未醒。雁足[9]不来,马蹄难[10]驻,门掩[11]一庭芳景。空伫立,尽日阑干倚遍,昼长人静。

【注】

1 碎:一作"破"。
2 漫:一作"谩"。
3 金猊(ní)烬冷:金猊炉内香灰已冷。金猊,狮形的铜香炉,一作"金炉"。
4 愁端:一作"愁多"。
5 嗟:一作"想"。

❶ 手稿为"问",据《全宋词》作"向"。

6 如:一作"而"。

7 怎:一作"不"。

8 别时泪湿:一作"别来泪滴"。

9 雁足:一作"雁翼"。雁足传书,代指书信或信使。

10 难:一作"轻"。

11 掩:一作"闭"。

赵佶

赵佶(1082—1135),即宋徽宗。公元1100—1126年在位,其间任用奸佞,沉湎于声色犬马,穷奢极欲,使国事日非。靖康之变后,为金人所俘,死于五国城。书、画、词皆善,"天纵将圣,艺极于神"(邓椿《画继》)。近人曹元忠辑本《宋徽宗词》。

燕山亭 见杏花作

裁剪冰绡[1],轻叠数重,冷淡胭脂匀注。新样靓妆,艳溢香融,羞杀蕊珠宫女[2]。易得凋零,更多少、无情风雨。愁苦。问院[3]落凄凉,几番春暮。

凭寄离恨重重,这双燕,何曾会人言语。天遥地远,万水千山,知他故宫何处。怎不思量,除梦里、有时曾去。无据。和[4]梦也新来不做。

【注】

1 冰绡(xiāo):洁白的丝绸,比喻花瓣。
2 蕊珠宫女:指仙女。蕊珠,道家经典中所说的天上仙宫名。
3 问院:一作"闲院"。
4 和:连。

岳飞

岳飞(1103—1142),字鹏举,相州汤阴(今属河南)人。家贫力学,起于行伍,为抗金名将。官至枢密副使,封武昌郡开国公。因不附和议,被宋高宗指使秦桧以"莫须有"罪名杀害。孝宗时复官,谥"武穆",宁宗时追封鄂王,理宗时改谥"忠武"。有《岳武穆遗文》(一作《岳忠武王文集》)。

满江红

怒发冲冠,凭栏❶处、潇潇雨歇。抬望眼、仰天长啸,壮怀激烈。三十功名尘与土,八千里路云和月。莫等闲、白了少年头,空悲切!

靖康耻[1],犹未雪。臣子恨,何时灭?驾长车,踏破贺兰山[2]缺。壮志饥餐胡虏[3]肉,笑谈渴饮匈奴血。待从头、收拾旧山河,朝天阙[4]。

【注】

1 靖康耻:宋钦宗靖康二年(1127年),金兵攻陷汴京,掳走徽、钦二帝。
2 贺兰山:贺兰山脉,位于宁夏回族自治区与内蒙古自治区交界处,当时被金兵占领。一说是位于河北省邯郸市磁县境内的贺兰山。

❶ 手稿为"阑",据《全宋词》作"栏"。

3 胡虏：秦汉时称匈奴为胡虏，后世用为与中原敌对的北方部族之通称。此处是对女真贵族入侵者的蔑称。

4 朝天阙（què）：朝见皇帝。天阙，本指宫殿前的楼观，此指皇帝生活的地方。

张孝祥

张孝祥（1132—1170），字安国，号于湖居士，历阳乌江（今安徽和县）人。南宋绍兴二十四年（1154）状元。孝宗朝，任中书舍人，领建康留守，因赞助张浚北伐被罢职。起复后知荆南府，兼荆湖北路安抚使，有政声。因病退居芜湖，卒。善诗文，工词，南渡后词风豪迈激昂，多感怀时事之作。著有《于湖居士文集》《于湖词》。

六州歌头

长淮望断，关塞莽然平。征尘暗，霜风劲，悄边声。黯销凝。追想当年事，殆天数，非人力，洙泗[1]上，弦歌地[2]，亦膻腥。隔水毡乡[3]，落日牛羊下，区脱[4]纵横。看名王宵猎，骑火一川明，笳鼓悲鸣，遣人惊。

念腰间箭，匣中剑，空埃蠹[5]，竟何成！时易失，心徒壮，岁将零，渺神京[6]。干羽方怀远[7]，静烽燧，且休兵。冠盖使[8]，纷驰骛，若为情。闻道中原遗老，常南望、羽❶葆霓旌[9]。使行人到此，忠愤气填膺，有泪如倾。

【注】

1　洙泗：鲁国二水名，流经孔子故乡曲阜。
2　弦歌地：春秋时代注重礼乐，学堂里常常传出弦歌之声。此指礼

---

❶　手稿为"翠"，据《全宋词》作"羽"。

乐文化之邦。

3 毡（zhān）乡：北方少数民族住在毡帐里，故称其居地为毡乡。

4 区（ōu）脱：匈奴语，称边境屯戍或守望之处。

5 埃蠹：尘掩虫蛀。

6 渺神京：收复都城汴京更为渺茫。神京，指北宋都城汴京。

7 干羽方怀远：用文德以怀柔远人，谓朝廷正在向敌人求和。干羽，木盾和翟羽，均为舞具。怀远，安抚怀柔北方少数民族。

8 冠盖使：冠服求和的使者。

9 羽葆（bǎo）霓（ní）旌（jīng）：指皇帝的车驾仪仗。羽葆，以羽毛为饰的车盖。霓旌，气象如虹霓的彩色旌旗。

青玉案　　　賀　鑄

凌波不過橫塘路但目送芳塵去錦瑟年華誰與度月橋花院綺窗朱戶惟有春知處　碧雲冉冉蘅皋暮綵筆新題斷腸句試問閒愁都幾許一川烟草滿城風絮梅子黃時雨

臨江仙　　　陳與義

憶昔午橋橋上飲坐中多是豪英長溝流月去無聲杏花疏影裏吹笛到天明　二十餘年如一夢此身雖在堪驚閒登小閣看新晴古今多少事漁唱起三更

桂枝香　金陵懷古　　王安石

登臨縱目正故國晚秋天氣初肅千里澄江似練翠峯如簇征帆去棹殘陽裏背西風酒旗斜矗綵舟雲淡星河鷺起畫圖難足　念自昔豪華競逐嘆門外樓頭悲恨相續千古憑高對此謾嗟榮辱六朝舊事隨流水但寒烟衰草凝綠至今商女時時猶唱後庭遺曲

水調歌頭　　　黃庭堅

瑤草一何碧春入武陵溪溪上桃花無數枝上有黃鸝我欲穿花尋路直入白雲深處浩氣展虹蜺祇恐花深裏紅霧濕人衣坐玉石倚玉枕拂金徽　謫仙何處無人伴我白螺桮我為靈芝仙草不為醢唇丹臉長嘯亦何爲醉舞下山去明月逐人歸

青門引

張先

乍暖還輕冷 風雨晚來方定 庭軒寂寞近清明 殘花中酒 又是去年病 樓頭畫角風吹醒 入夜重門靜 那堪更被明月 隔牆送過秋千影

玉樓春

龍頭舴艋吳兒競 筍柱秋千遊女並 芳洲拾翠暮忘歸 秀野踏青來不定 行雲去後遙山暝 已放笙歌池院靜 中庭月色正清明 無數楊花過無影

天仙子

水調數聲持酒聽 午醉醒來愁未醒 送春春去幾時回 臨晚鏡 傷流景 往事後期空記省 沙上並禽池上暝 雲破月來花弄影 重簾幕密遮燈 風不定 人初靜 明日落紅應滿徑

宋祁

玉樓春

東城漸覺風光好 縠皺波紋迎客棹 綠楊煙外曉雲輕 紅杏枝頭春意鬧 浮生長恨歡娛少 肯愛千金輕一笑 為君持酒勸斜陽 且向花間留晚照

燕山亭 見杏花作　　　　　趙佶

裁翦冰綃輕疊數重冷淡胭脂勻注新樣靚妝艷溢香融羞殺蕊珠宮女易得凋零更多少無情風雨愁苦問院落淒涼幾番春暮憑寄離恨重重這雙燕何曾會人言語天遙地遠萬水千山知他故宮何處怎不思量除夢裏有時曾去無據和夢也新來不做

滿江紅　　　　　岳　飛

怒髮衝冠憑闌處瀟瀟雨歇擡望眼仰天長嘯壯懷激烈三十功名塵與土八千里路雲和月莫等閒白了少年頭空悲切　靖康恥猶未雪臣子恨何時滅駕長車踏破賀蘭山缺壯志飢餐胡虜肉笑談渴飲匈奴血待從頭收拾舊山河朝天闕

六州歌頭　　　　　張孝祥

長淮望斷關塞莽然平征塵暗霜風勁悄邊聲黯銷凝追想當年事殆天數非人力洙泗上絃歌地亦羶腥隔水氈鄉落日牛羊下區縱橫看名王宵獵騎火一川明笳鼓悲鳴遣人驚　念腰間箭匣中劍空埃蠹竟何成時易失心徒壯歲將零澉神京干羽方懷遠靜烽燧且休兵冠蓋使紛馳騖若為情聞道中原遺老常南望翠葆霓旌使行人到此忠憤氣填膺有淚如傾

賀新郎

李玉

篆縷銷金鼎翠沉沉庭陰轉午畫堂人靜芳草王孫知何處惟有楊花糝徑漸玉枕騰騰春醒簾外殘紅春已透鎮無聊殢酒懨懨病雲鬢亂未忺整江南舊事休重省遍天涯尋消問息斷鴻難倩月滿西樓憑闌久浪舊歸期未定又只恐瓶沉金井嘶騎不來銀燭暗枉教人立盡梧桐影誰伴我對鸞鏡

二郎神

徐伸

悶來彈鵲又攪碎一簾花影漫試著春衫還思纖手薰徹金猊爐冷動是愁端如何問但怪得新來多病嗟舊日沈腰如今潘鬢怎堪臨鏡 重省別時淚溼羅衣猶凝料為我厭厭日高慵起

託春醒未醒雁足不來馬蹄難駐門掩一庭芳景空竚立盡日闌干倚徧畫長人靜

曾觌

曾觌（dí）（1109—1180），字纯甫，号海野老农，汴京（今河南开封）人。南宋绍兴三十年（1160），为建王（即孝宗）内知客。孝宗即位后，任权知阁门事。乾道时升节度使。淳熙初，除开府仪同三司，加少保、醴泉观使。有《海野词》。

念奴娇 中秋应制

素飙[1]漾碧，看天衢[2]稳送、一轮明月。翠水瀛壶[3]人不到，比似世间秋别。玉手瑶笙，一时同色，小按霓裳叠。天津桥上，有人偷记新阕。

当日谁幻银桥，阿瞒儿戏，一笑成痴绝。肯信群仙高宴处，移下水晶宫阙。云海尘清，山河影满，桂冷吹香雪。何劳玉斧[4]，金瓯[5]千古无缺。

【注】

1　素飙：秋风。
2　天衢（qú）：通往天宫的道路。
3　瀛壶：即瀛洲，神山名。
4　玉斧：用"玉斧修月"的神话故事。相传汉朝吴刚学仙有过失，天帝谪罚他砍伐月中桂树。桂树高五百尺，随砍斧痕随合。见《酉阳杂俎》。
5　金瓯（ōu）：古时盛酒器。常用来比喻疆土完整坚固。

吴琚

吴琚,生卒年不详,字居父,号云壑、益子,汴京(今河南开封)人。宋高宗吴皇后之侄。特授添差临安府通判,历尚书郎、知明州,位至少师,世称"吴七郡王",卒谥"忠惠"。有《云壑集》。

念奴娇 观潮应制

玉虹遥挂,望青山隐隐,一眉如抹❶。忽觉天风吹海立,好似春霆初发。白马凌空,琼鳌驾水[1],日夜朝天阙。飞龙舞凤,郁葱环拱吴越。

此景天下应无,东南形胜,伟观真奇绝。好是吴儿飞彩帜,蹴起一江秋雪。黄屋[2]天临,水犀[3]云拥,看击中流楫[4]。晚来波静,海门飞上明月。

【注】

1 白马凌空,琼鳌(áo)驾水:比喻江潮奔腾如白马琼鳌。琼鳌,玉鳌,是传说中海里的大龟,相传天帝命巨鳌承载着海上神山。

2 黄屋:帝王车盖,以黄缯为盖。

3 水犀:指水军。

4 击中流楫(jí):东晋祖逖率兵北伐,中流击楫而发下不清中原不罢休的誓言。后以此典形容报效国家的壮怀激烈和慷慨志节。

❶ 手稿为"恍如一抹",据《全宋词》作"一眉如抹"。

陆淞

陆淞（1109—1182），字子逸，号云溪，山阴（今浙江绍兴）人。陆佃之孙，陆游长兄。以祖荫补通仕郎，官至左朝请大夫。仅存词两首。

瑞鹤仙

　　脸霞红印枕，睡觉来、冠儿还是不整。屏间麝煤[1]冷，但眉峰压翠，泪珠弹粉。堂深昼永，燕交飞、风帘露井。恨无人、说与相思，近日带围宽尽。

　　重省，残灯朱幌，淡月纱窗，那时风景。阳台路迥，云雨梦[2]，便无准。待归来，先指花梢教看，却把心期细问。问因循[3]、过了青春，怎生意稳？

【注】

1　麝（shè）煤：制墨的原料，后为墨的别称。此处指墨所作的图画。
2　阳台路迥（jiǒng），云雨梦：典出宋玉《高唐赋》中楚襄王梦会神女故事。阳台，引指男女欢会之地。云雨梦，本指神女与楚王欢会之梦，引指男女欢会。
3　因循：轻易、随便。

陈亮

陈亮（1143—1194），字同甫（一作同父），号龙川，婺州永康（今属浙江）人。南宋绍熙四年（1193）策进士第一，授签书建康府判官公事，未赴而卒，谥号"文毅"。力主抗金，反对和议，遂被诬入狱。《宋史》称其"为人才气超迈，喜谈兵，议论风生，下笔数千言立就"。词作感情激越，风格豪放壮烈，与辛弃疾同调而略逊。有《龙川文集》《龙川词》。

水龙吟

闹花深处层楼，画帘半卷东风软。春归翠陌，平莎[1]茸嫩，垂杨金浅。迟日催花，淡云阁雨[2]，轻寒轻暖。恨芳菲世界，游人未赏，都付与，莺和燕。

寂寞凭高念远，向南楼、一声归雁。金钗斗草，青丝勒马，风流云散。罗绶分香[3]，翠绡封泪，几多幽怨！正销魂、又是疏烟淡月，子规声断。

【注】

1. 平莎：平原。
2. 阁雨：停雨。阁，犹搁、停止。
3. 罗绶（shòu）分香：指离别。罗绶，罗带。分香，指解罗带散发出香气。

❶ 手稿为"沙"，据《全宋词》作"莎"。

刘过

刘过（1154—1206），字改之，号龙洲道人，吉州太和（今江西泰和）人。生平以功业自诩，然屡试不第，流落江湖。喜与友朋谈兵，曾上书陈述方略，不用。与陆游、辛弃疾、陈亮相砥砺。词多豪言壮语，抒发抗金救国之志。有《龙洲集》《龙洲词》。

贺新郎 赠老妓

老去相如[1]倦。向文君[2]、说似而今，怎生消遣？衣袂京尘曾染处，空有香红尚软。料彼此、魂销肠断。一枕新凉眠客舍，听梧桐疏雨秋风颤。灯晕冷，记初见。

楼低不放珠帘卷。晚妆残，翠蛾狼藉，泪痕凝面[❶]。人道愁来须殢酒，无奈愁深酒浅，但托意、焦琴纨扇[3]。莫鼓琵琶江上曲，怕荻花枫叶俱凄怨。云万叠，寸心远。

【注】

1　相如：即西汉司马相如，此指作者。
2　文君：此指作者在客舍所遇的歌伎。
3　焦琴：琴名，即焦尾琴。纨（wán）扇：细绢制成的纨扇。

❶　手稿为"流脸"，据《全宋词》作"凝面"。

刘克庄

刘克庄（1187—1269），字潜夫，号后村居士，莆田（今属福建）人。以荫入仕，南宋淳祐六年（1246）宋理宗赐同进士出身。官至工部尚书兼侍读、龙图阁学士。诗词多感慨时事之作，反对苟且偷安，渴望收复中原。为江湖派代表诗人和辛派重要词人。著有《后村先生大全集》《后村别调》。

玉楼春

　　年年跃马长安市，客舍似家家似寄[1]。青钱换酒日无何，红烛呼卢[2]宵不寐。

　　易挑锦妇机中字，难得玉人心下事。男儿西北有神州，莫滴水西桥[3]畔泪。

【注】

1 寄：客居。此句说客居的日子多于家居的日子。
2 呼卢：古时一种赌博。古时掷骰子，五子都黑叫作卢，得头彩。所得掷子时争着喊"卢"。
3 水西桥：水西桥在水西门。此处泛指妓女所居之处。

陆游

陆游（1125—1210），字务观，号放翁，越州山阴（今浙江绍兴）人。南宋绍兴中，应礼部试，被秦桧所黜。孝宗时，赐进士出身。历任镇江、隆兴、夔州通判。乾道八年（1172）入川，投身军旅，力主抗金。后官至宝谟阁待制。终老山阴。为杰出诗人，存诗九千余首。亦工词，杨慎谓其"纤丽处似秦观，雄慨处似苏轼"。著有《剑南诗稿》《渭南文集》《放翁词》等。

渔家傲 寄仲高

东望山阴[1]何处是？往来一万三千里。写得家书空满纸。流清泪，书回已是明年事。

寄语红桥[2]桥下水，扁舟何日寻兄弟？行遍天涯真老矣。愁无寐，鬓丝几缕茶烟里。

【注】
1　山阴：今浙江省绍兴市，作者家乡。
2　红桥：又名虹桥，在山阴近郊。

鹊桥仙 夜闻杜鹃

茅檐人静，蓬窗[1]灯暗，春晚连江风雨。林莺巢燕总无声，但月夜、常啼杜宇。

催成清泪,惊残孤梦,又拣深枝飞去。故山犹自不堪听,况半世、飘然羁旅[2]。

【注】
1　蓬窗:犹蓬户,即编蓬草为窗,谓窗户之简陋。
2　羁(jī)旅:寄居他乡。羁,停留。

卜算子　咏梅

驿外断桥边,寂寞开无主。已是黄昏独自愁,更著[1]风和雨。
无意苦争春,一任群芳妒。零落[2]成泥碾作尘,只有香如故。

【注】
1　著(zhuó):遭受,承受。
2　零落:凋谢,陨落。

范成大

范成大(1126—1193),字致能,号石湖居士,苏州吴县(今江苏苏州)人。南宋绍兴二十四年(1154)进士。历知处州、静江府兼广南西道安抚使,权礼部尚书,参知政事等职。曾出使金国,大义凛然,不辱使命。晚退居石湖。与尤袤、杨万里、陆游并称"中兴四大诗人",多关心国事民瘼之作,其田园诗自成一家。词风亦自成格调。著有《石湖居士诗集》《石湖词》。

醉落魄

栖鸟飞绝,绛河[1]绿雾星明灭。烧香曳簟眠清樾[2]。花影吹笙,满地淡黄月。

好风碎竹声如雪。昭华[3]三弄临风咽。鬓丝撩乱纶巾折。凉满北窗,休共软红[4]说。

【注】

1 绛河:即银河。

2 樾(yuè):众木交荫。

3 昭华:古乐器名。此处指笙。

4 软红:红尘、尘土。此处指京城里的官场或奔走官场的世俗之人。

忆秦娥

楼阴缺,阑干影卧东厢月。东厢月,一天风露,杏花如雪。

隔烟催漏金虬[1]咽,罗帏黯淡灯花结[2]。灯花结,片时春梦,江南天阔。

【注】

1. 金虬(qiú):铜龙,造型为龙的铜漏,古代滴水计时之器。虬,传说中有角的小龙。
2. 灯花结:灯芯烧结成花。旧俗以为有喜讯。

霜天晓角

晚晴风歇,一夜春威[1]折。脉脉花疏天淡,云来去、数枝雪。

胜绝,愁亦绝。此情谁共说。惟有两行低雁,知人倚、画楼月。

【注】

1. 春威:初春的寒威。俗谓"倒春寒"。

俞国宝

俞国宝,生卒年不详,号醒庵,临川(今江西抚州)人。南宋淳熙间太学生,江西诗派诗人。存词五首。有《醒庵遗珠集》,不传。

风入松

一春长费[1]买花钱。日日醉湖边[2]。玉骢[3]惯识西湖路,骄嘶过、沽酒垆❶前。红杏香中箫鼓,绿杨影里秋千。

暖风十里丽人天。花压鬓云偏。画船载取春归去,余情寄❷、湖水湖烟。明日重扶残醉,来寻陌上花钿[4]。

【注】

1　长费:指花费很多。
2　湖边:一作"花边"。
3　玉骢:毛色青白相间的骏马。
4　花钿:女子头饰。

❶ 手稿为"炉",据《全宋词》作"垆"。
❷ 手稿为"余情付",据《全宋词》作"余情寄"。

念奴嬌 中秋應制　　　　曾　覿

素飆漾碧看天衢穩送一輪明月翠水瀲灩人不到比似世間秋別玉手瑤笙一時同色小按霓裳疊奏天津橋上有人偷記新闋當日誰幻銀橋阿瞞兒戲一笑成癡飽諳信羣仙高宴處移下水晶宮闕雲海塵清山河影滿桂冷吹香雲何勞玉斧金甌千古無缺

念奴嬌 觀潮應制　　　　吳　琚

玉虹遙掛望青山隱隱忽覺天風吹海立好似春靈初發白馬凌空瓊鼇駕水日夜朝天闕飛龍舞鳳驚鴻拱吳越此景天下應無束南形勝偉觀真奇絕好是吳兒飛鯨蹴起一江秋雪黃屋天臨水犀雲擁看擊中流楫晚來波靜海門飛上明月

瑞鶴仙　　　　陸　淞

臉霞紅印枕睡覺來冠兒還是不整屏間麝冷但眉峰壓翠淚珠彈粉堂深畫永燕交飛風簾露井恨無人說與相思近日帶圍

玉樓春 劉克莊

年年躍馬長安市 客舍似家家似寄 青錢換酒日無何 蜀紅呼盧宵不寐 易挑錦婦機中字 難得玉人心下事 男兒西北有神州 莫滴水西橋畔淚

漁家傲 寄仲高 陸游

東望山陰何處是 往來一萬三千里 寫得家書空滿紙 流清淚 書回已是明年事 寄語紅橋橋下水 扁舟何日尋兄弟 行遍天涯真老矣 愁無寐 鬢絲幾縷茶煙裏

鵲橋仙 夜聞杜鵑

茅簷人靜 蓬窗燈暗 春晚連江風雨 林鶯巢燕總無聲 但月夜常啼杜宇 催成清淚 驚殘孤夢 又揀深枝飛去 故山猶自不堪聽 況半世飄然羈旅

卜算子 詠梅

驛外斷橋邊 寂寞開無主 已是黃昏獨自愁 更著風和雨 無意苦爭春 一任群芳妒 零落成泥碾作塵 只有香如故

霓裳 重省殘燈朱幌淡月紗窗那時風景陽臺路迴雲雨夢便無準待歸來先指花梢教看却把心期細問因循過了青春怎生意穩

水龍吟　　陳亮

鬧花深處層樓畫簾半捲東風軟春歸翠陌平沙茸嫩垂楊金淺遲日催花淡雲閣雨輕寒輕暖恨芳菲世界游人未賞都付與鶯和燕　寂寞憑高念遠向南樓一聲歸雁金釵鬭草青絲勒馬風流雲散羅綬分香翠綃封淚幾多幽怨正銷魂又是疏煙淡月子規聲斷

賀新郎　贈老妓　　劉過

老去相如倦向文君說似而今怎生消遣衣袂京塵曾染處空有香紅尚軟料彼此魂銷腸斷一枕新涼眠客舍聽梧桐疏雨秋風顫燈暈冷記初見　樓低不放珠簾捲晚妝殘翠蛾狼藉淚痕流臉人道愁來須殢酒無奈愁深酒淺但託意焦琴紈扇鼓琵琶江上曲怕荻花楓葉俱悽怨雲萬疊寸心遠
莫

醉落魄　　　　　　花成大

樓烏飛絕解河綠霧星明滅燒香曳簟眠清樾花影吹笙滿地淡
黃月　好風碎竹聲如雪晗華三弄臨風咽聲繞襟亂綸巾折琼
滿地窗休共軟紅說

憶秦娥

樓陰缺闌干影卧東廂月東廂月一天風露杏花如雪隔烟催漏
金虬咽羅幃黯淡燈花結燈花結片時春夢江南天闊

霜天曉角

晴風歌一夜春威折脈脈花疏天淡雲來去數枝雪　勝絕愁
亦絕此情誰共說惟有兩行低雁知人倚畫樓月

風入松　　　　　　俞國寶
　　　　　　　　日日醉
一春長費買花錢湖邊玉驄慣識西湖路驕嘶過沽酒爐前紅杏
香中簫鼓綠楊影裏秋千　暖風十里麗人天花壓鬢雲偏畫船
載取春歸去餘情付湖水湖烟明日重扶殘醉來尋陌上花鈿

卢祖皋

卢祖皋（约1174—1224），字申之，又字次夔，号蒲江，永嘉（今浙江温州）人。南宋庆元五年（1199）进士。官至将作少监、权直学士院。词风细致淡雅，颇似姜夔。有《蒲江词稿》。

贺新郎 吴江钓雪亭

挽住风前柳，问鸥夷当日扁舟，近曾来否？月落潮生无限事，零乱茶烟未久[1]。漫留得莼鲈依旧。可是功名从来误，抚荒祠、谁继风流后？今古恨，一搔首。

江涵雁影梅花瘦，四无尘、雪飞云起，夜窗如昼。万里乾坤清绝处，付与渔翁钓叟。又恰是、题诗时候。猛拍阑干呼鸥鹭，道他年、我亦垂纶手[2]。飞过我，共樽酒。

【注】

1 零乱茶烟未久：此句怀思唐代文学家陆龟蒙。据《新唐书·陆龟蒙传》载，陆龟蒙隐居松江甫里，自号天随子，升舟设篷席，赍束书，茶灶、笔床、钓具，放浪江湖。

2 垂纶（lún）手：谓隐退之人。垂纶，垂丝钓鱼。

高观国

高观国，生卒年不详，字宾王，号竹屋，山阴（今浙江绍兴）人。张炎将其与姜夔、吴文英、史达祖并称。其词受姜夔影响，多写男女恋情，《古今词话》称其"工而入逸，婉而多风"，被称为"白石羽翼"。有《竹屋痴语》传世。

齐天乐

碧云阙[1]处无多雨，愁与去帆俱远。倒苇沙闲，枯兰溆冷，寥落寒江秋晚。楼阴纵览。正魂怯清吟，病多依黯。怕挹[1]西风，袖罗香自去年减。

风流江左[2]久客，旧游得意处，珠帘曾卷。载酒春情，吹箫夜约，犹忆玉娇香软[2]。尘栖故苑，叹璧月空檐，梦云飞观。送绝征鸿，楚峰烟数点。

【注】

1 怕挹（yì）西风：怕衣袖被秋风吹拂。挹，此处有招惹、牵引之意。
2 江左：江东，指长江下游地区。

❶ 手稿为"缺"，据《全宋词》作"阙"。
❷ 手稿为"怨"，据《全宋词》作"软"。

张辑

张辑,生卒年不详,字宗瑞,号东泽,张履信之子,鄱阳(今江西鄱阳)人。放浪形骸,布衣终身。为江湖派诗人,诗词均受姜夔影响。有《东泽绮语债》。

疏帘淡月

梧桐雨细,渐滴作秋声,被风惊碎。润逼衣篝[1],线袅蕙炉[2]沈水。悠悠岁月天涯醉。一分秋、一分憔悴。紫箫吟❶断,素笺恨切,夜寒鸿起。

又何苦、凄凉客里。负草堂[3]春绿,竹溪[4]空翠。落叶西风,吹老几番尘世。从前谙尽江湖味。听商歌、归兴千里。露侵宿酒,疏帘淡月,照人无寐。

【注】
1. 衣篝(gōu):熏衣用的竹笼。
2. 蕙炉:香炉。
3. 草堂:杜甫有成都草堂,白居易有庐山草堂。此处借指作者旧日游居之地。
4. 竹溪:李白曾与孔巢父等在山东徂徕山下的竹溪畔隐居,世人称"竹溪六逸"。此处借指作者旧日游居之地。

❶ 手稿为"吹",据《全宋词》作"吟"。

黄孝迈

黄孝迈，生卒年不详，字德夫（一作德父），号雪舟（一作雪洲）。闽清（今属福建）人。与刘克庄相友善，明人毛晋评其词"于悲愤中又有妩秀之致"（《芦川词跋》）。有《雪舟长短句》。

湘春夜月

　　近清明。翠禽枝上消❶魂。可惜一片清歌，都付与黄昏。欲共柳花低诉，怕柳花轻薄，不解伤春。念楚乡旅宿，柔情别绪，谁与温存。

　　空樽❷1夜泣，青山不语，残月当门。翠玉楼前，惟是有、一波湘水，摇荡湘云。天长梦短，问甚时、重见桃根。这次第、算人间没个并刀，剪断心上愁痕。

【注】
1　空樽：空酒杯。

❶ 手稿为"销"，据《全宋词》作"消"。
❷ 手稿为"尊"，据《全宋词》作"樽"。

张枢

张枢,生卒年不详,字斗南,号云窗,又号寄闲老人,先世成纪(今甘肃秦安)人,迁居临安(今浙江杭州)。张俊五世孙,张炎之父。精音律,工词,与周密为友。著有《寄闲集》。

瑞鹤仙

　　卷帘人睡起。放燕子归来,商量春事。风光又能几?减芳菲、都在卖花声里。吟边眼底,被¹嫩绿、移红换紫。甚等闲、半委东风,半委小溪流水。

　　还是,苔痕湔❶雨²,竹影留云,待晴犹未。兰舟静舣,西湖上、多少歌吹。粉蝶儿、守定落花不去,湿重寻香两翅。怎知人、一点新愁,寸心万里。

【注】

1　被(pī):覆盖。

2　湔雨:被雨冲洗。

❶　手稿为"冼",据《全宋词》作"湔"。

陈允平

陈允平（约1220—约1295），字君衡，一字衡仲，号西麓，四明（今浙江宁波）人。南宋德祐时，任沿海制置司参议官。入元后，被征至大都。词学周邦彦，著有《西麓诗稿》《西麓继周集》《日湖渔唱》。

绛都春

秋千倦倚，正海棠半坼[1]，不奈春寒。㶉雨弄晴，飞梭[2]庭院绣帘闲。梅妆欲试芳情懒，翠颦愁入眉弯。雾蝉[3]香冷，霞绡泪揾，恨袭湘兰。

悄悄池台步晚，任红醺杏靥[4]，碧沁苔痕。燕子未来，东风无语又黄昏。琴心不度春❶云远，断肠难托啼鹃。夜深犹倚，垂杨二十四阑❷。

【注】

1　坼（chè）：开裂。此指海棠绽苞。
2　飞梭：旧式织机。
3　雾蝉：即云鬓。古代女子鬓发梳成薄翼状，形似蝉翅，故称。
4　杏靥：杏花绽开。

❶ 手稿为"香"，据《全宋词》作"春"。
❷ 手稿为"栏"，据《全宋词》作"阑"。

周密

周密（1232—约1298），字公谨，号草窗、蘋洲、四水潜夫、弁阳老人等，原籍济南（今山东济南），祖上流寓吴兴（今浙江湖州）。宋末任义乌令，宋亡不仕，以遗民自居。工诗词，善书画，讲究格律，与吴文英并称"二窗"。著有笔记《武林旧事》《齐东野语》《云烟过眼录》等。诗有《草窗韵语》，词有《草窗词》《蘋洲渔笛谱》，编纂《绝妙好词》。

曲游春 西湖

禁苑[1]东风外，扬暖丝晴絮，春思如织。燕约莺期，恼芳情❶偏在，翠深红隙。漠漠香尘隔，沸十里、乱弦丛笛。看画船、尽入西泠，闲却半湖春色。

柳陌，新烟凝碧，映帘底宫眉，堤上游勒[2]。轻暝笼寒，怕梨云梦[3]冷，杏香愁幂[4]。歌管酬寒食，奈蝶怨、良宵岑寂。正满湖、碎月摇花，怎生去得？

【注】

1 禁苑：帝王的园林或宫廷。此处代指南宋都城的宫殿建筑。

2 游勒：骑马的游人。

3 梨云梦：指梦境。用唐王建梦见梨花云事典。

4 幂：覆盖。

❶ 手稿为"期"，据《全宋词》作"情"。

一萼红 登蓬莱阁有感

步深幽。正云黄天淡，雪意未全休。鉴曲[1]寒沙，茂林烟草，俯仰千古❶悠悠。岁华晚、漂零渐远，谁念我、同载五湖舟？磴古松斜，崖阴[2]苔老，一片清愁。

回首天涯归梦，几魂飞西浦，泪洒东州。故国山川，故园心眼，还似王粲登楼[3]。最负他、秦鬟妆镜[4]，好江山、何事此时游！为唤狂吟老监[5]，共赋消忧。

【注】

1 鉴曲：鉴湖，在今浙江绍兴。

2 崖（yá）阴：山边。

3 王粲（càn）登楼：王粲于东汉末年避乱荆州，作《登楼赋》抒发愁思。

4 秦鬟（huán）：指形似发髻的秦望山，在今浙江绍兴东南。妆镜：即鉴湖。

5 狂吟老监：指贺知章，绍兴人，自号四明狂客。

法曲献仙音 吊雪香亭梅

松雪飘寒，岭云吹冻，红破数椒[1]春浅。衬舞台荒，浣妆池冷，凄凉市朝[2]轻换。叹花与人凋谢，依依岁华晚。

共凄黯。问东风、几番吹梦？应惯识当年，翠屏金辇。一

---

❶ 手稿为"今古"，据《全宋词》作"千古"。

片古今愁，但废绿³、平烟空远。无语消魂，对斜阳、衰草泪满。又西泠残笛，低送数声春怨。

【注】

1　椒：梅花含苞未放时其状如椒。

2　市朝：本指人流会集之处。此处指朝代、世事。

3　废绿：荒芜的园林。

蒋捷

蒋捷（约1245—1305后），字胜欲，号竹山，常州宜兴（今属江苏）人。南宋咸淳十年（1274）进士。宋亡不仕，抱节终身。刘熙载《艺概》云："蒋竹山词，未极流动自然，然洗练缜密，语多创获。"有《竹山词》。

贺新郎 怀旧

梦冷黄金屋。叹秦筝、斜鸿阵里，素弦尘扑。化作娇莺飞归去，犹认纱窗旧绿。正过雨、荆桃如菽[1]。此恨难平君知否，似琼台、涌起弹棋局。消瘦影，嫌明烛。

鸳楼碎泻东西玉[2]。问芳踪、何时再展，翠钗难卜。待把宫眉横云样，描上生绡[3]画幅。怕不是、新来妆束。彩扇红牙[4]今都在，恨无人、解听开元曲[5]。空掩袖，倚寒竹。

【注】

1 荆桃：樱桃。菽（shū）：豆的总称。

2 东西玉：原指玉酒杯，亦代指酒。

3 生绡（xiāo）：未漂煮过的丝织品。古时多用以作画，因亦以指画卷。

4 红牙：古乐器名。

5 开元曲：唐玄宗开元时的乐曲，指太平盛世之音。

吴激

吴激(1090—1142),字彦高,号东山,建州(今福建建瓯)人。宰相吴栻之子,书画家米芾之婿。靖康中奉命使金被留。金皇统二年(1142),出知深州,卒于任所。工诗能文善书,词风清婉。有《东山集》《东山乐府》。

春从天上来 会宁府遇鼓瑟老姬感赋

海角飘零。叹汉苑秦宫[1],坠露飞萤。梦里❶天上,金屋银屏。歌吹竞举青冥。问当时遗谱,有绝艺、鼓瑟湘灵。促哀弹,似林莺呖呖,山溜泠泠[2]。

梨园太平乐府,醉几度春风,鬓变❷星星。舞破❸中原,尘飞沧海,风雪万里龙庭[3]。写胡笳幽怨,人憔悴、不似丹青。酒微醒,对一窗❹凉月,灯火青荧[4]。

【注】

1 汉苑秦宫:汉苑即汉代上林苑,秦宫即秦朝阿房宫。
2 呖(lì)呖、泠(líng)泠:拟声词,分别形容鸟叫声与水流声。
3 龙庭:匈奴单于祭天的场所,也指匈奴的王庭。后泛指塞外。
4 青荧:灯光微弱闪烁的样子。

❶ 手稿为"梦回",据《唐宋词鉴赏辞典》作"梦里"。
❷ 手稿为"发",据《唐宋词鉴赏辞典》作"变"。
❸ 手稿为"彻",据《唐宋词鉴赏辞典》作"破"。
❹ 手稿为"轩",据《唐宋词鉴赏辞典》作"窗"。

疏簾淡月

張輯

梧桐雨細漸滴作秋聲被風驚碎潤過夜簫線裊蕙爐沈水悠悠歲月天涯醉一分秋一分憔悴紫簫吹斷素箋恨切夜寒鴻起又何苦淒涼客裏句草堂春綠竹溪空翠落葉西風吹老幾番塵世從前譜盡江湖味聽商歌歸興千里露侵宿酒疏簾淡月照人無寐

湘春夜月

黃孝邁

近清明翠禽枝上銷魂可惜一片清歌都付與黃昏欲共柳花低訴怕柳花輕薄不解傷春念楚鄉旅宿柔情別緒誰與溫存空尊夜泣青山不語殘月當門翠玉樓前惟是有一波湘水搖蕩湘雲天長夢短問甚時重見桃根這次第算人間沒個并刀翦斷心上愁痕

賀新郎 吳江釣雪亭　　　　盧祖皋

挽住風前柳問鴟夷當日扁舟近曾來否月落潮生無限事零亂
蒼煙來久漫留得葦鑪低摧當可是功名從來誤撫荒祠誰艤風流
後今古恨一掉首 江涵雁影梅花瘦四無塵雪飛雲起夜窗如
畫萬里乾坤清絕處付與漁翁釣叟又恰是題詩時候猛拍闌干
呼鷗道他年我亦垂綸手飛過我共樽酒
鷗

齊天樂　　　　　高觀國

碧雲缺處無多雨愁與去帆俱遠倒葦沙閒枯蘭渡冷寥落寒江
秋晚樓陰縱覽正魂怯清吟病多依黯怕攪西風袖羅香目去年
減風流江左久客舊游得意處珠簾曾捲戴酒春情吹簫夜約
猶憶玉嬌香怨塵土棲故苑嘆壁月空謄夢雲飛觀送絕征鴻楚峰
煙數點

曲游春　西湖

周密

禁苑東風外　颺暖絲晴絮春思如織　燕約鶯期偏在翠深　紅隙漠漠香塵隔沸十里亂絃叢笛　看畫船盡入西泠閒卻半湖春色　柳陌新姻凝碧映簾底宮眉睍上游勒輕暝籠寒怕梨雲夢冷杏香愁罨畫歌管酹寒食奈蝶怨良宵苓寂正滿湖碎月搖花怎生去得

一萼紅登蓬萊閣有感

步深幽正雲黃天淡雪意未全休鑑曲寒沙茂林烟草俯仰今古悠悠歲華晚漂零漸遠誰念我同載五湖舟磴古松斜厓陰苔老　一片清愁　回首天涯歸夢幾魂飛西浦淚灑東州故國山川故園心眼還似王粲登樓最負他秦鬟妝鏡好江山何事此時遊喚狂吟老監共賦消憂

瑞鶴仙　　　　　　　　　　張樞

捲簾人睡起放燕子歸來商量春事風光又能幾減芳菲都在賣花聲裏吟邊眼底被嫩綠移紅換紫甚等閒半委東風半委小溪　流水　還是苔痕洗雨竹影留雲待晴猶未蘭舟靜艤西湖上多少歌吹粉蝶兒守定落花不去湮重尋杏兩翅怎知人一點新愁寸心萬里

鮮都春　　　　　　　　　　陳允平

秋千倦倚正海棠半坼不禁春寒殢雨弄晴飛梭庭院繡簾閒捲怵欲試芳情懶翠顰羞入眉彎霧蟬香冷霞綃淚搵恨襲湘蘭　悄悄池臺步晚任紅鬚杏靨碧沁苔痕燕子未來東風無語又黃昏琴心不度香雲遠斷腸難記啼鵑夜深猶倚垂楊二十四欄

春從天上來　會寧府遇歌者老姬歲歲　　吳激

海角飄零嘆漢苑秦宮墜露飛螢夢回天上金屋銀屏歌吹競舉
青冥問當時遺譜有絶藝鼓瑟湘靈依稀似林鶯嚦嚦山溜泠
泠梨園太平樂府醉幾度春風鬢髮星星舞徹中原塵飛滄海
風雪萬里龍庭寫胡笳幽怨人憔悴不似丹青酒微醒對一軒涼
月燈火青熒

法曲獻仙音 弔雪香亭梅

松雪飄寒嶺雲吹凍紅破數椒春淺翦舞臺荒浣池冷遽涼市朝輕換歡花與人凋謝依依歲華晚 共悽黯問東風幾番吹夢應慣識當年翠屏金輦一片古今愁但廢綠平烟空遠無語消魂對斜陽裏草淒滿又西泠殘笛低送數聲春怨

賀新郎 憤舊 蔣捷

夢冷黃金屋嘆秦箏斜鴻陣裏素絃塵撲化作嬌鶯歸去猶認紗窗舊鶯譜正過雨荊桃如菽此恨難平君知否似瓊臺湧起彈碁局消瘦影嫌明燭 駕樓碎瀉東西玉問芳蹤何時再展翠釵難卜待把宮眉橫雲樣描上生綃畫幅怕不是新來妝束綠扇紅牙今都在恨無解聽開元曲空掩袖倚寒竹

我很贫穷,但我无所不有
——《朱生豪宋清如选唐宋名家词》跋

一

辛丑年一个秋日的午后,借到嘉兴之际,跑到范笑我先生的多晴楼茶叙,偶见桌上放着一册白皮自印线装的戋戋小册《谈朱生豪》,出于好奇,便拾起来闲翻。原来这是翻译家朱生豪与宋清如之子朱尚刚所编的1983年11月至1997年4月之间宋清如与之江大学老同学彭重熙之间的往来通信集,为"三人丛书"第三十种,2004年10月印制,限量仅100册。

范老师见我甚感兴趣,于是慨然相赠。因资料珍贵,我颇有些爱不释手。当翻到第三封信即1983年12月27日彭重熙致宋清如函时,就瞥见了这样几句:

> 写此信后又阅读了你写的《生豪一生》,引起了我对他的恸悼之情,况昨天正是他逝世的三十九周年。你说朱朱于写作闲隙,曾选辑了《唐宋名家词四百首》,此稿尚在时,我如能再到嘉兴,当索稿一阅。朱朱对唐宋名家,颇多创新独到之见,三一年夏师授唐宋词,学期终了,诸生作学习心得,夏师对朱朱所写的评论,激赏之余,曾为之忘食,这是夏师亲口说的,

我记得很真切。

信中提及的《唐宋名家词四百首》,这是过去所不曾知道的,为此引起了我强烈的兴趣。其中的"朱朱"是朱生豪早年的笔名,"夏师"即词学家、时任之江大学国文系讲师的夏承焘。彭重熙引述夏承焘的话,意在强调朱生豪古典诗词修养之深厚,其"创新独到之见",更是令这位后来被誉为"一代词宗"的词学家激赏不已。

朱生豪在之江大学求学时有"之江才子"之誉,其在诗词创作和鉴赏上出众的才识,确实受到夏承焘的赏识。除了彭重熙,夏的另一位弟子黄竹坪也有类似的回忆:

> 夏师曾语我,朱是他从未遇到过的聪明学生,他的论文都有精辟的见解。有一次他在教室里说:"昨天晚上的音乐会,我不去参加,看朱生豪的论文出神了,非常佩服,音乐会怎样会像他的论文精彩。之江办学以来,没有过像朱生豪一样的学生。"还有一次,夏师又说:"朱的才智,在古人中只有东坡一人。"故夏师恐是最知道生豪兄的一位老师。

夏承焘自己也曾在《天风阁学词日记》中多次表达对朱生豪古诗见解的由衷赞叹,比如1931年6月8日的日记中写道:

> 阅朱生豪唐诗人短论七则,多前人未发之论,爽利无比。聪明才力,在余师友间,不当以学生视之。其人今年才二十岁,

渊默如处子，轻易不发一言。闻英文甚深，之江办学数十年，恐无此未易之才也。

在日记这种写给自己看的文字中尚且如此不吝赞美之词，足见夏承焘得遇英才的狂喜之情。只可惜，这些令夏承焘读后都感到惊艳的唐诗短论，已在时代的动乱中散佚，今人终究无福得见了。

二

好在，这份由朱生豪遴选、宋清如亲手抄录的《唐宋名家词》手稿竟然奇迹般地留存于世，现已由朱尚刚捐赠给嘉兴市图书馆收藏。我们历时两年，将之做了整理。为了尽可能地保留原貌，手稿部分以插图形式分布于书中，对文本则进行了标点和注释。读者和研究者正可以据此探究朱氏的古典诗词见解，并由此联系其翻译成就，探讨二者之间千丝万缕的关系。

据我所知，最早提示人们要将此选本与朱生豪的翻译风格联系起来看的是老作家黄源。他在给吴洁敏、朱宏达所著《朱生豪传》所作的序言中说：

朱生豪翻译莎剧的成就举世公认，但他成功的途径，尚未究明，在我心中也时时有些疑难不得而知。比如朱译莎剧显示出译者具有精深的中国诗词的修养，他的诗才渗透在汉译莎剧的字里行间。莎士比亚是伟大的诗人，若没有相应的诗才，是无法使洋诗中化,恰到好处的。

鲁迅说过:"选本所显示的,往往并非作者的特色,倒是选者的眼光。"当黄源得知竟还有《唐宋名家词四百首》这样独特的文献存世时,特别指出:"这一本生豪夫妇译述莎剧之余选编的词集,不仅可以显示选编者的眼光,也许还可以从中找到中西诗人同声共气之处。"

亦如朱尚刚在前言中所揭示的那样:

> 这本词集的取舍选辑还是体现了朱生豪和宋清如的主观意趣和审美标准,按宋清如后来的回忆,是"当时主要由个人情趣爱好出发",并"顾到保留各家的风格",对我们后人读懂这一代"译界楷模"的情感世界和在词学方面的见解有着一定的帮助。

三

关于此选本产生的机缘,我未找到上文中彭重熙所说的《生豪一生》一文,但在宋清如所作题为《朱生豪的生平及其翻译〈莎士比亚戏剧〉的过程》中读到了以下这段话:

> 茶余饭后,生豪往往翻阅唐宋各家词集,以及各家词选、词律、词综等,凭自己的观点遴选名篇佳作,积累既多,辑成《唐宋名家词》,而把那些并非出自名家之手,但一向脍炙人口的

如岳飞《满江红》之类列入附录，共计四百首，嘱我系统抄录。可见他对诗词仍然有着浓厚的兴味，借此作为调剂。

宋清如这里所说的是发生在1942年的往事。这年5月1日她与朱生豪在上海举行了婚礼，因去四川谋生的计划没能实现，遂决定前往常熟宋清如的娘家暂住。在此期间，朱生豪全力以赴埋头重译莎士比亚剧作，译写间隙，作为调剂，与宋清如一起翻阅了家藏的这些词书，并做了选辑抄录。

宋清如在接受《朱生豪传》的作者吴洁敏和朱宏达采访时表达了相同的意思：

> 共同选辑《唐宋名家词四百首》对生豪来说，无非是作为"课间休息"，以为调剂，也因为照顾我闲着无聊，是特意为我安排的"作业"。

传记作者为此引申说："当时译莎是紧张的，精神生活是丰富的，既有莎翁这一精神支柱，又有爱妻陪伴左右，朱生豪曾对宋清如说：'我很贫穷，但我无所不有。'一语道出了他对婚后生活的欣喜之情。"就此而言，这部选本即是二人蜜月生活的见证之物。

世人都津津乐道于朱、宋之间充满甜言蜜语的鸿雁传情，而这一部两人蜜月期间共同完成的选本无疑更是这一对"才子佳人，柴米夫妻"（夏承焘语）爱情的又一结晶。在谈到夏承焘与朱生豪的关系时，黄源说道："在翻译莎剧的诸多名家中，不乏欧美留学之士,不及朱生豪的,怕就在这名家指点的国学基础上。"或许这还会是一把打开朱生豪翻译世界的神奇钥匙。

本书我们原本打算在2022年朱生豪诞辰110周年之际出版,但因书稿整理缓慢,特别是注释、校勘花去了不少时间,以致延迟至今日方才得以面世。今年又正值朱生豪先生逝世80周年,遂谨以此书纪念这位英年早逝的翻译天才。

最后,感谢朱尚刚先生的支持,感谢嘉兴市图书馆提供了手稿扫描件,感谢李晓先生为本书付出的努力。

夏春锦

2024年4月9日